最新　世界

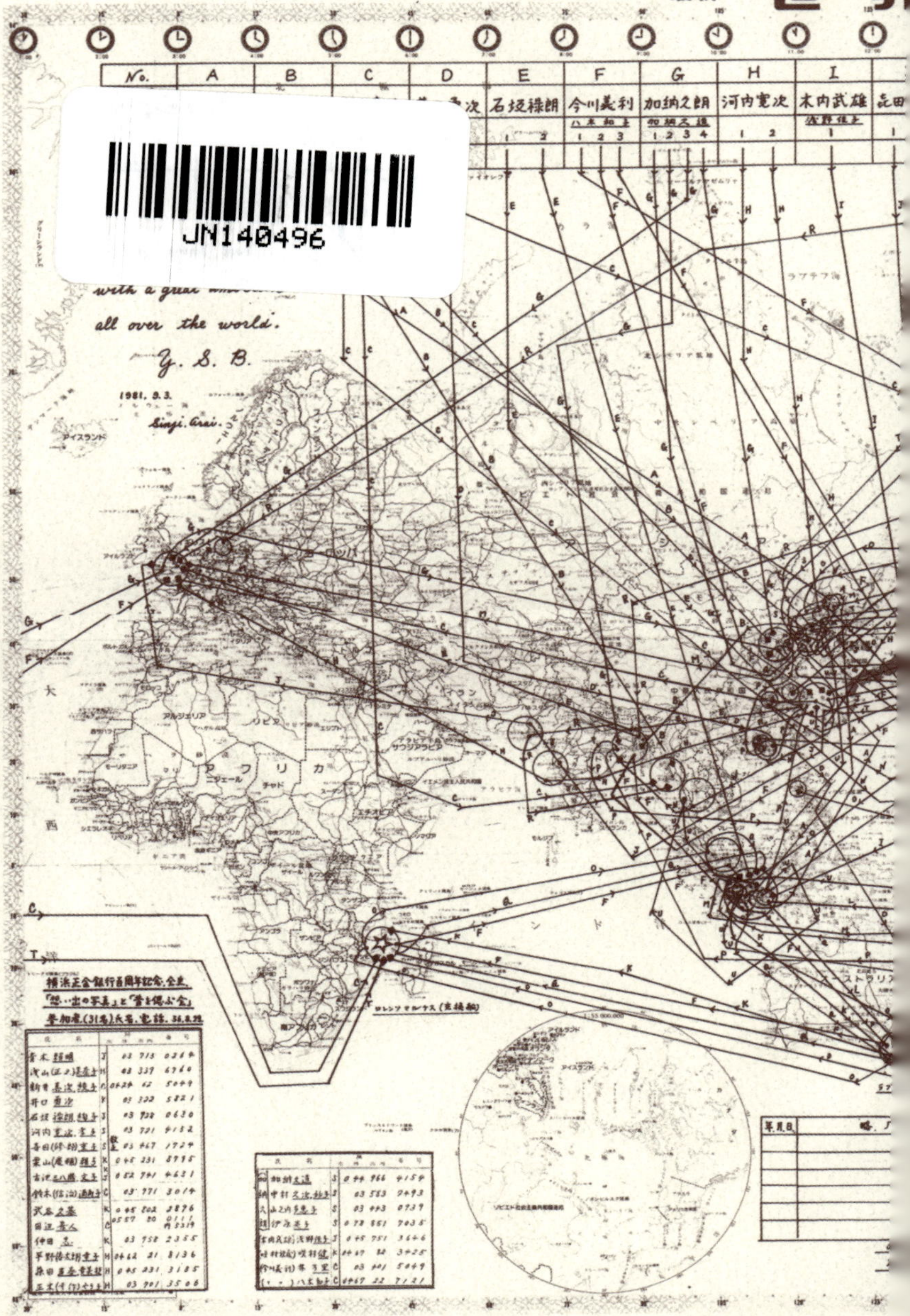

No. A B C D E F G H I
石坂禄朗
今川義利
加納久朗
河内寛次
木内武雄
all over the world.
Y. S. B.
1981. 3. 3.
Singi. Arai
アイスランド
アルジェリア
リビア
アフリカ
チャド
サウジアラビア
イラン
横浜正金銀行百周年記念 会主
「想い出の写真」と「書を偲ぶ会」
参加者(31名)氏名 電話
ロレンソ マルケス(支払所)

ある正金銀行員家族の記憶

八木和子

港の人

アルバム　記憶と記録

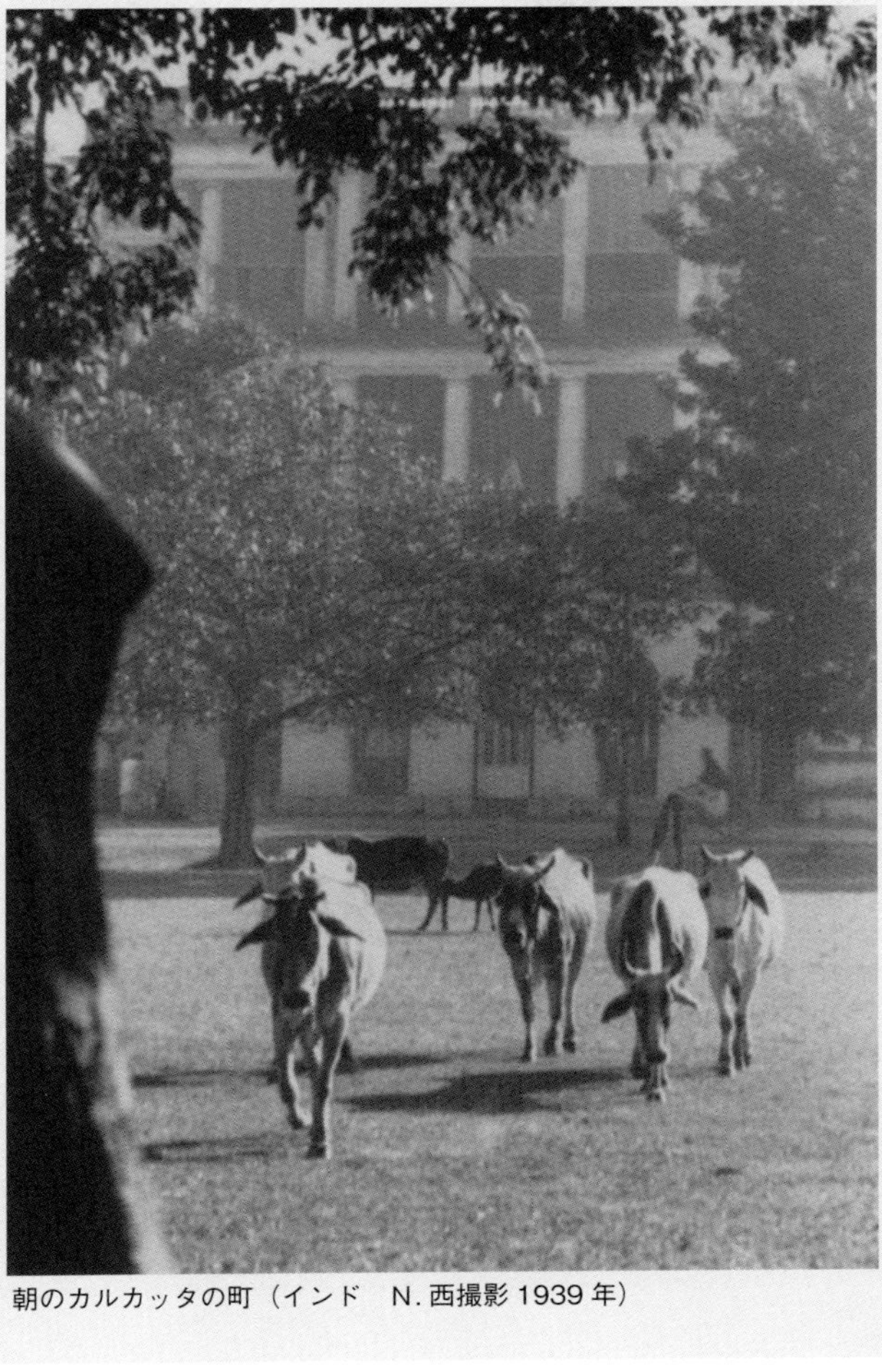

朝のカルカッタの町（インド　N. 西撮影 1939 年）

中国国内旅行　右端に義利（1926 年頃）

上海にて 左から万里、義人、和子
（1928 年頃）

サンフランシスコ支店時代の義利 26 歳
（1919 年頃）

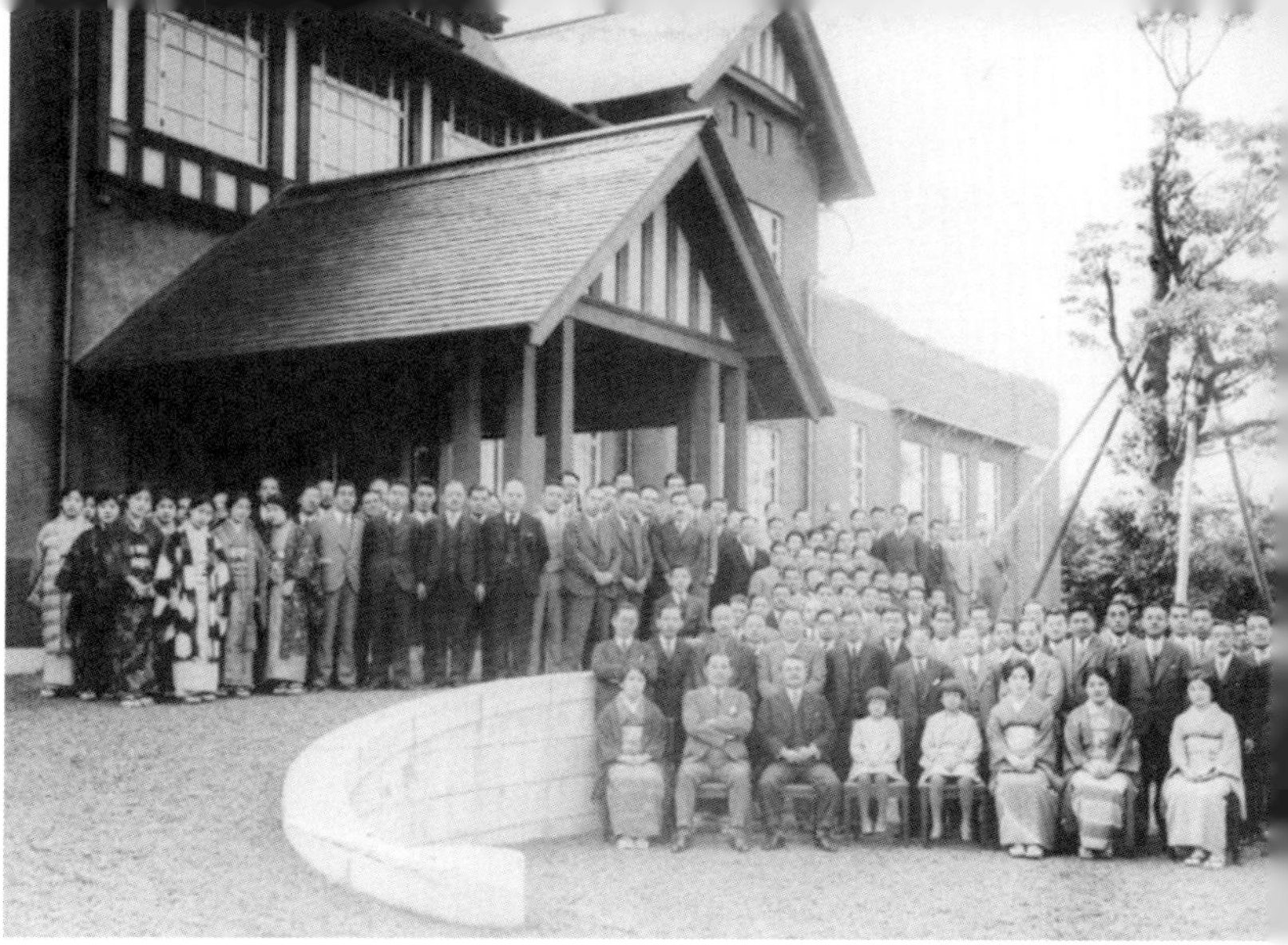

横浜正金銀行 行員クラブハウスにて 1931 年 4 月 25 日（横浜市宮崎町紅葉坂上 ）

横浜正金銀行大連支店　（1934 年頃）

奉天支店支配人時代の義利　（1935 年）

大連支店上席副支配人時代　前列右 多け乃、後列中央 義利（1934 年）

奉天の正月写真（1936 年）

カルカッタから見えるカンチェンジュンガの峰（1938 年頃）

カルカッタ支店支配人社宅のテニスコートにて（1938 年）

愛子が通ったカルカッタの日本人小学校（1938 年）

カルカッタ支店支配人執務室にて義利
（1938 年）

カルカッタ支配人社宅より出勤する義利
（1938 年）

インド カルカッタ支店（1938 年）

カルカッタ支店支配人社宅のテニスコートで、
行員夫人たち（1938 年）

バタビア支配人社宅にて　義利、多け乃の銀婚式（1941 年 3 月）

バタビア支配人社宅にて日蘭交渉相手のオランダ人高官を招いての会食風景（1940 年頃）

ある正金銀行員家族の記憶

はじめに

「天」、「点」、「・」
「転任」、「転居」、「転校」
ドターンと尻餅

水戸の付属小学校大運動場の片隅にある鉄棒の砂場だ。体操の授業。三十五、六人の同級生が次々と先生の前で逆上がりを成功させていく。できない私はビリにするが、何回やってもドターンと落ちてしまう。先生と同級生が上から笑いながらも心配そうに見下ろして「またできないの！」「もっと練習しろよ！」とガヤガヤ面白がっている。

思わず泣き出して、はっと目が覚めた。驚いて立ち上がろうとする九十二歳の私の左足は足首から曲り、ビクリとも動かず歩けない。また悪い夢を見たと小さなパイロットランプをぼんやりと見上げつつ、「でも上海の小学校では一年生は鉄棒なんかしなかったんだから」と思った。

最近、失敗して困った夢をよく見る。生まれて結婚するまでの三十年間、まるで流浪の民だったエリート銀行員の父と人生航路を共にしたせいかもしれない。

戦前、国策為替銀行として、日本の明治、大正、昭和（終戦まで）の経済界をリードした横浜正金銀行の横浜本店は「天」で、内外各支店は「点」、行員は小さな「・」だった。家族は⁇　横浜本店からの「天」の一声、転任辞令一本で「・」は直ちに任地に出発した。家族は二の次で。同行する人、後から行く人、内地で過ごす人と、事情は各々の「・」により異なった。

私は兄一人、三人姉妹の長女で、兄と私は日本生まれ、妹たちはロンドンと上海で生まれた。全員ぴったり三歳違いで、今更ながら「なんとまあ上手で偉大な夫婦かな」と思う。

父の正金銀行入行が大正六年（一九一七）、兄の誕生も大正六年で私は九年、妹は十二年と十五年。

十五年で大正時代は終わった。「残念」

テレビや新聞のニュースを覗きながら、明治、大正、昭和に思いをはせながら、私見を述べつつ鉛筆を走らせよう。

目次

＊カバー表は、一九二二年発行、家族最初のロンドン行きパスポート第四ページ。義人四歳、和子一歳、多け乃二十七歳。カバー裏は、第三ページ。

＊見返しは、関係正金銀行員の航路軌跡世界地図。昭和五十六年（一九八一）八月二十九日、元正金銀行行員と家族の会参加者に配布するために八木和子が作成。

ある正金銀行員家族の記憶

今川家の系図

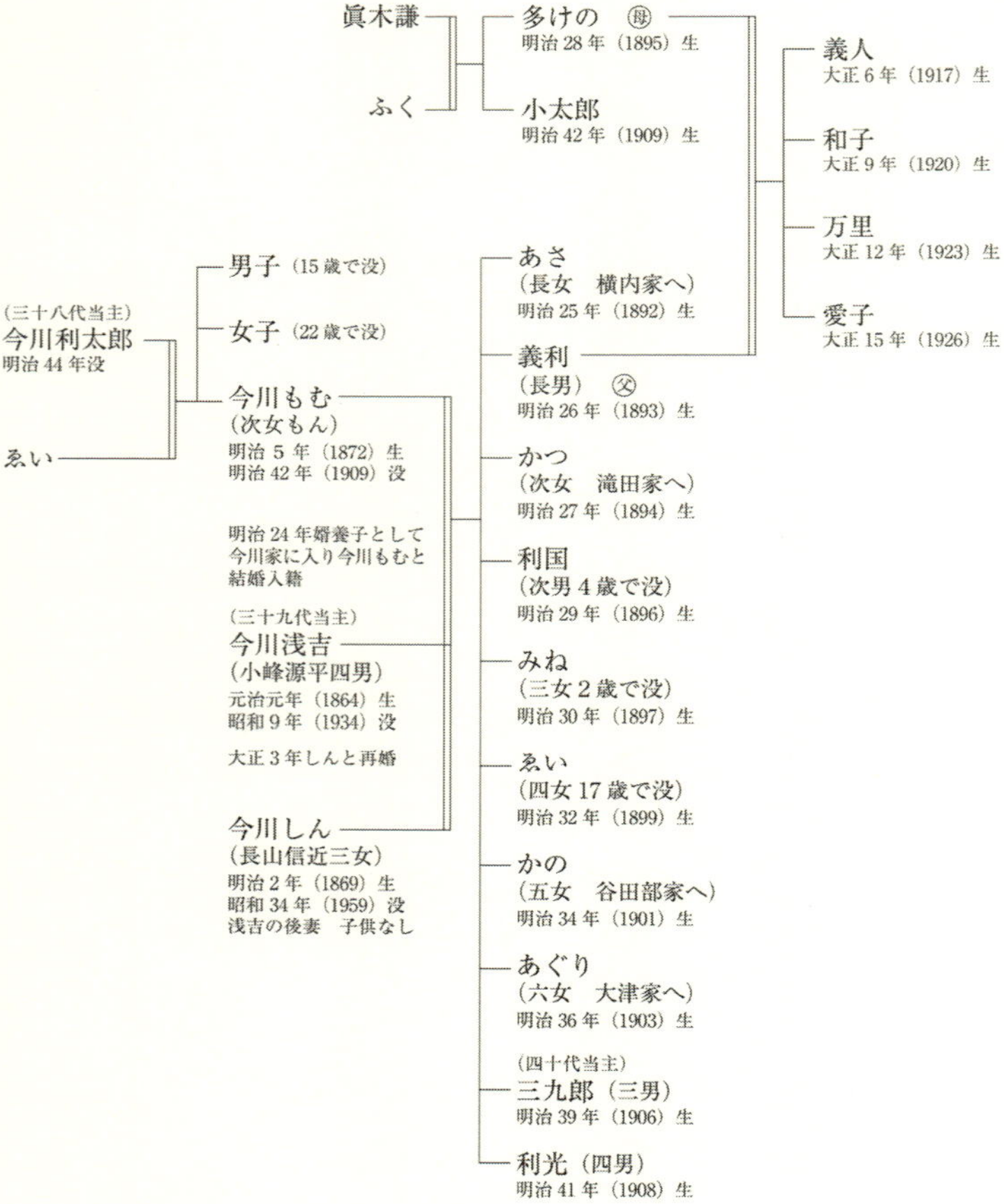
眞木謙
ふく
多けの ㊙母
明治 28 年（1895）生
小太郎
明治 42 年（1909）生
義人
大正 6 年（1917）生
和子
大正 9 年（1920）生
万里
大正 12 年（1923）生
愛子
大正 15 年（1926）生
（三十八代当主）
今川利太郎
明治 44 年没
ゑい
男子（15 歳で没）
女子（22 歳で没）
今川もむ
（次女もん）
明治 5 年（1872）生
明治 42 年（1909）没
明治 24 年婿養子として
今川家に入り今川もむと
結婚入籍
（三十九代当主）
今川浅吉
（小峰源平四男）
元治元年（1864）生
昭和 9 年（1934）没
大正 3 年しんと再婚
今川しん
（長山信近三女）
明治 2 年（1869）生
昭和 34 年（1959）没
浅吉の後妻　子供なし
あさ
（長女　横内家へ）
明治 25 年（1892）生
義利
（長男）㊙父
明治 26 年（1893）生
かつ
（次女　滝田家へ）
明治 27 年（1894）生
利国
（次男 4 歳で没）
明治 29 年（1896）生
みね
（三女 2 歳で没）
明治 30 年（1897）生
ゑい
（四女 17 歳で没）
明治 32 年（1899）生
かの
（五女　谷田部家へ）
明治 34 年（1901）生
あぐり
（六女　大津家へ）
明治 36 年（1903）生
（四十代当主）
三九郎（三男）
明治 39 年（1906）生
利光（四男）
明治 41 年（1908）生

水戸藩士たち

徳川幕府末期、水戸藩内ではさまざまな意見が対立して、官軍派、幕軍派、親子兄弟親族同士が戦う羽目になり、中でも天狗党がいちばん悲惨な結末に至っている。

私の母方の先祖は、徳川光圀の妹の家系で、その末裔、幕末に活躍した長谷川作十郎（清）は、水戸藩のリーダーの一人だった。本姓《ほんせい》真木《まき》允迪《のぶみち》、後に清、字《あざな》子徳《しとく》、号良山青水《りょうざんせいすい》等、なんとまあ複雑なことか！　私は長谷川清さんと呼ぶ。明治二十四年、六十一歳で没する。

長谷川清(1831-1891)　江戸末期、明治初期に活躍した母方の先祖

幕末時、各藩諸隊ある中、一橋慶喜は、京都禁裏守衛総督を務めたが、長谷川作十郎は御所警備隊長。大政奉還後、慶喜が新政府から水戸城中謹慎を命じられた折には奥祐筆《おくゆうひつ》頭取で、江

戸から水戸へ向かう慶喜を牛久宿まで出迎え、慶喜の実兄、水戸藩主慶篤《よしあつ》の死去を告げた（享年三十七歳）。晩年は弘道館舎長などを務め、廃藩後は水戸徳川家の家令だった。

小・中学生の頃、水戸の殿様のお屋敷に両親と遊びに行った時、長谷川家のおじさんは管理人となっていた。清さんから二代目と思う。

「和ちゃん、殿様が作ったおいしいメロンだよ。食べなさい」と笑って縁側に持ってきてくれた。私たち兄と三姉妹は、キャーキャーワイワイ騒ぎながら、広い庭を走りまわり、喜んでごちそうになった。あの時なぜ、昔話を聞かなかったのかと後悔している。長谷川家の人間と直接親交を持った子孫は現在私一人だから。

「入るよ！」と大声がして、茶の間の襖がスーと開いた。開いた空間にはちょん髷に着流し姿のとてつもない大男が笑って立っている。古き良き時代、明治、大正の頃は、日中戸締りなど全くしなかったから、親しい人はずかずかどこにでも入ってきた。

茶の間には、美男美女の若夫婦とエプロン姿の小さな女の子が長火鉢の前に座っていた。私の母多け乃である。たけちゃんと呼ばれていた。全員立ち上がっていっせいに客に声をかける。

「やあ！　いらっしゃい。勝ってよかったね！　梅ケ谷は強いからねえ。苦戦したか？」

「たけちゃん！　早く常陸山《ひたちやま》おじちゃんに座布団四枚持ってきていつものように並べなさい」

たけちゃんは押入れから座布団を一枚ずつ引っ張り出して正方形に並べた。大好きな常陸山がどかっと胡坐をかくと、彼の膝の上に座ってピョンピョン跳ねる。大きな手が頭をトントン叩くと大喜びであった。たけちゃんは常陸山の大ファンだった。幼い時のこの常陸山への気持ちが、私の父を熱愛させた遠因だっただろうと最近思う。父は相撲取りのような太った大男だったから。

常陸山（明治七年―大正十一年）本名は市毛《いちげ》谷右衛門《たにえもん》。父親は水戸藩士で、退任してから河川運送業と倉庫業を営んだが、お人好しが原因で荷主に騙され破産した。彼は水戸中学校を中退した後、山あり谷ありの人生を経て、明治時代後期、梅ケ谷と共に相撲の黄金時代「梅常陸時代」を築き、「角聖」とも呼ばれた。引退後は弟子と共に欧米を歴訪して各国に相撲を紹介した。彼は水戸藩士では出世頭で、私の母方の親戚の一人だった。

横綱常陸山（1874-1922）
母方の親戚

テレビでワーワー歓声があがっている。平成二十四年九月二十三日午後五時半、大関日馬富士十四勝、横綱白鵬十三勝一敗、優勝を決する戦いが国技館を熱気に包む。白鵬が勝ったら同点決勝戦、日馬富士が勝つと全勝優勝で横綱昇進確実！　二人が死力を尽くして右に左に、上に下に一分三十秒が過ぎた。あっ危ない！　両者土俵際。一分四十七秒、日馬富士が下手投げで白鵬を制した。精も根も尽き果てて土俵に倒れ、なかなか起き上がれない、と私には見えた。額に土俵の

一ツ橋幼稚園に通ったたけちゃん（1898 年頃）

砂がべったりついている。千秋楽の国技館に君が代が流れ、野田首相も現れていかにも重そうに総理大臣杯を授与する。本当に最近になく力強い相撲だった。日馬富士の感謝の言葉も立派で、日本人以上に真心が現れていた。モンゴル人なのに、と心から祝ってあげたが、反面、最近日本人の横綱が一人もいないことは残念だ。これも時代の変化、国際化なのか？「常陸山、梅ケ谷のような日本人の横綱早く出て来い！　国技なのだか

ら」と心の中で叫んだ。

三人も続けてモンゴル人の横綱が土俵を守っている。日本は各方面で危機に直面している。国防・政治・外交・経済・教育・食糧・人口・年金。私の力ではどうにもならない。

多け乃は真木謙とふくの二女として明治二十八年（一八九五）三月二十日に水戸に生まれた。長女は生まれてすぐに亡くなっていて、十四歳年下の弟小太郎が生まれるまでは一人娘として可愛がられ、小学校四年生頃までは東京で何不自由ない生活を送っていた。謙は明治政府の官吏だった。たけちゃんは、四歳からの入園が規則であるのに、特別に三歳で東京高等師範学校付属一ツ橋幼稚園への入園を許可された。彼女の幼稚園時代の記念写真がある。木造の立派な二階建て。玄関の三角屋根の中央にはガス灯。園舎の板塀の中央にある門の上には日の丸の旗が二本交差して高々と飾られ、門柱には「一ツ橋幼稚園」の大看板がある。着物姿の男一人、女三人の先生方が並び、四十三人の園児が三列に並んでいる。女の子は全員着物姿で、振り袖の子もいる。男子は二十六人中水兵服三人。羽織袴で頭に水兵帽か陸軍の将校帽が五、六人など、なかなか面白い写真である。たけちゃんは前列中央におかっぱ、振り袖、ちゃんちゃんこ姿で他の子供より頭一つ小さく座っている。彼女は毎日父親と御者付きの馬車で「ハイハイドードーパカパカ」通園していた。この話を祖母ふくから聞いた時は、「へぇー、なんと贅沢な！」と驚いたが、今考えると最近は自家用車で通園する子がいるから同じだと思い直した。

イギリスからの便り

母は戸籍名「多けの」、通常は「多け乃」、「竹乃」、「たけの」、「竹野」等を使用していた。

たけちゃんは東京高等師範学校付属小学校に入学した。謙とふくは、年の差が十歳あった。謙は武士だったから娘の躾にはとても厳しく、ふくは甘かったので、ちょうどバランスよく成長した。

たけちゃんは毎日ポスト係をしていた。「わぁー！　すごい絵葉書が入っていたよ！」「ほら見て見て、冠だ！　これ読んでよ」

バラの花の飾りの下に女王様みたいなきれいな女の人と、禿げ頭で勲章つけているサンタクロースのお髭のおじちゃんを見て、たけちゃんは夢中だった。「ねえねえ、この人たち誰？」

ふくは、冠をあしらった二つの楕円形金縁の肖像写真のある葉書を見て驚いて謙に渡した。「三浦さんからのお便りですよ。イギリスからアメリカ経由で届いたようです。戴冠式に参列ですって」

謙は虫眼鏡を取り出して読み始めた。

「イギリスのアレクサンドラ女王様と王様のエドワード七世様だよ。八月九日にウエストミンスター寺院で華麗盛大な戴冠式をなさったとさ」

「たいかんしきってなあに?」「そうだね、日本だったらお殿様になってください、よろしくお願いします。ということかな」謙とふくは笑いながら便りを読んだ。

イギリス エドワード七世戴冠式の絵葉書（1902 年）

葉書の消印を調べると、ワンペニーの赤い切手の上に八月十三日のポーツマスのスタンプが押されていて、宛名はローマ字でアメリカ経由ヨコハマ、ジャパン、マキサマと大きく書いてあり、ヨコハマの上には九月二十三日着のスタンプが押してあった。漢字の宛名は小さく横に記入されている。

東京神田区裡猿楽町一番地　真木謙様

明治三十五年、航空便などない時代によくも四十日で着いたと感心する。

当時のイギリスには日本から公使が赴任していた。日露戦争が勃発するのではないかと世界中の大国が心配して互いに相手国の腹を探っていた時代である。明治三十五年(一九〇二)

一月には第一次日英攻守同盟が、林董《ただす》公使（後に大使）と英国外相モーリスにより調印された。

エドワード七世は、先代ビクトリア女王の第二子で幼少の時分から王太子だった。女王の晩年は彼が補佐役として公務をしていて、国民、諸外国からは好感を持たれていた人物のようだ。母親が崩御した時、六十歳だった彼の即位が、ちょうど明治三十五年一月で、戴冠式は前述したように八月九日、ウエストミンスター寺院で厳粛華麗に行われた。

たけちゃんが大切に保管していた「王様と女王様」の葉書には、戴冠式のありさまとポーツマス軍港に並ぶイギリス大艦隊、満艦飾の見事な戦艦、王礼砲ドーン、ドーン、ドドーン何百発も発射したであろう大砲が写っている。謙の友人は軍艦に便乗してアイルランドまで波を蹴り進む船上で「あゝ、今は大英帝国が世界一の強国だ。日露戦争が始まったらどうか中立頼みます」と祈ったと記されている。

「私、大きくなったら、きっと常陸山のおじちゃんが話してくれたロンドンに行くよ」とたけちゃんは両親に告げていた。

日露戦争に日本が勝ち、王様は六十八歳で崩御した。

そして大正十一年、たけちゃんは兄と私を抱いて本当に船で父の任地ロンドンへ行った。

日露戦争

明治三十七年二月十日、対露宣戦が布告された。日本中が平常心でなくなり、戦争の渦に巻き込まれた国民は興奮し、悪徳業者も横行するようになっていた。

たけちゃんは毎日元気に、神田裡猿楽町から一ツ橋にある高等師範の付属小学校まで、お友達と歩いて仲良く通学していた。小柄で面長の可愛いお利口さんで、特に音楽が好きだった。

「あれ、松虫が鳴いている」「チンチロ、チンチロ、チンチロリン」

「ガチャガチャガチャガチャくつわ虫」

音楽教室から四年生の歌声が流れてくる。三十歳ぐらいの男の先生が大声で「駄目、駄目、駄目。松虫はそんな風には鳴かないよ！」先生は口を小さくつぼめ、指を立てて「チンチロ、チンチロ、チンチロリン。くつわ虫はもっと口を大きく開けて力強く、ガチャガチャガチャガチャと歌うんだ！　わからん人は、虫を飼ってごらん！」

帰宅したたけちゃんは、さっそく針仕事をしているふくに話した。

「あのね、田村先生がね、「虫の声」上手に歌えない人は、家で松虫と鈴虫とくつわ虫を飼って研究しなさいって。庭にいる鈴虫か松虫を捕ってよ」

「そんなことはできませんよ。どこにいるかわからないもの」

次の日ふくは、鈴虫と松虫を十匹ずつ買ってきた。

「毎日、籠の中掃除して、きゅうりか茄子の新しいの入れないと鳴かないよ」と籠を縁側にぶらさげた。

たけちゃんは一所懸命虫の世話をして、チンチロリン、チンチロリンと毎日歌っていたが、冬になると虫は次々に死んでいった。泣きながら毎日庭先に虫のお墓を作っては手を合わせて祈った。

チンチロリンの歌が悲しくて歌えなくなった頃、ふと母を見ると着物を縫いながら泣いている。どうしたのかしらと思ったが見て見ぬふりをした。

父親の謙も最近毎日暗い顔をして元気がなく、口もきかなくなった。たけちゃんは戦争が原因ではないかと気をもんだ。

庭の虫の気配もすっかりなくなったある日の夕方、突然ふくが大声で泣き出した。

「たけちゃん、水戸に引っ越すから明日付属のお友達にお別れをして来るんだよ！」たけちゃんは声も出なかった。バタバタ自分の勉強部屋に走りこんでしくしく泣き出したが、心配して後から入ってきたふくの胸に飛び込んだ。

「どうして、どうして、どうしてなの！」

「どうしてなんて言えないよ。お父さんは悪くないんだから。裏切られたんだから！　そうだっぺ（茨城弁）そうだっぺ！　可哀想だよ。このお家もお庭も、財産が全部差し押さえられて他人のものになるんだよ！　だからたけちゃんは明日、学校のお道具だけ持って、二人で学校へ行って、先生とお友達にお別れのご挨拶をして、そのまま上野から汽車で水戸に行くんだよ！」ふくは涙声でたけちゃんをなだめた。謙の姿はなかった。

翌朝二人は、付属小に行って全員に別れを告げた。もちろん田村虎蔵先生*にも。

後に成長した私が台所で一緒に料理をしながら祖母ふくからぽつりぽつりと聞いた話では、祖父は大変なお人好しであった。武家の商法で、生き馬の目を抜く愛国悪徳の戦争商人と関係した友人の、借金の保証人として証文に判を押したため、真木家の全財産を投げ出すはめとなり、責任上、役所にも辞表を出してすっからかんになって水戸へ帰ったとのことである。私の一族は全員、多くを語らなかった謙のせいもあり、真木家没落の原因を知らないが、「他人の借金の保証人にだけは絶対になるな」が、代々厳命される家訓となり、それだけは全員が知っていた。

真木家が水戸へ帰郷していなければ、たけちゃんが私の父と出会うことは金輪際なかった。

＊田村虎蔵　明治六年（一八七三）―昭和十八年（一九四三）。明治時代の作曲家。小学校音楽教師、文部省唱歌選考委員の一人で「虫の声」の作曲者。

多け乃、義利と出会う

平成二十四年（二〇一二）十月一日月曜日、今日は衣替えだというのに、前日の九月三十日に大型台風十七号が日本列島を縦断して、各地にさまざまな被害を与えて走り去ったおかげで、むしむしと暑く、また真夏日に戻ってしまったかのようだ。テレビ、新聞にざっと目を通す。

一、野田内閣、三回目の内閣改造。田中真紀子氏文部科学相、新大臣は十名。目玉人事は真紀子さん？

一、大間の原発工事再開、反対派、賛成派。

一、東京駅、百年前の大正時代の駅舎がリニューアル。記念式典は台風のため延期。ライトアップ午後六時から十時。東京駅ホテルの食堂、ドーム天井の公開、見学者多数。

一、茨城県高萩市の国有林、福島原発の放射性廃棄物最終処分場に決定。事前協議なしで通達。市長市民大反対!!

高萩市は私の父、今川義利の郷里だ。昔の高萩は自然が本当に美しいところだった。海も山も川も畑も、人情も。「今後永久に最悪な土地になる。風評被害で最悪になる」と心配で悲しい気分になってしまった。まだテレビは報じ続けている。

一、尖閣諸島、日貨排斥、中国各地のデモ、国旗が燃えている。商店が、工場がめちゃくちゃ。

私が八十五年前に経験したのと同様の光景だ。もちろん原因は異なるが、歴史はくり返す。日本は百五十年前の幕末、明治維新直後四、五年の頃同様、各方面で国難に直面しているような気がする。

明治政府は日本を近代国家に改造するため、明治四年に文部省を設置、欧米諸国の教育制度を参考にして、全国民が必ず教育を受けねばならない「学制」を発布した。同じ四年に廃藩置県が決定し、陸軍は武家の兵士を近代国家の軍人として教育し直すために、皇居の東南地区、和田倉門付近、ちょうど現在の東京駅や明治生命、東京海上、新丸ビル、郵政、三菱あたりのビル街の場所に、軍備中央集権化を目的として多くの教育施設を建設していた。東京兵学寮、士官学校、兵学寮、陸軍砲兵生徒、鎮台軽重兵営、陸軍教導団等々。

陸軍教導団というのは、明治期の陸軍下士官の養成機関で、十七歳～二十五歳の希望者が受験した。試験の倍率はすこぶる高く、十二カ月～十五カ月教育を受けた後卒業すると、軍曹、伍長などになる。成績優秀者には少尉から将軍になった人までいた。日清、日露戦争があったからで、現代ではまず考えられない。このコースから排出した人物に、総理大臣、田中義一大将がいる。旅順白襷隊指揮官中村寛少将、後の大将侍従武官長など、そうそうたる名前が多数記録されている。

私の祖父、今川浅吉は、陸軍教導団出身で、日清、日露戦争で召集され、奉天会戦を経験している。今風にはなんというのかは知らないが、サラリーマンが召集されて自衛隊員になり戦地に赴き、だいたい守備活動のみに従事したというところだろう。

たけちゃんは明治二十八年生まれ、住んでいた神田猿楽町から通っていた付属小学校のあった界隈は、当時陸軍の兵隊さんがあふれていた。日清戦争で旅順港占領。日清講和条約が成立。日本帰属とされた遼東半島が、その後、独仏露三国の干渉で清国に還付され、大連、旅順はロシアに租借され、日露戦争の火種になる。毎日、戦争のニュースが流れ、国民は「勝った勝った！万歳万歳！」と軍歌を歌って旗行列、提灯行列。子供たちは「兵隊さんありがとう！　ありがとう！」と宮城のお堀の周りで遊んでいた。陸海軍はますます軍備を増強し、明治三十七年二月九日には、仁川沖でロシア艦二隻を撃沈。十日に対露宣戦布告をした。

明治三十七年に水戸へ帰郷したたけちゃんは、水戸の付属小学校に転校していた。水戸も戦争戦争で殺気立っていたが、幸い謙とふくは戦争のおかげで逆に元気になり、親戚の長谷川家の世話で「水戸市上市表五軒町《かみいちおもてごけんちょう》で暮らすようになる。「必ずイギリスは三十五年に結んだ日英攻守同盟を守って中立国としてお国を応援してくれるはずだ」と皆が言うので、たけちゃんもそう信じていた。参考までに日露戦争、明治三十七年、三十八年辺りの経過を添書きしておく。

一、三十七年　二月八日　イタリアより軍艦「日進」、「春日」を購入。横須賀着。
一、二月十日　仁川沖、露艦撃沈。
一、十一月三十日　二百三高地占領。
一、三十八年　一月一日　旅順の敵将ステッセル開城。降伏書を乃木大将に伝達。
一、三月十日　奉天の会戦大勝利。
一、五月二十七日、二十八日　日本海海戦大勝利。バルチック艦隊全滅。
一、九月五日　日露講和条約、樺太北緯五十度以南が日本へ。清国は米、欧州諸国に門戸開放。
一、十二月二十一日　朝鮮統監府設置。大連、旅順などがまた日本に。
一、三十九年　四月三十日　東京青山練兵場にて凱旋観兵式。

水戸も東京同様に二年間毎日「万歳！　万歳！」と軍歌が流れ、旗の波波だった。一方、英霊も悲しい帰国。涙、涙……。

「勝ってぇ来るぞと勇ましくぅ――」

「守るも攻めるもくろがねのぉ――」

「杉野はいずこ、杉野はいずや――」

昨今は誰も歌わなくなった。昭和二十年八月十五日、日本は敗戦し、その後平和な道を守っているが、東日本大震災後の惨状を見ていると、明治維新と同様の国難が近づいているような気がしてならない。一度ＮＨＫで当時がどんなだったか軍歌を全部歌って歴史の勉強をし直し、二度と戦争を起こさないように、反省でもしたらどうかしら。

たけちゃんは一人っ子だったが、水戸の親戚長谷川家には従姉妹が四人もいて、年頃もほとんど二、三歳ずつの違いだったので、仲の良い五人姉妹のようになっていた。常盤公園の好文亭で一緒に遊んだり、学校でも手助けし合い、転校生の寂しさなど全くなく、むしろ東京にいた時よりも元気溌剌と過ごしていた。

梅祭りも終わり、そろそろ桜山の桜の花がぱっと咲くのを待っていた頃、たけちゃんは長谷川の家に遊びに行った。

「かねちゃん、ふみちゃん、ちとちゃん！　ああ、ふみちゃん、明日から春休みだね。ちょっとお手伝いに来てよ」

「どうしたの？　何をするの？」

「私のお部屋のお隣の、いろんなお道具がごたごた入っているお部屋、空っぽにして、きれいに掃除をしろって言われたの。四月から水戸中学に入学する一年生を寄宿させるのだって。ひとりじゃ大変だから、お姉ちゃんたちにもお願いするの。ふみちゃんと私は一緒に小さいもの運ぶから、どうぞよろしくお願いします」

「どんな人が来るの？　どこから来るの？」

「知らないわ」

「隣の部屋じゃあ困るわよ」

「さあ、どうなるのかちょっと心配ね」

「嫌な人だったらどうするの？」

「追い出すよ。出て行けって」

翌日全員エプロン姿で、道具やらごたごたとしたものを、別の部屋に運び出して大掃除をした。謙とふくは笑って見ていたが、

「ご苦労様、ご苦労様。部屋が空っぽですっかりきれいになったね。これなら大丈夫」と大満足だった。ふくは水戸の梅羊羹と御家宝《ごかほう》をちゃぶ台に並べて、

「大変だったね。お茶にしましょう」と姪たちに礼を言った。

「叔母さん、どんな人？」

「高萩の人で、水戸中学に通学するのは遠いからと頼まれたの。頭はいいらしいよ！　来たらあんたたちにも紹介するから、またおいで」

従姉妹たちは、わいわい言いながら帰って行った。

当時の水戸は武家屋敷の名残りもあって二階家は少なく、間数の多い家が普通だったので、書生や女中を二、三人置いている家庭は珍しくなかった。謙とふくは貧乏になったから、多少の収入になればと考えた末、下宿屋を始めたのではないかと思う。ちょうど戦争にも勝ったから。

「真木さん、ごめんくださいい、入ります。今川です、一人で来ました。荷物は後から届くと思います」

「たけちゃん、今川さんの坊ちゃんが来たよ。早く玄関へ行ってお迎えしておいで！」

「はーい、ただいま」茶の間から玄関へと大喜びで走って行ったたけちゃんが戸を開けた。開けて思わず「わっ」と飛び上がって尻餅をついてしまった。そこには水戸中学の制服制帽姿の大男が、小さな風呂敷包みを持って立っていた。玄関の戸が半開きでは狭いので、大きく全部開けて中に入ってもらった。真木家の三人は全員、若い時分に親交のあった常陸山関を懐かしく思い出して大歓迎だった。小学校の先生は、「お前は体が大きくて力も強いから、相撲取りになった方が出世できるよ」といつも言っていたそうだ。

彼の名前は「今川義利」、私の父で、「真木多け乃」の夫である。

今川家

平成二十四年（二〇一二）十月九日火曜日、新聞、テレビはトップニュースで「ノーベル医学・生理学賞が京都大学の山中伸弥教授（五十歳）と英国ケンブリッジ大学のジョン・ガードン教授（七十七歳）に決まった」と報じている。昨夜から号外も出て、日本中「iPS細胞」のお祝いムードに沸いている。十九人目の日本人受賞者出現で、野田総理、田中文科新大臣の祝辞やら電話やら、各局のインタビューやら。全国民が大喜びで「やるぞ、日本人は大丈夫」と勇気が出てきたような気配である。

将来人類のために必ず役立つ研究だとお祝い申し上げると同時に、偉大な人、偉大な研究、大事件、大災害が、後世の人には単なる時の流れの一こまにしか過ぎなくなってしまうことも思う。

私はその歴史の一こまに悩まされ続けたものだ。それは「桶狭間」だった。普通の人は小学生時代、女学生時代（男女共学なし）にそれぞれ一回ずつ学習するのだが、私は万年転校生だったので、運悪く四回も辛い授業を経験した。
「この前は、上杉謙信と武田信玄の川中島の合戦を話したから、今日は織田信長と今川義元の桶狭間の戦いを勉強します……」「今川義元は大軍で、都を目指して尾張へ。信長は雨の中、少人数で馬を走らせ桶狭間へ……敵は油断の酒宴中……」「油断大敵、義元は首を取られ全滅。命からがら逃げ帰ったもの多数……」「信長大勝利、その後京の都へ……」

先生も生徒たちも講談のように面白いこの話が大好きだったが、私にとっては「今川義元の桶狭間の合戦」は実に迷惑千万な話だった。いつも顔を伏せ、体を小さくして「なぜ自分の名字が今川で、父の名前が一字違いの義利なのか。もしかしたらご先祖様なのかしら」と恥ずかしいやら肩身が狭いやらで、涙が出てしまった。皆が笑っている。知り合いの中に「今川」は他に一人もいなかった。大人になってからは今川家のこともあまり気にならなくなり、「今川焼き」は大の好物だし、NHK大河ドラマの「桶狭間シーン」も何回となく平気で見られるようになったのだが。

平成二十三年（二〇一一）五月四日、実家の兄嫁からずっと大切に保管していたという今川家の家系図と、祖父浅吉自筆の「浅吉一生記」と称する一代記のコピーを送ってきた。
「高萩の今川家に本物はお返しした方がよいと思うから」とのことだった。

コピーを見てびっくり仰天。半信半疑で家系図の名前をずらずら読んだ。八百年近い代々の当主の名前が記載され、父は四十代当主となっている。たぶん物好きな誰かが人に作らせた巻物だろうと思いながら、虫眼鏡でよくよく詳細に調べてみると、先祖は今川義元ではなく、足利から直接出ている分家される前の今川と判明し、なんとなく安堵した。同時に祖父「今川浅吉」の波乱万丈の一生も浮かび上がってきた。彼の一生は明治、大正の動乱の中、「山あり谷あり、十人の子あり、二人の妻あり」の生涯だった。

私は祖母「もんさん」のことは大人になって初めて知った。小さい時分、高萩にお泊りして遊んでもらったのは「しんおばあちゃん」だったから、しんさんが父の実母だとばかり思っていた。祖父の「浅吉一生記」が入手できたので、昭和十年頃まで彼の人生をたどってみたいと思う。

今川浅吉（1864-1934）郵便局長
義利の父

明治初年は、まだ小学校が設置されない寺子屋時代だった。浅吉は十歳頃、関根誠之進という人物宅にて手習いを始めた。明治八年に小学校ができてからは、方々の仮校舎を転々とした後、ようやく芳山（吉山）に新築された学校に移る。

明治十四、十五年頃、今度は大子堂毛利義質という人に日本外史、政記などの素読を習い、小学校の中等科を卒業している。「明治十五年頃、大津小学校の助教に雇われ、夜間は校長、松本市太郎について漢学を修業せり」とある。

明治十七年上京。芝二本榎川崎義塾へ入学。史漢の書を研究傍ら、愛宕下の上野塾へ通学し、数学を研鑽している。その後、明治十八年一月、前述した外桜田にあった陸軍教導団へ入学した。

明治十八年六月二十五日、陸軍教導団卒業。二等軍曹に任ぜられ仙台鎮台付に。翌年七月十日、新発田にある歩兵第十六連隊付を命ぜられ、二十一年までもっぱら戦術科研究に携わる。一等軍曹、給養係昇進後、明治二十四年六月、現役満期予備となって退官。七月には今川利太郎の婿養子となり、もんと結婚している。

日清戦争では、明治二十七年八月に召集され、佐倉の後備歩兵第二連隊へ入隊。続いて戸山学校内へ転営。二十八年五月、士官適任証書を受け、復郷解散。二十九年八月十五日、近衛歩兵第四連隊に見習い士官として入隊。三十年三月に少尉に任官され、七月正八位となっている。

明治三十年二月、高萩運送合資会社設立。続いて同社は東京隅田川駅前に常盤運送合資会社を設立し本店の主任となり、支店を秋葉原駅に置く。当時の河川運送の様子が垣間見られるようだ。明治三十三年四月には株式会社多賀銀行創立の発起人となって、これの支配人となり三十五年まで務めている。同年五月、高萩運送株式会社を設立し社長となり、後に日本運送株式会社も設立し、常務取締役、交互計算部長、所得税調査委員などを歴任。浅吉は明治の男、起業家精神が旺盛な男だった。

日露戦争の時は、明治三十七年二月十日に召集され、近衛後備歩兵第二連隊小隊長。召集当時は、本郷根津須賀町七番地、井上英七郎邸を宿所としていたらしく、湯島切通岩崎男爵邸に本部を置き、後備隊の編成事務に服した。出征待機中の任務は宮城の警備だった。三十七年五月七日出征の命下り、「新橋駅より乗車。見送り人多数。いずれも元気旺盛、五月九日広島着、滞在三日」とのこと。五月十三日、宇品港より伊予丸に乗り込み、午後四時出帆。同時に常陸丸、佐渡丸も出帆した由。この時「旅順攻撃砲割乗の都合にて、乗り込む船が常陸丸から伊予丸に変更された」という。常陸丸は、ウラジオストク巡洋艦隊所属の三隻の装甲巡洋艦ロシア、リューリク、グロモボーイに撃沈される運命となったから「我等その難を免れしは天佑と喜びたり」と記している。

五月十五日、南光澳沖到着するも悪天候に阻まれ上陸を見合わせ、ようやく六月十七日に上陸。華家邸に宿営。その後、慣れぬ土地にて、路に迷い灼熱に倒れる者を出したること、後に取り戻すも休憩場に軍刀を忘れたること、味方を敵と間違え報告したることなど、失策と題してわざわざ記しているところは、謹厳実直な人柄の一端も見え隠れする。

三十七年十二月中尉に。明治三十八年一月二十四日、大嶺を陣地に、本渓湖の防戦成るが、連隊長以下負傷者も出る。三十八年二月二十五日の奉天会戦当時は中隊長代理となり、三月四日「敵の退路を遮断し、遂に白旗を掲げ降伏せしめたり。捕虜三千百名、内将校二十二名、ヘラルド新聞記者一名。右捕虜護送の任務を受け、四方台の軍司令部へ之を送付す」とある。

三十八年三月十六日、鉄嶺占領、加瀬支隊に属して進軍、滞陣中に講和説が起き、休戦へ。九月に講和成立。十月十六日批准交換。十一月三日、凱旋の命下り、一年九か月ぶりに凱旋の途に就いた。明治三十八年十一月三日、宿営地を出発し、大連港より宇品港へ帰港。そして東京湯島岩崎邸へ凱旋。

戦役後は、明治三十九年、松原町軍友会を組織し会長となり、四十三年十一月に帝国在郷軍人会ができると松原町分会長。大正二年四月には多賀郡連合分会長になっている。

戦後、浅吉は高萩運送を整理し、松原塩指定引受人組合長として高萩海岸の製塩所の塩を全部引き取り、水戸、港、太田、笠間、下舘、古賀、宇都宮、栃木、小諸、山形県地方に送出していた。塩元売捌人ともなり、郡内同業者の合同合名会社を設立。格安の石炭を用いて海水を直煮した塩製品を一等、二等、三等（優良品）として扱った。

明治三十九年四月一日「金鵄勲章功五級」「勲六等単元旭日章」を下賜される。注記に「功記にある御名は、明治天皇陛下のご直筆なり。家の宝として永久に保存すべし」とある。

明治四十一年十二月、浅吉の郵便局長時代が始まる。五代目局長として高萩郵便局長を拝命。局長就任以来二十五年間、簡易保険、郵便年金、小児保健、恩給年金取扱い、電話交換、国庫金、振替貯金等々の業務を扱い、郵便局長会の会長となって、昭和七年四月、病のため辞任。後任は三男、三九郎に譲った。こうしてみると現在もある多くのサービスが明治時代からすでにあったわけだ。

「浅吉一生記」、省略して申し訳ない。祖父が現在壮健で「郵政民営化をめぐる一連の騒動」を知ったら、何と言うかぜひ知りたいものだ。

今川家の二人の祖母、父の実母「もんさん」は十人の子供を出産し、最後の出産の一年後にご永眠とは本当に大仕事だったろうと思う。そして「もんさん」の残した子供たちを立派に育て上げた「しんさん」はまた立派だった。昔は「貧乏人の子だくさん」と言って当たり前のことだったろうが、確実に人口増加に寄与し、富国強兵にも大いに貢献したことだろう。今のご時世でも、政府が多産育児の夫婦にたくさん奨励金を出す制度を作ったら、少しは少子化対策に役立つのではないか。もちろん子ども手当も増額にして。

よっちゃんとたけちゃん

「ああ、今川さんの坊ちゃん、元気かね！　母ちゃんも、ちびたちも元気だから安心しな。荷物ここへ置いてくよ。頑張れよ」荷物を運んできた二、三人の若者が大声で叫びながら帰って行った。

「よっちゃん兄ちゃん、荷物ついたよ」

「ありがとう、たけちゃん」二人は手分けして荷物を整理した。

「なぜよっちゃんの父ちゃんや母ちゃんは来ないの」

「父ちゃんは戦争に行っちゃった。母ちゃんは忙しいからね」

「どこへ行ったの」

「父ちゃん、近衛だぞ」

「近衛って何」

「近衛は宮城を守る兵隊のことさ」

「へえ、私、小さい時お堀の近くに住んでたんだよ」

「父ちゃんは今満州に行っているらしい」

「ここはお国の何百里、離れてとーおき満州の、あーかい夕陽に照らされて、友は野末の石の下……」二人は歌いだした。「戦友」は十四番まである。

たった一日で二人は二歳違いの仲良し兄妹となった。たけちゃんは弟の小太ちゃんが生まれるまではずっと一人娘だったからとてもうれしかった。


平成二十四年（二〇一二）十月二十二日日曜日、青山葬儀所で、御年八十七歳、名優大滝秀治さんが亡くなり、「お別れの会」の様子がテレビで放映されている。ご冥福を祈りつつ拝見していたら、大滝さんの写真が私の母方のたった一人の叔父、真木小太郎とダブって見えた。時が流れたので、会場の人々の様子も参列者も昔とは異なっているが、名優、名女優、映画・舞台・衣装・装置の関係者や音楽家等々の有名人数百人が、叔父の告別式に来場してくださっているような不思議な錯覚を起こし、何とも言えない気分になった。叔父の時には、森繁久弥さんが通夜の席にもみえられ、姪の私に長々と丁寧にお礼を言われた。

「真木さんにはねぇ、私もコーちゃんもキートンも、エノケンも内藤先生も菊田社長もずいぶんと世話になったんですよ。ガンで腰が痛いのに我慢して仕事をして……」と、長話をされたことも思い出した。あの時は遺族として本当にうれしく思った。小太ちゃんは森繁さんに大きな油絵の肖像画を描いてさし上げたこともある。次の日、青山斎場の告別式に参列した親族は七、八名

だった。喪主はマイク真木（本名真木壮一郎）、「バラが咲いた」を歌って一躍有名になった。私にとっては母方のたった一人の従弟だ。

小太ちゃんは晩年紫綬褒章を頂いた。第一回東宝菊田一夫演劇賞特別賞受賞。日本舞台テレビ美術協会会長を務めた。

謙とふくは、今川義利の保証人兼保護者代理として水戸中学校の手続きをした。たけちゃんは小学生時代、よっちゃん（義利）によく勉強を教えてもらい、外でも仲良く行動を共にしたが、女学生になったとたん「男女七歳にして席を同じうせず」だから少々困ったらしい。そこで二人は日曜日に教会へ行き、キリスト教に興味を持つようになったようだ。

明治、大正、昭和初期は、日本人の生活様式が急速に洋風化した時代だが、当時の日本人を指導し、大きな影響を与えたのが、多くの来日宣教師だった。その中で特に有名な人物の一人が、東京芝に普連土《フレンド》女学校（現普連土学園）を設立したアメリカのビンフォルド夫妻だ。彼は四十三年間日本各地でキリスト教の伝道活動をし、水戸には三十七年間いた。水戸は旧水戸藩時代から排耶論《はいやろん》の拠点だったので、布教に熱心な宣教師にとっては、とてもやりがいのある土地だった。

ビンフォルド夫妻の水戸での活動期間は明治三十二年から大正九年までである。明治四十二年頃のものと思われる写真が手元にあるが、写真の裏には「備前町の教会、シャープレス宣教師さん宅」とある。たぶん立派な教会が完成する前の写真だろうと思

水戸の教会（宣教師宅）　当時英語、料理、刺繡などを習っていた多け乃と女学生たち（1909 年）

う。スレート屋根、雨戸のある平屋の日本家屋の集会場での記念写真だ。長い縁側の前には石の下駄置場。ムシロの上に五人座り、後列の椅子席には八人、後に立つ人十人、縁側の上に立って並ぶ人十一人。右端に洋服姿のビンフォルド夫妻。若くて背の高い立派な人物だ。着物姿の小さな女の子が一人、他の全員も着物、袴姿で、二百三高地頭の女学生らしき娘さんたちがずらりと並んでいて、もちろん母、たけちゃんも縁側の上に立っている。

「どれどれ、どの人」

「ほら、その左から三人目よ」

「ずいぶん小柄な人だったんだね」

お世話になった宣教師ビンフォルド夫妻と帰国時の挨拶状（1936 年）

たけちゃんは本当にやせっぽちだった。

よっちゃんとたけちゃんは当時、学校のない日はほとんど教会に通っていた。彼は英語の勉強に熱中していたし、彼女は英語の他にも、オルガンで讃美歌を弾くことを習ったり、料理、フランス刺繍、洋裁、編み物などを教えてもらっていた。当時の教会は、現在の塾、集会所、保育所、遊び場などをミックスしたような場所だったらしい。二人はこの時代にキリスト教信者になる基礎を作ったのだろう。もっとも正金銀行時代には日曜毎に礼拝に行くことはなかったが。

私の手元にはビンフォルド夫妻の最後の挨拶状も保存してある。宛名の封筒は見つからなかったが、中二つ折りのカードに印刷された挨拶状で、裏側に二人の写真が貼ってある。水戸時代に世話になった愛する弟子たちの両親あてに、ビンフォルド夫妻が送ったお別れの礼状だ。祖母のふくが保存していたに違いない。昭和十一年十月頃といえば、私の家族は、満州奉天の正金銀行勤務の時代だった。大正、昭和初期の人情は今よりもずっと濃く、国境を越えての人々との交流は時間がかかる文通しかなかった。もしもこれが奉天に届いたものだったとしたら、よっちゃんか、或いはたけちゃんが先生と文通をしていたことになる。もしかしたらこちらの方が真相かもしれない。


「よっちゃんはいいね、中学の制服が洋服で。この頃、男の人は着物や袴じゃない人も多くなってきたけど、女学校はまだ全員着物と袴で、頭は二百三高地。靴はいいけれど、頭は本当に面倒よ。早く洋服の制服にならないかなって、みんなで言ってるの」

「たけちゃんみたいなお転婆は洋服がいいよね。この間ビンフォルド先生が、たけちゃん屋根に上って布団干してたって言ってたよ」

「そんなことみんなしてるよ。私は何でもするのが好き。小さい時からお習字やお花、お茶、お絵かきは続けてるし、お掃除やお洗濯、洗い張り、針仕事もきらいじゃないよ。今は教会のお菓子作りがとても面白いわ。オルガンも面白いけど家にないから練習できない。小太ちゃんが生まれたからオルガンは駄目だって」

「そうだね」

「そう言えばよっちゃん、あんたすごい音痴。讃美歌調子はずれで恥ずかしいよ。早く金持ちになってオルガンかピアノ買ってよ。そしたら歌教えてあげるから」

「そんな約束できないよ。オルガンやピアノは高いんだぞ。それにもうすぐ仙台の二高の入学試験だ。パスしたら仙台に行くんだ」
「頭いいからパスするよきっと。夏休みなんかには水戸に帰ってきてね。高萩じゃなくてここへ来てね」
「そうするよ。高萩は子供があんまりたくさんいるから勉強ができないし、それにビンフォルド先生の教会の集会にも出たいからね。キャンプファイアや野外授業も楽しいから水戸に帰って来るよ。たけちゃんも一緒に行こう」

今川の祖父浅吉と真木の祖父謙は、私の想像では日清戦争の頃、同県人として互いに何らかの親交があり、旧知の仲だったのではないかと思う。父義利が真木家に寄宿したことがきっかけで両家のつきあいが深まり、今川家の子供たち全員が真木家との絆を深めたらしい。私は今川の家族みんなが「ふくさん、小太さん」と本当の家族同然に終生交際していたことが、子供ながら不思議でならなかったのだが、その後、今川の弟妹たちのほぼ全員が水戸の学校へ行き、真木家が保証人となって寮生活をしているのだが、休みにはしばしば真木家に行って、おいしいものをご馳走になっていたらしい。その話を聞いてすっかり納得した。

たけちゃんは女学生になっても相変わらずポスト係をしていた。その日は珍しい絵葉書が、東京から移転した水戸の住所「水戸市上市表五軒町」真木多け乃様宛に届いたのを見て驚いてしまった。今まで男の人から直接便りをもらったことなど一度もなかったから。「本艦一昨五日大分港に到着。別府に寄り、……本日出港明日高知へ。坂場時平」海軍関係の人からだった（東京時代のボーイフレンド？）。

「大分津留橋の景」とある絵葉書で写真の左上には直径四センチぐらいの紫色の丸いスタンプが押してある。円周にはぐるりと「皇太子殿下大分県行啓記念、明治四十一年十一月」とあり、どうやら海軍大演習に立ち会われた皇太子行啓記念絵葉書の一つらしい。円の中心には日章旗を含め左右三本ずつの旗が交差して中央で束ねられ、その上には何の紋章か不明だが、八方にペン先が出ているような凹凸のあるリング状の図柄が置かれている。たぶんこの頃は、明治天皇陛下が御高齢になり、皇太子様（大正天皇）が御公務を代行する時代になっていたと思う。

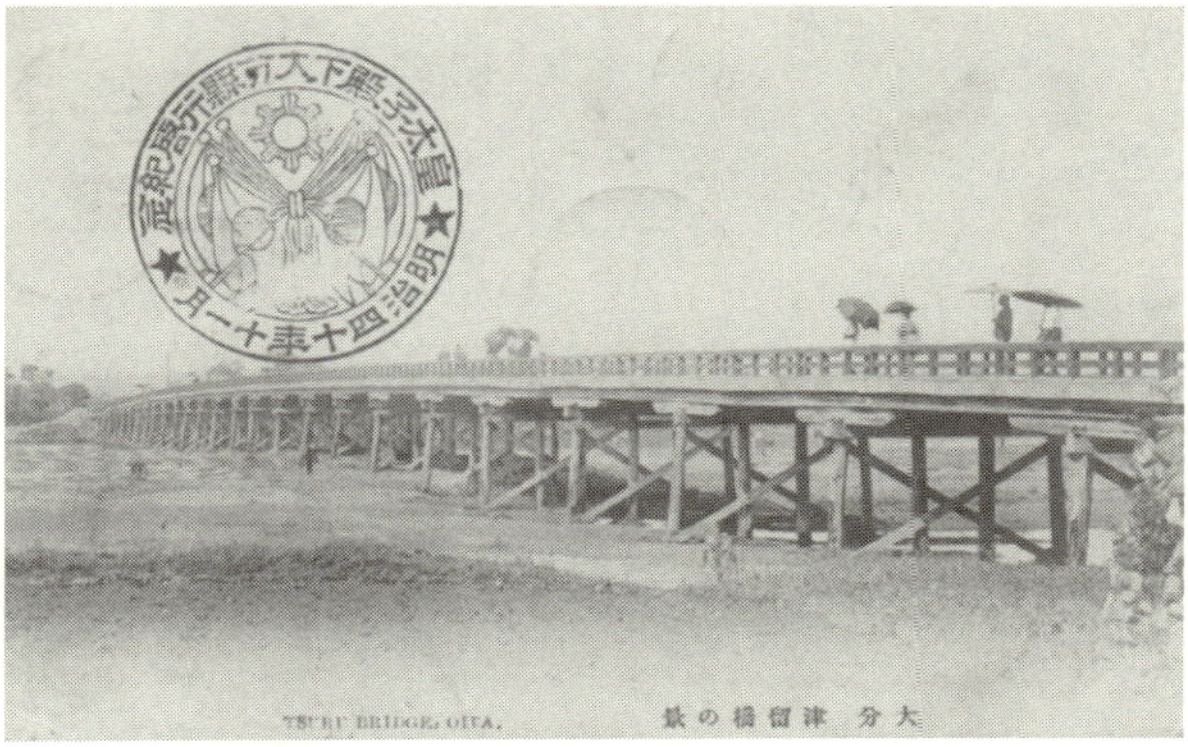

皇太子殿下 大分県行啓記念絵葉書（1907 年 11 月）

たけちゃんは当時女学校二年生、よっちゃんは中学四年生。四十一年、四十二年は両家にとって幸福と不幸の二重奏となった。水戸では小太郎誕生。高萩ではよっちゃんの一番下の弟、利光が誕生し、そして母もむさんが御永眠。明治時代も幕を下ろす日が近づきつつあった。明治四十五年七月三十日、明治天皇崩御、九月十三日桃山で眠りにつかれた。この日、陸軍大将乃木希典（六十四歳）・夫人静子（五十四歳）赤坂の自邸で殉死。そして大正と改元される。

父、今川義利は、日露戦争の勝敗が決した明治三十八年（一九〇五）に県立水戸中学に入学している。四十三年（一九一〇）には仙台の二高に入った。そして二高卒業の大正二年（一九一三）に東京帝大の政治科に入学し、大正五年（一九一六）三月三十日在学中に母、多け乃と結婚している。多け乃の方は、明治四十年（一九〇七）に県立水戸高等女学校入学、四十五年には卒業していたが、父の方は結婚の翌年に卒業だから、学生結婚だ。義利当時二十三歳。多け乃二十一歳であった。

両親のこの略歴を見るとつくづく羨ましくもあり、また少々あきれもする。ちょうどＮＨＫが十月から始まった朝ドラ「純と愛」のダイジェストを放送している。昔の若者と現代の若者の表現や行動様式のなんとまあ違うことか。

荒城の月

春高楼の花の宴　めぐる杯影さして　千代の松が枝分け出でし　昔の光今いずこ
秋陣営の霜の色　鳴きゆく雁の数見せて　植うる剣に照り沿ひし　昔の光今いずこ
今荒城の夜半の月　変わらぬ光誰がためぞ　垣に残るはただ葛　末に歌うはただ嵐
天井影は変はらねど　栄枯は移る世の姿　映さんとてか今も尚　ああ荒城の夜半の月
（「荒城の月」土井晩翠作詞、滝廉太郎作曲）

「たけちゃん、荒城の月上手だね。歌手になれるよ、きっと。声、きれいだから。俺は歌えないよ、詩は好きだけどね、難しくて。これ、二高の土井先生の作詞だぞ。音楽の時間によく習わされたよ。たけちゃんは今習ってるのかい」
「よっちゃんには滝先生の曲は歌えないよね。音痴だから。滝先生、ヨーロッパに留学して肺病になったんだって。天才なのに早く死んじゃって可哀想だよね。東京音楽学校（現東京芸術大学）

が中学唱歌用の歌詞を土井先生に頼んで、曲は滝先生の曲が一番になったんだって。土井先生と滝先生は生涯でたった一度だけロンドン郊外で会ったことがあったって先生が言っていたよ。この歌の古城はね、歌う人が勝手にどこかのお城を思い浮かべればよいから、月見でもしながら歌いなさいだって。滝先生の故郷の大分の人は、竹田の岡城址だろうけれど、仙台の人は仙台城だなって。先生、何言ってるんだっぺ」たけちゃんは時々「だっぺ」を使った。

「よっちゃんは一高を受験しないの？　東京の方がずっといいと思うよ」

「一高よりね、俺、土井先生に英語教えてもらいたいんだ。先生は詩人だし、漢文だって習えるし、尊敬してるんだ。それに二高の卒業生には吉野作造先生もいるんだぞ」

「吉野作造って誰よ」

「吉野先生は帝大の政治史の偉い先生だ。二高を出て帝大に進んだら、土井先生から吉野先生に紹介状を頂いて、大正デモクラシーを教えてもらうのさ」

「よっちゃんたら、まだ二高に合格するかどうかもわからないのに、あきれた人。でもきっと帝大も合格するよ」

「仙台にはバプテスト教会もあるらしいからその研究もしてみたいし」

「私もいろいろ勉強しとくよ」

二人は明るい希望を次々に語っていた。本当の純愛だった。

父は母が想像したとおりその後二高に合格した。

義利がその年の夏休み、たけちゃんとの約束を守って水戸に帰ってきたのは八月の末になってからだった。

「やっと帰ってきたよ、たけちゃん。忙しいの何のって、寝る時間もありゃしないんだよ」

「ちょうどいいよ、少しは痩せて。それで二高は面白いの？」

「友達はみんないいやつだし、頭もいいよ。クリスチャンがずいぶん大勢いる。入学したとたんに、例の潜水艦の事故があって大騒ぎだったよ（明治四十三年四月十五日、第一潜水艦の佐久間大尉が広島湾で潜水中に浮上できなくなり、殉職。日本最初の潜水艦事故である）」

八月二十三日には日韓併合で、韓国を朝鮮と改めた。この年は大雨で隅田川が氾濫し大洪水となるし、東京ではガスの供給途絶が数日に至った。

「大変な世の中になっちまったと、各地から来ている寮生たちが心配してガヤガヤ騒いでたんだ。俺なんかは家が近い方だよ。高萩と水戸だからね」

「それはそうね。それにしても、よっちゃんはいろいろなニュースが早々とわかってるんだね。水戸の女学生はのんきだから、そういうことぜんぜん知らないよ。そういえば英語、土井先生に習ってるの？」

「うん、土井先生、とても面白くていい人だよ。だけど先生、ブロークンイングリッシュなんだ。ちょっと発音が悪くてね、みんなで困ってるよ。あれでよく英国留学ができたって俺たちみんなで言ってるんだ」二人は顔を見合わせて笑った。

よっちゃんは茶の間のふくと赤ん坊の小太ちゃんのそばに行き、ドタンと胡坐をかく。

「お帰りなさい、よっちゃん。今父ちゃんは釣りに行ってるよ。夕方には帰って来るはずだ。ヤマメはたくさん釣れたかしら」

「小太ちゃん（明治四十三年（一九〇九）六月生）、ほらよっちゃん兄ちゃんだよ」

「あれ、ニコニコして喜んでるよ」とふくも上機嫌だった。

「ねえ、よっちゃん、後でビンフォルドさんの教会に一緒に挨拶に行こうよ。二人で行ったらきっと喜ぶよ」と、たけちゃん。

この明治四十三年（一九一二）にはノルウェー人のアムンゼンが南極に到達して水戸の家でも大きな話題になった。義利は三年後、大正二年に帝大に入学した。

父の二高での学生生活について私はほとんど知らなかった。娘だったから親の学校のことなど関心もなかったわけだが、その後大東亜戦争末期の昭和十九年、運よく父がジャワから帰国し東京、そして横浜が勤務地となって横浜の山手に舎宅を頂いた頃のこと、

「おい、和子、一緒に高萩と仙台に行かないか。墓参りと仙台二高の土井先生にお別れの挨拶をしに行くから。日本は玉砕するかもしれないぞ。お前も九月から陸軍の多摩研に（詳細は後半で）勤めるのだから、内地でも何があるかわからないだろう」

私は喜んで同行することにした。父と二人きりで旅行をしたのは生涯でこの時が一回きりだった。汽車の中や宿で、父は珍しく楽しそうに仙台、二高、教授たち、友人たちの話をしてくれた。仙台駅に到着したら、見覚えのある丸顔、禿げ頭に眼鏡をかけた小山田のおじちゃん（父の友人）

が出迎えていてくれた。

「和ちゃんよく来たね。大きくなってパパそっくりだね」

おじちゃんに会えたことはうれしかったが、ちょっと腹が立った。私は小さい頃から父に似て太っていて、おまけにピアノの方は少しは上手になったが、歌の方はからきしの音痴だった。だから「父にそっくり」などと言われると泣きたくなるほどガッカリした。妹二人は美人だったが私はブスだったし。もっとも、そんなことは九十二歳にもなるとなんとも思わなくなるが。

小山田さんと父はどこかに雲隠れした。私は一人仙台市内を勝手に見物した。まだ米軍による本土空襲はなかった。市民は日本の勝利を信じていたから、ちょっと目にはのんきそのものだった。

伊達政宗の仙台城（青葉城）、城下を一人ぶらぶらしながら、父の二高時代のことを想像した。明治から大正へと移行する時代の二高は三年制で、各学科により多少学生の人数は違うが、大学予科と称して第一部法科四十三人。文科四十三人、理科甲百二十四人、乙八十三人などの記録がある。詳細は入試方法がくるくる変更されているのでよくはわからないが、何れにしても非常に難関で、実力がなければ合格できない学校だったようだ。その頃の帝大の教授陣はまだまだ欧米のお雇い外国人も多く、講義や試験を外国語で行うことも普通だったから、学生は必死になって、英語やドイツ語、その他の言葉を勉強した。

父は二高時代に一緒に寮で過ごした友人たちとは終生仲が良かった。正金銀行時代は海外勤務が多かったが、時々の内地（東京、横浜）勤務の折にはよく友人たちが我が家に遊びに来たので、家族ぐるみで親しくしていた。例えばその中の一人に土井さんがいる。彼はイタリー語で苦労していた。父に「お前の死に水はおれがとってやるから、和ちゃんたちも安心しな」と約束していたのだが、彼の方が父より八年早く神に召されてしまったから実現しなかった。

彼の名は土井辰雄、カトリック教界では有名人で、日本人で初めて枢機卿に任ぜられた人だ。二高を卒業後、ローマのウルバノ大学に留学して昭和三十五年三月に枢機卿に任命された。彼の苦労話は母からもよく聞いていた。キリスト教もいろいろな派があって大変なことだと思った。仙台の伊達家の歴史はローマとも深い関係がある。戦国時代の仙台はどんな町だったのだろうか、などと思いながら土産物屋で買い物をした。

その夜、父はうれしそうに宿屋に戻ってきた。友人たちと会食をして、土井晩翠先生のお宅にも伺い「書」を頂いてきた。にこにこと胡坐をかきながら、

「和子、先生はお元気で喜んでくださったよ。南方の戦況をお話したら、とても心配しておられた。先生は愛国者だからね」

「ママが『荒城の月』を上手に歌ってるって言ったの？」

「馬鹿な、そんなこと言うものか。ママは歌が上手だがお前は駄目だね。でも伴奏は上手だったから、方々で外国のお客様には喜ばれたな」

「そうそう、インドのカルカッタ、インドネシアのスラバヤとバタビアの宴会」

何かちょっと親孝行をしたような気分になった。

「パパ、先生の書を見せてよ」

「ほら、これだ」

父は巻紙を机の上に広げて見せてくれた（長さ約九十センチ）。

翌日は二人で松島まで足をのばした。

二高の新入生だった頃、勧誘された父が自分はボートの選手などやりたくないと断ったら、「今川、お前は太っていて重いから、ボートの後尾に乗って重りになれ。舵をとればいいんだ」と、上級生に命令されたそうだ。

松島湾でのボートレースは本当に楽しかったと、懐かしそうに父は二高時代の話をした。その日は晴れていたので景色もすばらしく、さすがは「日本三景の一つだ」と思ったものだった。

東北でいちばん名高い禅寺、今は国宝にもなっているという瑞巌寺もお参りして、お坊さんから長々とお寺の縁起を拝聴した。開創時のこと、平安時代の比叡山延暦寺とのゆかり。平泉の藤原氏、鎌倉幕府、伊達家との関わり、そして明治天皇行在所《あんざいしょ》跡などなど。立派なお寺に父と二人で頭を下げ、出征兵士の武運長久と日本の勝利を祈願する。

「昨日は二高の学生基督教青年会（忠愛の友倶楽部）の連中が集まって会食をしたんだ。あの頃は全員若かったからなあ。大勢で受洗したんだよ。パパもだよ」ポツリと帰りの汽車の中で話してくれた。

あの時、父も私もアメリカ軍の空襲と艦砲射撃は大いに想定して心配したが、平成二十三年三月十一日午後二時四十六分の東北大震災と津波、そして福島原発の大事故は全く考えつきもしなかった。父は何も知らなくて幸福ものだ。

多け乃、豊田芙雄《ふゆ》先生のいる水戸高等女学校へ

「お父様、お母様。今日学校で豊田先生*から真木さんは体が小さくて体力がないから運動をした方がよいですね。教えてあげるから薙刀《なぎなた》を習いなさいって言われたの」

「貴女はお茶やお花は免許皆伝だし、お父様はなかなかの学者さんで、水府流の泳ぎの先生でもあり、家伝の秘薬も作っていらっしゃるとか。教会にも通っていて、いろいろとお勉強はしているようだから花嫁修業は大丈夫でしょうけれど、ちょっと小粒ですねって」

「豊田先生ってあの冬さんだろう?」

「藤田東湖先生の姪御さんで文武両道の達人だよ」

「冬さんは彰考館の豊田総裁のご長男の小太郎さんと結婚したんだけれど、小太郎さん京都で殺されちゃってね。本当に可哀想だったよ」

「一人になった後、名前を冬から芙雄に改めて一所懸命勉強に打ち込んで、日本一の女学者様になったのさ」

「水戸の十二代目のお殿様の徳川篤敬《しげよし》さんがイタリー全権公使になって洋行した時、芙雄さん、随行員として一緒に行って、ローマに三年間留学したんだよ。文部省から調査を頼まれて欧州の女子教育について研究したんだと。フランス語がとても上手で、確か、スイスやデンマークやドイツにも行ったはずだよ」

「鹿児島やら栃木やらで女学校を作って、方々の有名な幼稚園の保母教育も指導をしたらしいが、今は地元の水戸で女学校の先生をしとるんだ。校長先生より格上だぞ」謙は力説した。

「そう。先生ピアノ弾けないのに、子供のために歌まで作曲していらっしゃるのよ」

蝶々、蝶々、菜の葉にとまれ、菜の葉にあいたら、桜にとまれ。

多け乃は先生の作曲した歌を歌った。母からはそう聞いている。

「それで多け乃、薙刀は教えていただくのか」

「薙刀はあまり好きじゃないから、お断りするつもりよ」

「やればいいのに。なんでも習っとくもんだよ」

「来年は女学校卒業だし、時間がないわ。英語の方がおもしろいし、豊田先生にはヨーロッパのお話を伺うことにするわ。よっちゃんとの約束もあるし、やっぱり弁慶はよしておくわ」

「それもそうだね」

「それにしてもお父様、先生のことをよくご存じなのね」

「そういうことは全部詳しく知ってるさ。お前が生まれる前のことだ。藤田東湖先生は水戸の学問の神様だし、親類に近い人だしね。水戸の士族の間では皆承知してることだ。明治維新で幕府がなくなった後、水戸は徳川家だったから、茨城県はすっかり貧乏県になってしまってな。皆なかなか子供を学校に行かせられず、学校を作ることもできなかったんだよ。だから他県よりずいぶんと遅れて高等女学校ができたんだ。もしも豊田先生が県議や有力者に女子教育の大切さを力説しなかったら、お前の学校は出来ていなかったんだぞ。三十三年創立で、まだ十年しかたっとらんのだから、多け乃は運がいいよ」

「あと一年半女学校に通って卒業したらすぐ結婚したいよ。よっちゃんはまだ二高の学生だけれど、もしも帝大に合格したら、五年位は花嫁修業をしながら、待つつもりだよ」

「そうなさい。小太ちゃんの面倒も見てね」

私の手元には母、多け乃の卒業記念写真がある（水戸市小貫玉真堂制作の写真で、縦二十一センチ、横二十七センチ）。木造校舎の前で台形六段に人が並んでいる。七十人の卒業生たちは全員二百三高地で白襟の黒紋付に袴姿で、前列十七人は椅子に座り、膝の上に円筒形に丸めた卒業証書をのせている。総勢九十人、男の先生は一番上段に十一人、一人を除き全員口髭をたくわえている。次の段には女の先生方が九人。黒紋付きではなく、髪の結い方も各自少しずつ違っている。その中に一人、羽織を着たひっつめ髪の堂々と恰幅のよい女の先生がいる。この人が豊田芙雄先生だと一目でわかる。母はそのすぐ下の段の右から七番目に細面で小さく映っている。先生の肩幅が一・五センチ、母は一センチしかない。

今回、改めて豊田先生の経歴や明治大正期の女子教育史を調べてみてすっかり感心してしまった。先生は九十七年間の生涯のほとんどを日本の女子教育、幼児教育にささげ、各地で精力的に活動をなさり、大東亜戦争開戦のちょうど一週間前、昭和十六年十二月一日に天寿を全うされている。昔は本当に偉く、見識ある強い女性がいたのだと改めて思った。

もしも冬先生が、今の日本をご覧になったら何と言われるかぜひ知りたいものだ。平成大地震、津波、原発事故で多くの人が苦しんでいるのを見たらきっと陣頭指揮をとって、力強い救助作業を開始なさっていたことだろうと思う。一日でも早い復興を祈りつつ。私にはただただ、祈る事しかできない。

「ただ今帰りました。卒業式の写真を頂いてきたよ。桜がもうきれいに咲き始めていたよ。そう言えばお別れ会に来た人の中でもう三人もお嫁さんになったんだって、驚いちゃった」

「多け乃、おめでとう。どれどれ、写真見せてごらん。この間の卒業式はなかなか厳粛でよかったよ。仰げば尊し、蛍の光、皆泣いてたね。ああ、多け乃はこれか。お前はやっぱり小さいね。皆ずいぶんと立派そうに撮れてるじゃないか」

謙とふくはにこにこ笑って写真を見た。

「誰が結婚したの」

「この二段目の人、一年前から婚約していて、卒業式の次の日に結婚したんだよ。それからこの

多け乃 水戸高等女学校卒業記念写真（1911 年）

人とこちらの人はその一週間後。ずいぶん早いよね」

「それほど早くはないだろう、普通だよ。ああ、この娘か。薬屋の娘だね。医者と結婚すると町で評判を聞いたよ」

「へぇ、知ってたの。私は本当は大学に進学したかったよ。十人以上合格したらしいよ。残念だよ。専門学校も二十人位いるんだよ」

「ごめんね、多け乃。でも大学もいいけれど、気位ばかり高くなって主婦になると困る人も多いから、多け乃はこのまま家にいて、いろいろな勉強をすればいいよ。それにうちは今貧乏だからね」

「そうね。小太ちゃんの教育費も考えなくちゃならないしね。心配しないで、私は大丈夫だから」

　ふくが多け乃の卒業写真を神棚の卒業証書の脇に置き、三人仲良く並んで拝礼をした（明治四十五年四月初旬、真木家は神道である）。七月に大正元年になるとは露知らず。

＊　豊田芙雄　弘化二年（一八四五）―昭和十六年（一九四一）。享年九十七歳。昭和十二年（一九三七）ヘレン・ケラー女史の茨城県訪問の折には水戸駅頭で出迎えている。従七位勲六等宝冠章。

義利、東京帝国大学に入学

四月中旬になり桜が満開になった頃、久しぶりに仙台から義利が遊びに来た。

「こんにちは、今川です。入ります。ご無沙汰して申し訳ありません」

義利はのっしのっしと家の中に入ってきて、いきなり小太ちゃんをつまみ上げた。大好きなお兄ちゃんが遊びに来てくれて大喜びの小太ちゃんは、

「兄ちゃん、兄ちゃん、ほら、あのぐるぐる回すの、してよ」と、ぎゃあぎゃあとはしゃいでいる。家族四人全員がようやく火鉢の前に座ったのはだいぶたってからだった。

「勉強が忙しくてなかなか寮から出られないんだ。来年は卒業だし、帝大の受験もあるからね。一、二番にならないとパスできないかもしれないから」

「たけちゃん、卒業おめでとうございます。立派な写真だね。皆美人で黒紋付と袴が良く似合ってる。よいお嫁さん候補者揃いだな。しかし君はやっぱり小粒だね。もっと大きくなるかと思ったのにがっかりだよ」と、よっちゃんは軽口をたたきながら、写真を神棚に戻して手を合わせた。

「今川家はね、仏教、日蓮宗なんだよ」
「知ってるよ。でんでん太鼓を叩くの、高萩に遊びに行った時に見たよ」
「あ、そういえば、石川啄木が二十八歳で亡くなったの知ってるかい。アーメン」
「僕たちは結局、中途半端なクリスチャンだね。宗教ってなかなか難しいものだと思うよ。これからも自由に考えることにしようね」

二人は笑いながら千波湖へ向かい、そして殿様の屋敷を管理している長谷川家に遊びに行くことにした。ちょうど桜が満開で美しかった。父は花では桜をいちばん愛した。

翌年、大正二年三月、義利は二高を卒業し、帝大政治科に合格した。この時、高萩と水戸で万歳を三唱したかどうかは定かではない。

平成二十四年十一月十六日、午後三時五十分、衆議院解散。筆をとめてNHKを見ていたら、野田総理の解散宣言があった。議員全員が総立ちになって両手を高く挙げ、意味不明の万歳三唱。日本はどこへ行ってしまうのやら。

今川の祖父、浅吉は、高萩郵便局長を拝命して五年目になっていた。彼は早寝早起きの優等生で、朝は午前三時に起き、自宅にある高さ六尺（ちょうど畳を縦にした大きさ）の黒い大金庫の前に正座をして、仕事を始めるのが日課だった。夏はよいが冬は寒く、四月頃でも、時には薄氷の張る気温だった。もっとも昔の農家では三時起きは普通のことである。広い台所の土間で早い朝食が用意され、義利は、仏間兼茶の間で正座をして一人で朝食を食べた。食事が終わると四年前に亡くなった母もんの位牌に一礼し、大黒柱の横を通って父の仕事場の座敷に入った。

「父さん、いろいろと有り難うございました。朝一番で出発します。そういえば勝ちゃんは土浦の女学校卒業して、来年、水戸の滝田家に嫁入りが決まったんだって」

「ああ、そうだ。滝田の長男はね、学があってなかなか立派な人物らしいよ」

「それはよかった。官吏だってね」

「お前が帝大に合格したのをいちばん喜ぶのは母さんなのに、本当に残念だな。高萩で帝大生は初めてだから、おれも鼻が高いよ。しっかり勉強しなさい。宿はどこだ」

「二高の土井先生や学生基督教青年会、忠愛の友倶楽部から帝大の基督教青年会の寄宿舎宛に紹介状を頂いたから、本郷の千駄木にある寮に入れると思う。決まったら荷物送ってください。お願いします。ちびたちは皆まだよく寝ているから、そっと出発します。昨日遊んだ時にバイバイはしたし……。とっさん苦労するな。誰かいい人いないの、再婚したら」

「ああ、考えとくよ。それより、お前は多け乃さんをどうするんだ。女学校をもう卒業したんだろう」

「大丈夫です。たけちゃんは、大学を卒業するまで待ってくれるから」

「そうか。じゃ、送らないぞ。表玄関から出発しろ」

「行ってまいります。体に気をつけてください。ああ、郵便局の人や配達の人、おかみさんたちにもよろしく伝えてください。毎日世話になっているから」

「わかった。行ってきなさい」

大名屋敷のような長廊下のある表玄関には、新しい学生用の大きな下駄が置かれていた。義利は絣の着物、袴姿で、まだ夜の明けない表庭から、郵便局舎の横道を曲って高萩駅へと向かった。上り一番列車はまだ到着していなかった。ホームには一人ぽつんと旗を持って駅員が寒そうに立っていた。しばらくすると改札から五、六人の男がガヤガヤ言いながら入ってきた。常連客らしく駅員と談笑している。

当時高萩から上野まで何時間かかったのかは知らない。電化されていないジャッチャポッポ、シュッポッポで、トンネルに入ると煙で真っ黒になる、大正時代の頃のことだから、たぶん、六、七時間はかかっていたのではないかと思う。父は本当に大志を抱いて上京したのだろうと今でも信じている。

高萩は茨城県内でも福島県境に近く、阿武隈山地にある常磐炭田の炭鉱関係の仕事に従事する人が多く、当時は活気にあふれた町だった。それが今では東日本大震災、津波、福島原発事故の汚染廃棄物最終処分場に指定されて、反対運動も起きているが、それよりも何よりもゴーストタウンになりつつあると風の便りで聞き、心配している。

義利は、山並を背に高く聳え立つ日立工場の煙突を見ていた。朝日が当たりきらきらと光って美しく、十五分くらいだろうか、ずっと車窓から見えていた。まるで門出を見送ってくれる巨人の手のようだった。水戸が近くなった頃、急に思いだして思わず「しまった」と立ち上がる。

「たけちゃんに電報を打って、汽車が水戸駅を通過する時間を知らせておけばよかった。朝早いから悪いと思ったけれど、やっぱり知らせればよかった。電報を打っていたら、きっとたけちゃん駅に来ただろう。もしかしたら乗車もしたかもしれない」と残念無念だった。

「水戸、水戸、水戸」駅員の大声。

「弁当、弁当、弁当」胸に大きな箱を抱えて、弁当売りが駅を走り、客が窓から弁当を受け取っている。汽車が通過するたびに、代金がプラットホームに投げられ、拾うのも大変な時代だった。

汽車がガタン、ゴトン動きだし、彼も持参の弁当を広げながら、一週間前、真木家に帝大合格と上京の挨拶に行った時のことを思い出していた。


「おじさん、おばさん、多け乃さん。長いこといろいろ有り難うございました。二高から二番で帝大に推薦入学ができました」

「あら、一番じゃなかったの、残念。一番はいったい誰なの」

「知らないよ。推薦でも試験は一応あるんだぞ」

「義利君、本当におめでとう。でもこれからが大変だぞ。本気で勉強なさい。入学式はいつだ」

「四月十二日です。創立記念日だそうです」

「帝大はね。そもそもは徳川さんなんだよ。貞享元年（一六八四）に幕府が設立した天文方と、昌平坂学問所（寛政九年（一七九七）設立）と、江戸の医者が神田のお玉が池に創った種痘所なんかが順に洋学や医学や漢学の教育機関になって、その後、校名がいろいろに変更されてね、明治十年（一八七七）の四月十二日に東京開成学校と東京医学校が合併して帝国大学ができたんだ。後で京都帝国大学ができた時に、区別をするんで東京帝国大学になったのさ」

謙は楽しそうだった。

「ところで、赤門はもう見たか。何科に入るのかね」

「おじさん、ずいぶんよく知ってますね。赤門は去年偵察に行った時に見ました。東京駅も立派にできていましたよ。僕は法科で政治を勉強します」

「多け乃、早く義利さんにお茶とお菓子をさし上げなさい。夏休みまでは東京だからしばらくは寂しいよ。小太郎はどこへ行ったの。ちょっと探してきなさい」

ふくはそわそわしていた。謙もふくもいつの間にか義利を多け乃の結婚相手と思うようになっていた。そして義利も……。

汽車の窓から見えるのは広々とした関東平野だった。四月の田んぼはまだちょっと寒々しいが、これから田植えが始まり、農家は多忙になる。当時、日本中の小学校、中学校は、始業式が四月一日にあった。高等学校や大学はこれからだ。義利は希望に燃えて、汽車の窓からこの広大な風景を眺めた。

帝大生の時代

前略、皆様お元気ですか。

上京してようやく少し落ち着いてきました。下宿は以前に話した本郷区の千駄木町にある東京大学学生基督教青年会寮（通称東大ＹＭＣＡ寮）で、現在三十五人です。寮生の中に、二高の忠愛之友倶楽部出身の先輩も三人いて、とても心強いです。四月十二日に入学式があります。今からとても楽しみです。本郷には本郷教会という教会があるので、東京ではそこに行くことにしました。授業が始まったら勉強勉強で毎日多忙になると思いますから、お便りはしません。夏休みに又。お身体お大切に。

草々

四月三日

義利

たけの様

謙とふくと多け乃は、義利の葉書を見て、三人三様の表情をしていた。「男の子だねえ、いかにもよっちゃんらしい」と言い合って笑っていたが、多け乃は不服だった。

「何よ、これ。随分そっけない人。私を置いて自分だけ東京にいて。私の方がもともと江戸っ子なんだから」

けれども、しばらくして気を取り直し、

「朝から晩まで勉強勉強で大変ね。体は大きくて丈夫だから、心配はないと思うけれど……仕方がないわ、夏休みまで待つことにするわ」と、葉書を文箱にしまった。

七月になり、待ちに待っていた手紙がポストに入る。

「多け乃、よっちゃんからきた、さっきの手紙にはなんて書いてあったの」

「よっちゃん夏休みには来るのかい、来ないのかい。皆で待っているんだから」

「それがね。来ないんだって。がっかりよ。忙しいんだって。いろいろ長々と書いてあるから読んでみて。お正月休みまで帰ってこないらしい。小太ちゃん、よっちゃん兄ちゃんは来ないんだって。飴買いに行こうか」

たけのは手紙を謙に渡して、小太ちゃんと手をつないで駄菓子屋へと向かった。近所の芸者屋さんの家からは、ペンペン、チントンシャンと三味線の音が流れ、その音とまるで掛け合うかのように軒下では風鈴がチリン、チリンと涼しげに鳴っている。

謙は、多け乃から渡された義利の手紙を最初から読み始めた。四月の便りは、帝大入学式前の簡単な葉書で、東京大学学生基督教青年会の寄宿舎に入寮できたことと、本郷教会の信者になるとの内容だったことを思い出した。今度の手紙では帝大の学生生活について詳しく書かれているのかと期待した。

「義利君も帝大生となったら、毎日多忙さ。勉強の外に政治活動や学生運動もしているらしいから」

「そうですね。去年は天皇様が亡くなられて、今年は今年で桂太郎さんの立憲同志会やら、暴動やら、焼き討ちやら、いろいろあって東京は本当に大変らしいですね」

「大正になって日本も曲がり角だよ。そうそう、そういえば、水戸の殿さん（徳川慶喜）も心配だよ。このところずっと元気がないんだそうだ（同年十一月二十二日没、享年七十七歳）。義利君、吉野作造先生のことをいろいろと詳しく書いてきたよ」

「出発前に二高の忠愛之友倶楽部から、吉野先生宛の紹介状をもらったって喜んでたから、きっと面会できたんですね。先生はどうですって」

「先生は今、三十三歳で、政治史やら政治学やらの研究のために、満三年間もドイツやイギリス、アメリカに留学なさったんだってさ。政治の他にも宗教やら社会主義の研究をなさって、フランス語も習われたらしい。パリ、ベルリン、ブラッセル、ロンドン、ニューヨークといろいろな場所を回って、最後はシアトルから七月三日に乗船して横浜港に帰国なさったそうだ。義利君、自分も早く外国へ行ってみたいものだから、先生からもっといろいろ話を聞くのを楽しみにしているらしい。三年間の留学の間にずいぶん多方面のいろいろなことに興味をもたれて研究なさったんだって。やはり今の時代、いろいろなことを総合的に勉強する必要があるんだろう。七月に帝大の法科大学政治史講座の担任を任ぜられたんだそうだよ。それで、先生の助教授就任歓迎会と新入会員歓迎会が合同で九月二十日に開催されるんだって。義利君も出席するので忙しいから夏休みには水戸には帰れないとさ。皆様によろしく、ということだ」

「それはお目出たいよ。よっちゃんは運がいいね。吉野先生みたいな先生の教えを受けられて。多け乃だって喜んでいるよ、きっと。でもやっぱり寂しいよね、よっちゃんが来ないと」

ふくも受け取って手紙を読んだ。

「吉野先生は小さい時から神童で、仙台藩の綿屋の生まれだそうですよ。お母さんは十二人の子供を育て上げた良妻賢母だって有名です。高萩の今川もんさん以上だね。本当に大変だったろうと思いますよ」

「仙台の中学でずっと首席の特待生で卒業まで月謝免除だったんだって。昔からよほど優秀だったんだろうね。二高の頃には「学生筆戦場」の懸賞文の一等に当選して、あの土井晩翠先生も彼の文才には敬服したんだと。帝大の法科政治学科を首席で卒業した銀時計組だ。この手紙を見ると、義利君はすっかり吉野先生に惚れ込んでいるようだが、よい先生に恵まれてよかった、よかった」

「そうですね、よっちゃんはきっと張り切って勉強していますよ」

「ただいま。小太ちゃんに金太郎飴を買って、本屋に寄って桃太郎の絵本も買ってきたよ。本屋さんもお菓子屋さんも八百屋さんも魚屋さんもみんな、よっちゃんはまだ来ないのかって聞くんだよ。彼、有名人だから」

多け乃は小太ちゃんを縁側に腰掛けさせ、飴と絵本を渡した。

「水戸中、二高、帝大ってのは珍しいらしいし、それに、すごく太ってるから目立つのよね。豆腐屋さんが徴兵検査はどうだったのかと聞くから、大学の学生は特別に免除されているらしいと言ったら、あんなに相撲取りみたいに太ってててっかい者は、早くは走れないから徴兵検査で不合格になって、どちらにしても兵隊にはなれないな、おめでとう、たけちゃん、よかったねって言うのよ」

「ちょっと頭に来たから、豆腐買わないよって帰って来ちゃった」

「豆腐は買って来ればよかったかな。冷奴にすると美味しいから。井戸に吊るしておいたら夕食に食べられたのにね」

「いいよ、いいよ、冷奴はまた今度で」

縁側の小太ちゃんは小さな手で一所懸命「桃太郎」の絵本の頁をめくろうとしていた。鬼たちの上には、金太郎飴のよだれがだらだらと垂れかかっている。小太ちゃんは絵本が大好きな子供だった。

父義利が帝大生だったのは、大正二年（一九一三）から六年（一九一七）の間である。藩政支配体制から政党支配体制へと向かう過程で、良いこと、悪いこと取り混ぜ、さまざまな事件が起きたが、ともかく大正ロマン、大正デモクラシーが人々に芽生え、日本は上昇気流に乗って元気だった。

大正三年（一九一四）に始まった第一次世界大戦では、ヨーロッパの大国同士が互いに領土内で交戦し、勝者も敗者も散々なありさまとなり、人々はどん底に落ちてしまった。ところが日本はと言えば、ほとんど無傷の状態で戦勝国側にあり、逆に入手したものは莫大だった。これはよいチャンス、それ行けドンドン、早く西洋文明に追いつけ、追い越せと、それ以来猛スピードで走りだし、あっという間に外見上は一応一流国（？）入りをしてしまった。明治時代に考案されたあんパンではないが、食べ物も家も衣服も、風俗すべてが和洋折衷となり、今から思うと笑ってしまうような状況もないではなかったのだが……。

吉野先生の自宅は本郷区千駄木町にあった。ＹＭＣＡの寮にも近い場所だったので、年がら年中学生たちが出入りし、通称吉野学校と呼ばれていた。父も在学中は大いに先生の薫陶を受けた一人だった。先生は大正五年（一九一六）当時三十九歳、人生絶頂期の学者として、テレビのない時代であったから、頭や顔、目や耳はいうに及ばず、口やら手やら足までを総動員して全身全霊日本各地、各学校で講演や講義をし、新聞、雑誌に政治評論を発表していた。中央公論に発表した「憲政の本義を説いて、其の有終の美を済すの途を論ず」が当時、同誌の代表作となり、「民本主義」を提案したりして、大正デモクラシーの代表的な論客となっていた。手許に先生を中心にして撮られた卒業記念のグループ写真がある。前列中央に背広姿の先生、学生服四人、羽

吉野作造と撮った義利帝大卒業記念写真（1917 年 3 月）

織袴姿が七人（髪型から見て、どうやら先輩たちらしい）。後列左端の学生服姿が父で、やはり相撲取りのごとく太っている。写真の額縁には墨痕鮮やかに「今川兄為の会、大正六年三月、吉野作造」と署名がある。

父の帝大生時代の四年間は、ちょうど大正政変の真っただ中で、内閣も大臣もころころとよく変わっていた。桂太郎、山本権兵衛、大隈重信、寺内正毅と次々に新内閣が登場しているところなどは、平成二十年から二十四年のごとくで、まさに「歴史は繰り返す」である。今朝（平成二十四年十二月二十七日木曜日）朝刊を見たら、「第二次安倍内閣発足」で各大臣の顔写真が並んでいる。天声人語の最後には「党と取り巻く人のためではない国民のための『天地交代』でなくては困る」とあった。耳馴れない英語の『チェンジ』（野球の攻守交代）を少年たちが『天地＝チェンジ、天地天地＝チェンジチェンジ』と叫んだ時代があったとのこと。私も同感で苦笑しつつ原稿の続きへ天地（チェンジ）。

クリスマスの時期、東大ＹＭＣＡの学生は、本郷教会のクリスマス礼拝や行事の手伝いで多忙だった。クリスマスの夜の礼拝のために、信者が次々に礼拝堂に入場してほぼ満員の状態になると、やがて牧師が登場して厳粛に礼拝が始まった。讃美歌の「きよしこの夜」も歌われた。大正時代、クリスマスにどんちゃん騒ぎはしなかった。

寮の自室に戻った義利は、学生時代最後のクリスマスを堪能した余韻に浸りながら、「そうだ、これが最後の冬休みなんだ」と急に思いついた。「来年からは休みなんかないんだ。どんな人生が始まるかわからないが、まずはたけちゃんと相談だ。明日から高萩と水戸に帰ることにしよう」と決心し、床に入る。やがて熟睡すると、まるでトラかライオンのごとく「ウァーアーグ、グァーグァー、スースー」「グァーグースー」と大鼾をかく。太っているからか、喉か鼻の出来が悪いからなのか、原因は不明だが、時々息が止まるようにさえなる。一緒に泊まった友人たちは全員閉口して逃げ出す。時々自分の鼾に驚いて目が覚めることもあるらしい。まあ、これも慣れると平気になり、子守唄のように……なのかもしれない。

クリスマスの翌朝、義利は上野駅から常磐線に乗った。棚の上に荷物をのせながら、暮れの二、三日は高萩で、二十九日から正月は水戸でと考えていた。高萩は人数が多いし、父浅吉は一年前に「しんさん」を迎えていたので、ちょっと遠慮したいと思ったのだ。

その頃義利は高萩では有名人で、郵便局長のぼっちゃん、「太った学士様」で通っていた。弟妹たち、小学生の三九郎（十歳）、利光（八歳）、女学生のかの（十五歳）、あぐり（十三歳）が、義利の帰郷を首を長くして待っていた。新しい母しんさんも父浅吉と共に大歓迎してくれ、まるでお祭りのようにご馳走をどっさり作って、正月が一週間早く来たようなありさまだった。

義利は浅吉から明治維新以来の日本の商法のことや、農工商の平民のエネルギーが文明開化を促進させたことなどについても、現場のエピソードをいろいろと聞かされた。明治四年から導入された新しい郵便法についても詳しい講釈を受けた。殖産興業、地租改正、国立銀行の動向、日韓併合に大陸進出といった、多義にわたる当時のホットな話題についても、浅吉は町内に関する情報を驚くほどよく知っていた。軍人、豪農、豪商、小作人、漁夫、手職人、労務者の賃金格差などについても微に入り細に入り説明した。

当時は学力尊重、能力主義の時代である。上下格差は大きく、サラリーマンという言葉自体、大正生まれらしいが、あの当時は金ぴかで羨望の的だった。あの頃の社員という身分は経営者の利害を代表していて、人数も少なく、大正八年のデータでみると全国でたった十一万人しかいなかった。職工や人夫などは、ほとんどが日給や出来高給だったが、社員は月給制で、仕事をしない正月でも収入が減らなかったから、一般労務者層からは大いに羨ましがられたものである。軍人は年俸だった。明治三十年代以降、下士官に退職金を支払う制度ができて、その後の時代に、民間のホワイトカラーにもその慣行が普及して現在に至っている、などと浅吉は語った。

年末であり、一年中で一番郵便局が多忙な時期だったにも関わらず、長男と徹夜で議論をすることに、浅吉は大いに満足していた。再来年は多け乃さんと結婚して、どこに就職をするのかと、期待と不安の入り混じった気持でいた。

浅吉は義利が正月を水戸で過ごすこと、高萩を不在にすることを黙認した。真木家への手土産には、大正天皇ご即位記念の菓子として考案され、名をおこし、家運をおこす縁起ものの菓子、永寿堂の名物「八千代おこし」を持参させた。

浅吉は義利に、水戸にいる多け乃の父、謙から後学のために、明治維新の学者やら、財界のお偉方の話をよく聞いておくようにと念を押した。水戸は徳川光圀公以来の伝統で学識経験者を多く輩出しており、知識人は様々な情報を収集していた。

その正月、義利は水戸で本当の五人家族のような正月を祝った。いちばん喜んだのは八歳の小太ちゃんだった。独楽回しや凧揚げで遊んでもらい、遊び仲間の友達も大勢集まって野原《のっぱら》には大歓声があがった。

元気な笑顔を見せた多け乃は、相変わらず小柄なままだった。花嫁修業はもうそろそろ終わりにしたいと、よっちゃんのプロポーズを首を長くして待っていたのだが、ようやく「今年の三月、卒業の一年前だけれど、結婚しよう」という言葉が義利の口から出た。謙もふくも「やれやれ長かったなあ、長いこと待ったねえ」と安堵の表情で多け乃を見た。

大正五年（一九一六）の幕が上がった。翌年卒業したら、いったいどの道に就職をしたものか、政界か、財界か、外交官なども面白そうだ、と義利はまだ迷っていた。水戸にいるうちに、福沢諭吉、大隈重信、田中熊吉、渋沢栄一、岩崎家四代、大倉喜八郎、増田孝など、片端からいろいろな偉人伝を集めては目を通してみた。どの人物も偉大な成功者で、自分にはとても真似ができないビッグマンだと思った。特に福沢、大隈の両先生については、その著書も改めて手に取り、本当に日本になくてはならない存在だったと、改めて納得し頷くのであった。

その年は三月にはロシア革命でロマノフ王朝が倒れ、十一月三日には皇太子裕仁親王（昭和天皇）十六歳の立太子礼が行われ、そしてその四日後には夏目漱石が享年五十歳でこの世を去った。

義利と多け乃は、どうやら牧師の下で二人だけで結婚式を挙げたらしい。大正五年三月三十日付で高萩の役所に婚姻届が提出され、謄本に入籍が記録されている。

私は両親の結婚式の写真を見たことがない。二人の若い時分の写真も、一人ずつの写真も見たことがない。不思議に思って祖母ふくに尋ねたことがある。ふくは笑って、

「二人だけで式をあげたんだよ。でも披露宴はね、水戸の常盤共有墓地の近くの料理屋で、したよ。桜がきれいに咲いていてね。高萩の親戚と水戸とで三十人くらいは集まったよ。帰りに真木家のお墓と藤田東湖先生のお墓をお参りしてね。とても楽しい会だったよ」と語ってくれた。

義利と多け乃は生涯桜が好きだった。

四年生になった義利は海外で仕事をしてみたいと考え、貿易にも興味を持つようになっていた。そして第一次山本権兵衛内閣の大蔵大臣に、高橋是清日銀総裁が就任したという新聞記事を見て、「そうだ、銀行だ」と、横浜正金銀行（通称正金）に特別な興味を持つようになった。正金は普通の銀行ではなく為替銀行である。海外に支店がたくさんあることが何よりの魅力だった。

横浜正金銀行は、明治十三年（一八八〇）二月二十三日に日本の貿易を支える金融機関として設立されている。当時日本は、洋銀と呼ばれた欧米の銀行を使って海外との取引をしていたため、損な取引を強いられ、外国人貿易商に利益を独占されている状況だった。そこで、大隈重信と福沢諭吉が銀行創立の代表となって、日本人の商権回復を目的とし、国策の洋銀取引所として正金銀行を設立したというわけだ。設立当初、主に横浜の貿易商たちが利用していた頃はごく小規模だったが、やがて世界三大為替銀行 Yokohama Specie Bank へと成長していくのである。

夏休みになると義利はまだ一度も行ったことがなかった横浜へ出かけて行って、各方面の現場を見分することにした。新橋から汽車に乗るのも初めてだった。小学生の時たけちゃんがよく歌っていた「汽笛一声新橋を、はや我汽車は離れたり、愛宕の山に入り残る、月を旅路の友として」をぼそぼそと呟き、それにしても彼女はよくまあ三十番ぐらいまで覚えて歌っていたな、と思い出し笑いをした。

商人風の男やサラリーマン風の男でぎゅう詰め状態の満員列車は、五十分ほどで横浜に到着した。真っ先に海岸へ行ってみることにした。明治維新開港の象の鼻と呼ばれた岸壁のある高島埠頭、三菱造船、大桟橋をてくてくと歩きまわり、次々に内外航路の汽船を見学した。ハッチを開けて頑丈な大型の木箱を起重機で上下させ船底に入れている。出港の銅鑼《どら》が鳴って乗客と見送り人の間に五色のテープが投げられている船もあった。まるで別世界のような雰囲気に圧倒される思いだった。郵船の汽船の煙突からはもうもうと煙が上がり、岸壁から三十センチ、一メートル、五メートルと、船は次第に港を離れ、向きを変え始める頃には、テープも次々にちぎれて風になびき、船は沖へ沖へと遠ざかっていく。人々の別れの声が天を突き、港は別離の時を一心に生きる人々の叫びの坩堝と化していた。どこに行くのか、アメリカか、南米か、それともロンドンか。

港を後にした義利は、税関と主な倉庫会社を次々と訪問して、輸出品や輸入品の内容を調べてみることにした。帝大生の身分証明書を見せると、どこの事務所も快く教えてくれた。桜木町から馬車道へ、途中立派な教会の建物も見たが、時間がなかったので一礼して前を通り過ぎ、横浜正金銀行へと向かった。自身の就職のことも気になったが、その日の一番の目的は、明治三十七年（一九〇四）八月八日に百十万円の巨費を投じて落成された銀行の建物を見ることで、前もって設計者の工学博士、妻木頼黄《つまきよりなか》についても調べていた。妻木はアメリカとドイツで勉強したエンジニアで、正金銀行本店の建築スタイルは、ドイツルネサンス様式とネオバロック様式を合わせたもので、いかにも明治建築界の巨匠の一人、妻木の代表作にふさわしい建物だった。父浅吉が大の普請好きで、郵便局の建物や、自宅の改造工事を始終していたから、義利も父の血を受け継いだらしく、建築が大好きで、工科に進学したいと本気で思った時期もあったらしい。

当時、正金の建物の周囲は低い民間の家屋ばかりだった。だから完成十年目の堂々たるドームの聳える四階建てを目にした時は、本当に感激して惚れ込んでしまった。石造り部分の四階までが、高さ十六・四メートル、ドームの部分はそれ自体で尖端までが十九・二メートルもあり、建物よりもドーム部分の方が高く、全体で三十五・七メートルあるとのことだった。

この立派な正金銀行本店のドームを、父は、自分の半生で数日しか見ることはなかった。大正十二年（一九二三）の関東大震災で破壊され、その後大正、昭和の改築時、ドームは再建されなかった。戦後の二回目の改修工事でもドームは再建されず、昭和四十四年（一九六九）の三回目の修復工事に至って、ようやく一大モニュメントとしてドームが再現され、現在は神奈川県立歴史博物館となって使われている。

正金銀行は開業当時から横浜が本店で、そして、終戦の後、正金銀行の名は消え、同時に父の半生も終わるのである。昭和二十年（一九四五）五月二十九日、米軍による横浜大空襲の時、ドームなしの正金の建物を陣頭指揮で守ったのは義利だった。

横浜正金銀行本店　関東大震災の前と後
（上）震災前のドームのある本店
（下）震災後のドームのない本店（神奈川県立歴史博物館資料）

震災後の状況

横浜正金銀行に入行、大阪支店詰となる

「真木さーん、真木さーん、電報ですよ」

　ふくが玄関に出ると、見たことのある顔の郵便屋が立っていた。

「ご苦労さん、何ですか」

「ここに今川多け乃さんって人はいるかね」

「今川多け乃？　いますよ。うちの娘、結婚して今川多け乃になったんです」

「ああ、そうかね。そりゃ良かったね、おめでとう。お宅、昔、五軒町に住んでた、あの真木さんでしょ。最近上市並松町に引っ越してきたんだっぺ。五軒町にいた頃は、たけちゃん、小さくて可愛かったよねえ、そうか、もうお嫁さんか。早いもんだねえ。これ、横浜から電報だよ。今川義利さんからだ。じゃあ渡したよ」

「どうも有難う、ご苦労さん」

　ふくは配達人から電報を受け取り、

「あなた、あなた、たけちゃーん、電報よ、よっちゃんから電報よ」と叫びながら茶の間に駆け込んだが、急にぺたんと座り込み、襟元を広げて団扇でバタバタと風を入れた。

「そうそう、今日は全員出かけたんだった」とちょっとがっかりだった。

「それにしても暑いなあ、もう七月だもんねえ」

小太ちゃんは水泳の練習、多け乃は産婆のところに行ったし、謙はいつものように釣りに出てなかなか帰って来そうもなかった。そこで電報を先に見ることにする。

「オオサカシテンヅ　メヨシトシ　なんだい、これはいったい」

十五字以内の電文はやはり郵便局長の息子だと感心したが、意味は全く不明だった。

先日多け乃宛に届いていた義利の手紙には、銀時計は残念ながらもらえなかったが、七月に良い成績で卒業したこと、大学と吉野先生から頂いた推薦状が功を奏したのか、希望通り横浜正金銀行に入行できたこと、十代目の頭取、井上準之助さんが、二高の大先輩でやはり帝大の法科卒業で、面接の初対面からとても親しい感じで、「君は外人の中に入っても負けない立派な体格の持ち主だ。日本人は大抵小粒だからとても損をしている。君はクリスチャンらしいし、英語もまあまあできるらしいから、大いに奮起して海外で活躍してくれたまえ。まずは内地で二年くらい勉強しなさい」といきなり言われて驚いたという。夕食まで御馳走になったと書いてあったことを思い出し、多け乃の帰宅を待った。小一時間もすると、大きな前掛けをした多け乃が、少し大きな息をつきながら、茶の間に入ってきた。

「多け乃、産婆さん、何だって」

「順調だって。歩くときに転ばないようによく気をつければ、普通によく働いていいってさ。生まれるのは九月末から十月中旬頃だから、それまではよく食べて、よく寝なさいって。それから、男か女かはわからないけれど、ちょっと辛そうだから、まあ男の子かな、って言ってたよ」

「ふーんそう、よかったね。ほら、よっちゃんから電報来てるよ。だけど何だかさっぱり意味がわからないよ」

電報を見た多け乃はショックを受けて、一瞬、泣きそうになった。だが気を取り直して、ふくに説明する。

ブルーの美しいドームのある正金銀行横浜本店、室内もヨーロッパの銀行と同様に美しく、機能的な設備のあった本店に義利が通勤したのはたった十日ほどだった。すぐに辞令が出て大阪支店に転勤となり、おまけに彼はもう一人で大阪へ行ってしまったというのである。そうなのだ。単身赴任だ。正金銀行の辞令は正に天の声で、行員たちは辞令が出次第、直ちに任地に移動しなければならなかった。家族のことなどは二の次が原則だった。多け乃は、出産が済むまでの間、水戸で暮らすことにした。この際、実家の方が便利がよいと考えると、笑い顔が戻った。


ここでちょっと歴史の復習をしておこう。大正三年（一九一四）六月二十八日、オーストリアの皇太子がセルビアの青年に射殺され、それが第一次世界大戦の発端となり、ロシア、フランス、ベルギー、イギリスが次々にドイツ、オーストリアと開戦した。日本も八月にドイツに宣戦を布告し、ドイツの東洋の拠点地だった青島《チンタオ》を攻略した。大正五年（一九一六）になるとロシア革命でロマノフ王朝が倒れ、六年にはそれまで高みの見物を決め込んでいたアメリカが参戦し、七年には日本がついにシベリア出兵を決定。十二月に休戦条約締結、大戦終結。九年一月に世界大戦平和克服詔勅が公布されて、同じ年の九月に講和条約締結という具合で、矢継ぎ早に緊張の波が次々と押し寄せる時代だった。

当時、正金銀行が貿易金融専門銀行として、日本のために何をしていたかと言えば、外国との貿易に絶対不可欠であり、国力、国益の源であった「金」をなんとか調達してその流通を図ること、海外通貨の調達を図るという大仕事だった。大正六年、アメリカは参戦と同時に金の輸出を禁止し、日本もアメリカに追随して九月に金輸出を禁止した。アメリカはその後、大正八年六月に金輸出を解禁する。

大正十一年、十二年にはドイツマルクが大暴落し、ドイツ人は、大きなトランクに札束をぎゅう詰めにして、日常の買い物に行く状態になったそうだ。父がよく言っていた。為替相場は本当に恐ろしい魔物で、一秒たりとも油断ができず、上がったり下がったりする中、誰に相談することもなく自主判断で手を打たなければ大損をする。まるで果てしない大博打の連続だ。

井上頭取が父の大阪支店詰を指示したのは、大阪には神戸港の貿易業務があり、中国大陸との金融取引の勉強を実地にさせるためだったようだ。日本も正金銀行も中国へ大きく躍進しようとしていた時代であった。

義利は、大阪で四軒長屋の一軒を借りていた。道路の両側に同様の長屋がずらっと立ち並び、

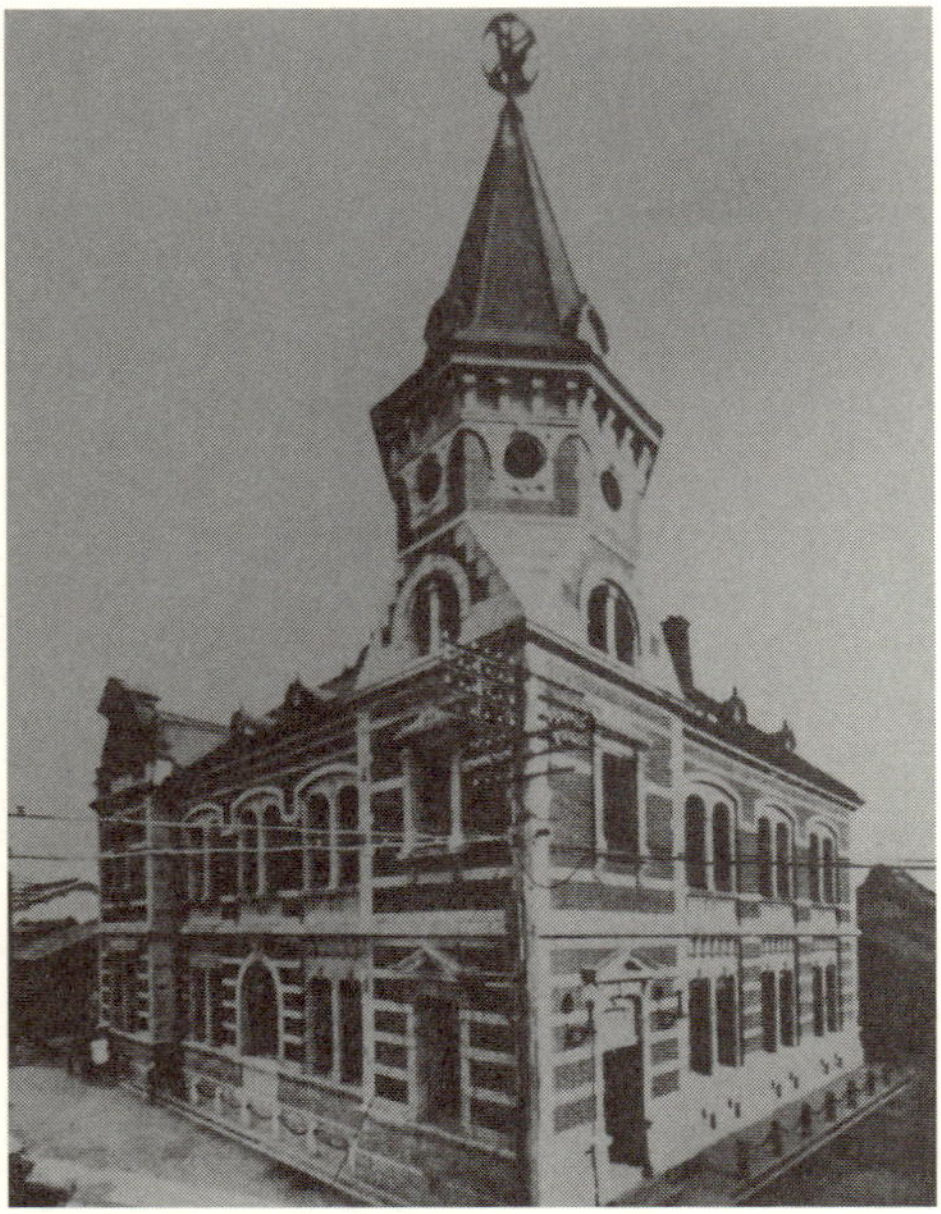

横浜正金銀行大阪支店
（『横浜正金銀行全史』第６巻）

中央に井戸があった。銀行の用度係をしていた行員の世話だった。ちょうど高萩の家の郵便局で配達員が住んでいた裏手の長屋によく似ていた。たぶんこの長屋は、今風に言えば行員の社宅だったのだろう。どぶ板からすぐに玄関があり、土間、台所、板の間、そして奥に居間と寝室にあてた四畳と六畳、その向うには縁側があり、縁側の外の庭先か、または空地に四軒の便所（使用するには下駄で外に行くことになる）が別々に並んでいる。風呂は銭湯に行く。義利は角の家で運がよかったと喜んだ。一人で住むならＹＭＣＡの部屋よりずっと広かったし、家賃は安いし、しごく満足だった。大阪支店にもとても近く、歩いて通勤できる距離だった。他の三軒は、中に挟まれた二軒には独身者、向こう側の角の一軒には新婚さんが住んでいたが、全員大会社の新入社員だった。

正金の大阪支店は、東区北浜五の五にあった。明治十三年（一八八〇）四月に最初の出張所ができ、そしてその後支店に昇格したが、明治三十九年（一九〇六）中断されていた支店を再開している。

こうして父、義利の正金勤めは、大正六年（一九一七）七月の入行とほぼ同時の大阪支店勤務で始まった。当時の大阪支店の建物は、写真でしか見られないが、擬洋風建築とでもいうべき、一見ロシアを連想させる奇妙奇天烈な、愛嬌のある建物で、二階建ての正面中央には、まるで帽子をかぶってでもいるかのような六角形の尖塔の物見部屋がある（昭和二年に四階建ての銀行らしいビルになる以前の支店である）。あまりにも面白い建物なので、義利は、横浜の本店と比較をした批評を高萩の浅吉に書き送っている。私も写真を見て思わず笑ってしまった。ディズニーランドならきっと楽しいお城でちょうど良いかもしれない。それでも当時は船場の有名な観光スポットだったらしい。

最初に義利が大いに困ったのは大阪弁だった。関東、東北は知っているが、横浜以西は知らず、関西はもちろん初めてだった。大阪商人と話すことは、英語で話すよりももっとわからず頭をかかえたそうで、しかたがないから「標準語で話さないものは相手にしない」と逆に先手を打って商談に臨んだのだそうだ。相手も父が相撲取りのように大きいので、一所懸命にわかるように話したらしく、わざわざ標準語を勉強した社長までいたと笑っていた。

一年半の大阪支店勤務で、「正金生え抜きのエリート行員らしく海外で十分に活躍できるように」ということで、基礎的な知識を実地で一から叩き込まれたのだが、どうやらいちばん苦労をしたのはそろばんだったらしい。先輩行員があっという間に終わらせる勘定を、義利はずいぶん手間取ったようだ。

外国為替市場でしのぎを削る銀行間の外貨の売買、貸借取引の仲介、仲介の報酬、それらにさまざまな商品相場が交錯し、息つく暇もないほどすさまじく上下を繰り返す、一秒の油断も許されない博打場での修行だ。中国、ロシアとの貿易、欧米との貿易、インド、インドネシアとの貿易、当時は、正金自体が大飛躍の時代に突入しようとしていた時期だった。三井物産の指定銀行が正金銀行であり、三菱商事は三菱銀行が指定銀行であるなど、内外の銀行の業務や歴史、それぞれの銀行と日銀との関係、政府の政策との関係、為替の根幹である金や銀について、日本の主な輸出品、輸入品とそれぞれの相場の特徴、相場の見方、日本と取引のある主要国の国民性から、将来外地で支配人に任命された場合の心得等々、短期間に厳しく、徹底的に叩き込まれた。

長屋の独り暮らしは、勉強をするには大いに都合がよかったが、多け乃の様子がさっぱりわからないのは不安だった。「男の子だろうか、女の子だろうか、たけちゃん、身体は大丈夫だろうか」と、太い首を長くして安産を祈る毎日だった。

暑い八月が何事もなく過ぎた。臨月の九月になると、暑さもせいぜい彼岸までだろうから、出産にはちょうど良い陽気だ、なんとか早く無事に生まれてくれないものか、と銀行の勉強も時折上の空で、毎日気をもんで待っていたのである。もっとも、毎朝銀行に出勤すれば、戦場のように多忙な毎日だったので、多け乃の出産のことなどは、すっかり念頭から吹っ飛んではいたが。

それは、大正六年（一九一七）九月二十七日午後二時頃のことだった。電話交換室の係長が父のそばに来て言った。

「今川君、高萩の今川浅吉さんから電話がありましたよ。男の赤ちゃんが無事に生まれたから伝えてください、とのことです。おめでとうございます。それにしても驚いたなあ。大学卒業の新入行員さんが、二か月で子持ちになるなんて、今まで聞いたこともないよ。新記録だねえ。支配人にお知らせしておきましょうか、私から」

「やあ、どうもありがとう。安産でよかった。支配人には私から報告します。家内の実家の水戸で生まれたんです。高萩は私の実家で、郵便局ですから父が電話をくれたんです。しかしちょっと困ったなあ」

父が心配したように、案の定、噂はたちまちにして広がり、新人行員の今川君の息子誕生のお目出たいニュースは、大阪支店の全行員に知れ渡ったから、夕刻の帰宅時間になるころには、大変なことになっていた。当時の人情は、現代とは違ったから、行員みんなが寄ってたかって、「おめでとう」「おめでとう」と言いに来てくれる。義利は大きな体を小さくして、祝いを言われるたびに頭を下げ、顔を赤くしたのであった。

多け乃の出産と大阪行き

多け乃は、高萩の父、浅吉とも相談の上、水戸の実家で出産する決心をした。小太ちゃんが生まれるまで一人娘で育った彼女は、のびのびと育ったせいか、のんき者だったので、お産の恐ろしさを皆から聞かされても一向に気に留めず、犬や猫の子がそこらで生まれる時のように、人間の赤ん坊も簡単に生まれるのだろうと信じていた。結局、母、ふくがすべてを用意した。赤ちゃんの産着、おしめ、産室の布団、産婆さんへの連絡や近所の人への応援要請まで、万全を期し、手際よく全部手配していた。

「二度目のお産の時は、多け乃が自分で用意しなけりゃいけないんだから、よく見て覚えておくんだよ」と言いながらも、多け乃の健康状態がなんとも心配で、事故なく平常通りに生活して出産ができるようにと、毎日神棚に手を合わせるふくだった。

真木家は、広い敷地を持った大家が、大小さまざまな大きさの借家を立てているうちの一軒を借りていた。庭もまあまあ広く、謙もふくも草花を愛したから、庭には一年中さまざまな花が咲いていた。暑さ寒さも彼岸までとはよく言ったものだ。急に涼しくなった、その九月二十七日の朝は、さわやかな日本晴れで、謙が手塩にかけて育てた薔薇がいくつか秋花を咲かせ、夏中美しく咲いていた大輪の朝顔の種が、そろそろしっかりと実る時期を迎えていた。

その日の早朝、いつもの通り家事をした後、多け乃はエプロンの上から大きなおなかをさすりながら、来年のための朝顔の種を採取していた。夜半から少し腹が痛くなっていた。ちょっと気にはなったが陣痛とは知らぬが仏だった。種をすっかり取り終り、少し庭の手入れをしようと思った時だった。とうとう我慢の限界が来た。

「ウワァー誰かぁ、助けて、い、痛い、痛いよ、たすけてぇ」と思わず生垣にすがりついた。最初に気がついたのは、縁側で鶯のすり餌を作っていた謙だった。

多け乃の声を聞くと、すりこぎを放り出してすぐさま庭に飛び降り、「どうした、陣痛じゃないのか！　早く、早く上がれ」と多け乃を抱きかかえて居間に運ぶ。ふくはおなかを押さえて必死に痛みをこらえている多け乃を産室に入れ、すぐに近所の人を呼んでお湯を沸かし、直径九十センチの檜《ひのき》の大だらいを用意した。

謙はそのまま下駄をつっかけて産婆を呼びに走り、家に戻ると神棚の前で手を合わせた。じきにベテランの産婆さんが「どうかね」と言いながら産室に到着した。と思いきや、近所の人の助けもあり、思ったよりずっと早く男の子が生まれた。安産だった。

「オギャ、オギャァ」と真っ赤になって大声で泣く赤ん坊の声が、産室からもれ聞こえた時には、それはもう、そこにいた全員が大喜びだった。多け乃もほっとして「案ずるより産むが易し」とはこの事かもしれない、と赤ん坊を見た。大阪の義利からは、男の子なら「義人」と言ってきていた。女の子なら多け乃が名を考えることになっていた。

午後、小太ちゃんが学校から帰って来ると家中がまた賑やかな騒ぎになった。本当は叔父なのに「弟ができた」と飛び上がって大喜びし、その後、二人の兄弟のような関係は、一生涯続くことになるのである。それと言うのも、父親が正金銀行の行員であったばかりに、男の子であった義人は、教育上の事情で、小学校四年生以降は一度も父親の外国の転勤先に同行することなく、ここ水戸、そして横浜で、小太ちゃんと一緒に、ふくに養育されたのだった。

高萩の今川家にとっても義利と多け乃の子は初孫なので、もちろん大喜びだったが、十人の子持ちの浅吉にとってはめでたさも半分ぐらい、離れているのを幸いと、その後も水戸の真木家よりは多少儀礼的な交際となった。

義人、二代目よっちゃんは、丸々と太った可愛い男の子だった。水戸にいれば手も多く、育てるのは至極楽だったが、義利のいる大阪の長屋へ移ったら、さぞかし多け乃は一人で困るだろうと皆が心配するので、結局、よっちゃんを連れての大阪への引っ越しは、延び延びになっていた。

こうして、大晦日、正月、立春、梅祭りと過ぎ、よっちゃんは水戸で順調に育ち、井戸端会議の近所の奥さんたちのアイドル的存在となっていた。高萩の義利の妹、かのさんやあぐりさんも、女学校の放課後になると甥をあやしにやって来た。

「マンマ、マンマ、パッパ、パッパ、イナイイナイバー、イナイイナイバー」

「アワワワ、バー、アワワワ、バー」

真木家ではすっかり二代目よっちゃんを中心に生活が回り出した。

「あ、笑った、笑ったよ」

「ほら、寝返りした」

「這い這いをし始めた！」

家族全員がどんな小さな変化も見逃さず、楽しみにしているうちに、よっちゃんは大きくなり目が離せないようになった。

「あ、危ない！　危ないよ、縁側から落ちたら大変だ。障子は開けたら必ず閉めるんだ、小太郎！」

叱られた小太郎も、学校から帰ってくると飽きずによく、よっちゃんと遊んでいた。

「さっき、そこの障子の桟につかまって、つかまり立ちをしたぞ。障子がぼろぼろになってしまう」と、謙が言うと、

「仕方ないですよ。そのうち多け乃と一緒に大阪へ行くでしょうから、そうしたら貼り替えましょう。ぼろぼろでもいいですよ」と、ふくはにこにこと障子の穴を見ながら答えた。

しばらくするうちに、歯が一本生えてきて力も強くなり、お乳をやる多け乃が嚙まれて痛い状況となった。

「もうすぐ、離乳食にしなきゃね」と言うと、

「お乳にトンガラシをつけておくと、飲むのをやめて、重湯を食べるようになるよ。それに早く便器を使って、おしっこやうんち教えないと駄目だよ」と、ふくが言う。

「マーマー」「じいじい」「ばあばあ」「にいにい」が言えるようになると、毎日ますますよっちゃんに振り回されている真木家だった。

桜が咲いた。多け乃はようやく大阪行きを決心した。まだ二人だけで暮らしたことすらなかったのに、いきなりの三人暮らしだ。やはり少々風変りな夫婦である。それでもまだ寒いからと、なかなか出発せずにぐずぐずしている。

ようやく腰を上げたのは、大正七年（一九一八）五月中旬だった。手回り品を小さなトランクに入れ、チビよっちゃんを負ぶって、多け乃は一人で水戸駅から出発した。それでも駅までは小太ちゃんが見送りに来た。彼は小さな弟と別れるのが、とてもつまらなそうだった。多け乃は士族の娘である。一人で出発することなどは至極当たり前だった。謙とふくに荷物を後から送ってくれるように頼み、「またすぐ来ますから」と挨拶して家を出た。

彼女は東京から西へは行ったことがなかったが、義利が帝大生になってから二度ばかり上京して、立派に完成した東京駅を二人で見物していた。だから、上野駅に到着して東京駅まで移動する時にも、まごまごすることはなかった。夜行の東海道線で当時大阪までは十二時間半くらいかかった。食堂車つきの夜行寝台車を予約していた。駅には当時、赤帽が大勢いて、赤ん坊を負ぶって手荷物を持った女性客と見れば、すぐに飛んできて親切に手伝い、汽車の席にも案内してくれた。もちろん少々チップは支払うが、大きなトランクも運んでもらえたし、とても便利だった。近頃は世情が変わり、人を信用できない人間が増えたせいだろうか、この職業は、ほとんど消えてしまったらしい。実に不便だ。

車掌が入口に近い予約席に案内してくれ、カーテンが引かれた。よっちゃんを肩からおろして、ようやく、ほっと息をついた。寝台車の座席は、細長いベッドだ。二人旅であれば、天井から頭上に横板を下げて、もう一つのベッドを作る。上段の人は、天井が頭すれすれ、足はブラブラで、小さな梯子がつく。

「よっちゃんは赤ん坊だから、抱いてここで一緒に横になればいい」と思うと、多け乃はなんだか浮き浮きした気分になった。

「出発したら、すぐ食堂車で食事をしてください」と係りの人が各席をノックしながら告げていった。

はじめは、朝の汽車にしようかとも考えた。車中から美しい景色が見られるだろうと思ったのだが、思い直した。よっちゃんが泣いたり、騒いだりしたら自分も他の乗客も困ると考え夜行にしたのだった。よっちゃんは、夜はよく眠る子だったから。

発車のベルが鳴り、汽車が東京駅を出発すると、よっちゃんを負ぶって食堂車へ行ってみた。予約テーブルには、ざぶとんを重ねた赤ちゃん用の椅子も用意されてあった。多け乃が椅子に下ろすと、よっちゃんは、嬉しがってちょこんと座り、すぐにスプーンをつかんで、ナプキンをパタパタと叩いた。教会のビンフォルドさんの料理教室で洋食のマナーを習っておいてよかったと多け乃は思った。彼女は洋食のフルコースを当時も上手に食べた。赤ん坊のよっちゃんの方は、スープ、牛乳、パン、ジュースなどを少しずつ食べたり飲んだりしたが、幸運にもずっと機嫌よくしていた。二人が満足して座席に戻ると、ちょうどボーイさんがベッドを作っているところだった。

「いい子だね。いくつかね」と聞く。

「八カ月よ。やっと離乳して、つたい歩きをするようになったの。この頃はおしめも失敗がなくなったのよ」とさっそく息子自慢をした。便器を早くから使わせる方がよい結果が出る、などと言いながら、息子の成長に大いに満足で、内心「どんなもんだ」と誇らしく思う多け乃だった。

「明日の朝また、伺います」

「有り難う、おやすみなさい」

カーテンが引かれると、汽車のガタン、ゴトン、ガタン、ゴトンという音だけがくり返し大きく耳に響いてきた。時折汽笛もピーピーポーと鳴っている。窓の外を覗くと、山間か海岸線かも全くわからない真っ暗闇だった。急行だが、大きな駅には停車する。

「よこはまー、よこはまー」「おだわらー、おだわらー」「しずおかー」などの声を聞くたびに目が覚めた。よっちゃんは気持ちよさそうにスースー寝ていて白河夜船だったが。名古屋でもまた目が覚めた。大きな駅で、停車時間もそれだけ長かった。真夜中であるにも関わらず乗降客が多数いたのは少々驚きだった。やはり女は子連れでは、なかなかゆっくり寝るわけにはいかない、と思った。手洗いにしても一仕事で、よくよく頭を使って、上手に時間や手順、子供の体調など、さまざまなことを考えて、臨機応変にできなくては、海外へなどはとても行けない、と改めて正金銀行の行員の妻は大変だと考え、覚悟を新たにした。

明るくなった外の景色を見ながら食堂車で一時の朝食を楽しんだ後、座席に戻るとボーイさんが、「もうすぐ大阪ですよ。じゃあ坊ちゃん気をつけて。さようなら」と、手を振って、狭い通路を先方車両の方へと走るように足早に消えていった。

「大阪、大阪、大阪」

多け乃はプラットホームに降り立った。トランクを足元に置き、背中のよっちゃんのお尻をポンポンと叩きながら、きょろきょろ辺りを見回した。義利が迎えに来ているはずだった。

右の前方を見るとちょっと離れたところに、詰襟の洋服姿の男の人と一緒に義利が笑いながら手を振って、何かを叫んでいた。

「おーいこっちだ、こっちだ」

「奥さーん、ぼっちゃーん、こちらへこちらへ」

多け乃は手を振って二人を招いた。「トランクがあるから手伝ってぇ」

思わず大声を張り上げた。周囲の人も、てんで勝手にガヤガヤしていたから、あまり恥ずかしくもなかったし、よっちゃんが背中で泣き出したら困ると、赤ん坊のことばかりを心配していた。幸いよっちゃんもびっくりしたらしく、背中で首を振って、父親との初対面などは我関せずだった。

「やぁ、よく来たね。出口はこっちだ」と義利が多け乃を促す。

「奥さん、正金の山口です。荷物をこちらへどうぞ。お宅までご案内します。御主人はこれから出勤ですから、私が代わりにお手伝いしますので」

「今川の家内です、どうぞよろしくお願いします」


四人は人波にもまれながら、ようやく改札口を出たが、出たとたん義利は多け乃に、

「夕方まで山口さんに色々と教えてもらって、家で待っていてくれ」と、笑顔を見せると、さっさと雑踏の中に消えてしまった。置いてきぼりにされた多け乃は文句も言えず、「どうしますか、山口さん」と、聞いた。

「長旅でお疲れでしょう。どこかでちょっと休みましょうか」

「私は大丈夫です。家はここから遠いのですか。大阪のことは何も知らないから、少し見物をしてもいいですね」

トランクがあまり重くもなかったので、山口は銀行の仕事よりも案内役の方が面白そうだと考え、「それじゃあ、ぶらぶらとそこらを見て、市場にでも寄って、必要品を注文して行きましょうか。坊ちゃんは大丈夫ですか」

「ちょっと重たいけど、おんぶをしていれば大人しい子だから大丈夫です」

山口さんはよく気のつく親切な人だった。しかし多け乃は途中で少々後悔した。自分は若くて

元気だから大丈夫だと思っていたのだが、緊張もあってか、しばらくすると、さすがにひどい疲れを感じた。結局、長屋に到着したのは、十一時近くだった。二時間半も歩いたことになる。家について玄関を入ると、そば屋からの届け物が置いてあった。山口さんが注文してくれたらしい。近所に配る引っ越しそば券もあった。

昔の正金銀行の用度係の人たちは、どこの支店でも行員の転勤や移動の際には、とても親切で、家族の引っ越しを何から何まで手伝ってくれた。世界の三大為替銀行の一つとして、大いに日本経済の発展に貢献した正金銀行の行員たちは、当時、その行風を反映して、とてもオープンで親切だった。正金の内部では卒業した大学別、学校系列別など、縦の結びつきも強かったが、上の者は下の者の面倒をよく見ていたし、海外支店では、家族も交えての支店ぐるみの大家族主義だった。

学生時代に率先してクリスチャンになって、博愛精神旺盛な行員もとても多かった。外地の支店は、日本人行員の人数が多い場所、少ない場所、さまざまだったが、あの時代、全員が結束して仲良くしなければ何もできなかったのではないかと思う。戦後、正金が閉鎖され、退任した偉い人たちの多くが、教会員に戻って晩年を送ったとのことも風の便りに聞いている。

内地の各支店では、特別の人以外、家族同士の交際はなかったが、行員同士は、お互いライバルでもあっただろうが、多くは和気あいあいだった。何しろ、行員の内地、外地への出入りが本当に激しく、煩雑で、本人だけ先行する、家族だけ帰国させるなど、実にさまざまな場合があったので、今考えても世話係はさぞかし大変だっただろうと思う。家族は見知らぬ土地でまごまごするばかりで、本当に困るのだった。渡航手続きだ、税関の荷物検査だといっても、言葉は全くちんぷんかんぷん、昔は海外へはもちろん港から港へ寄港しながらの船旅だったから、旅も長くて大変だった。飛行機時代の現代人には、なかなか理解できないことだと思う。正金の内地支店も、東京以外は全部港町にあった。もちろん貿易為替の特殊銀行だったから当然でもあるが……。

次の言葉は、『横浜正金銀行全史』を編集した新井真次氏が、戦後私に言われた言葉だ。

YSB（Yokohama Specie Bank）ですか?　They went out with a great ambition all over the world. でしたよ。

義利、桑港《サンフランシスコ》へ出発

義利と多け乃の大阪での新婚生活は、よっちゃんの元気いっぱいの声に明け暮れ、あわただしく過ぎていた。ちょうど一年ほどたった頃、そろそろまた転勤の辞令が出そうだということになり、義利はとりあえず家族をいったん水戸に帰すことにした。

多け乃と義人が水戸に帰ってしまってからちょうど一か月目の月曜日、義利は、大阪支店支配人から「大正八年七月サンフランシスコ支店詰」の転勤辞令を受けた。次の日はもう荷造りをして、重要書類と必要な衣類を大型トランクに入れ、他の身の回り品の処分を山口さんに依頼して大阪を発った。当時は大げさな送別会などということはなかったし、支配人や行員たちに「行ってきます。またどこかで会いましょう」とお礼だけを言えばそれでおしまいだった。他の行員たちも、次は自分の番かと常に翌日の出発を覚悟していた時代だった。

義利はその時、五日後に横浜から出港する東洋汽船のさいべりあ丸で出発するようにと本店から連絡を受け取っていた。東京で日本銀行に寄ること、高萩の家に挨拶に行くこと、水戸の真木家に寄ること、横浜本店で所用を済ますこと、たった五日間の時間をどうすれば一番有効に使えるか、日程を頭の中でいろいろ考えたが、それにしても正金銀行員の辞令を受けてから出発までの忙しさときたら、今では考えられないスピードで、まるで、内地で出張にでも出かける時のような扱いの出発だった。

大阪での最後の夜は、日銀頭取に就任していた井上元頭取宛の礼状と報告書を作成し、東京駅で常磐線に乗り替える前に日銀に立ち寄って届けるつもりでいた。渡航用の大型トランクは、東京駅の手荷物預かり所に保管を委託することにした。高萩には一晩泊まって、次の朝先祖の墓参りをし、午後水戸へ移動して、真木家に多け乃と義人の留守中のことを頼み、夕方の汽車で東京に戻り一泊。トランクを引き取って早朝横浜へ向かい、本店で最後の所用と挨拶を済ませて一泊。翌朝埠頭から出港、という心づもりでいた。

「やれやれ忙しいことだ」とつぶやきながら、後ろへ後ろへと飛んでいく山や川、畑などを汽車の窓から眺めた。小さな茅葺屋根の家々、つつましいありさまの日本を、記憶にしっかりと刻んでいた。汽車は勢いよく黒煙を吹きながら一気に東京へ向かっていた。その日は運よく富士山が日本一の雄姿を見せていて、まるで義利の門出を祝うかのように見送ってくれていた。夜、十一時頃ようやく高萩の家に到着した義利を、家族全員が起きていて揃って迎えてくれた。局長の浅吉は、地元有力者の一人として、息子がアメリカに派遣されることが大いに誇りだった。翌朝、義利が庭に出ると、郵便局の局員全員が整列して、局長の坊ちゃんにお祝いと激励を口々に言った。皆に留守を頼み、母しんさんと二人で墓参りに向かった。実母もんの小さな墓に線香と花を手向けると、幼い時分のことを思い、思わず目頭が熱くなった。先祖代々のたくさんのお墓の前で合掌しながら、母しんさんが掃除をするのを無言で眺めた。

十六歳下の利光は、小学校に出かけたので、朝食の後、挨拶をして別れた。姉のあさと妹のかつ、かのは、既に結婚していた。あぐりと三九郎は、それぞれ水戸の女学校と中学校に通学していたから、今日これから行く水戸の真木家で、夕方には会えるだろうと楽しみだった。昼食の後なるべく早く水戸へ行こうと思った。墓参りの帰りは、しんさんと一緒に、小学校時代の通学路だった小川の流れに沿った小道を歩いて帰ってきた。浅吉は不在だったので、そのまま母だけに挨拶をして、一人で駅に向かった。

水戸の真木家では、親戚、知人、友人がたくさん集合していた。夕食の準備ができ、祝宴の上座に座らされて大いに困った。出発前で酒は飲めず、多け乃と二人きりで話をすることもままならず、結局、汽車の時間があるからと、挨拶もそこそこに逃げ出すこととなり、夜汽車の中で少々後悔した。今度会うのは、いつのことになるやらわからない。「皆達者でいてくれ」と心の中で祈りながら、たまに見える民家の明かりがちらちらするのを、窓の外に眺めた。

それでも、竣工六年目の東京駅の真新しいホテルで一泊できたことは、大収穫で、出発前のよき思い出になったと、いつだったか父が言っていた。翌朝は、横浜本店に出行して、梶原新頭取から大いに激励を受け、入行当時に世話になった上司や行員仲間と談笑を交わしてから、港近くに取ってもらっていた宿で一泊した。

出発の朝は、世話係の小林君がやってきて荷物の運搬を手伝ってくれた。一緒に急いで港へと向かう。通関手続きも滞りなく済み、小林君と一緒に船のタラップを上ってトランクを部屋に運び込む。「さあ、後はいよいよ出港を待つだけだ」と言いながらデッキに出てみると、小林君が急に「あれっ」と驚いたような声を上げた。

「今川さん、ほら、ほら、あそこ、井上頭取が来ていますよ」

「まさか、人違いだろう。井上頭取がここに来るわけがないよ」

「ほら、ほら、あの上甲板の右の先の方に見えている人、ちょっと見てきます」

言うやいなや、彼は走って見に行った。そして、こちらへ来いと手招きをする。半信半疑で義利が近づくと、なんと正真正銘の井上頭取がそこにいるではないか。ハンチング帽をあわてて脱いで一礼すると、

「今川、今日はいよいよ出発だな。アメリカやイギリスでよく勉強して帰って来い。今日は有名な浅野さんの東洋汽船のさいべりあ丸で出発すると聞いたから見学にきたんだよ。一万トン級の船には、僕もまだ乗ったことがないからね」と笑う。

「船長さん、一つ今川をよろしく頼みます。おい小林君、どこかで一緒に記念写真でも撮ってくれ」

船長は、船の幅一メートルほどの階段の中央に、船のシンボルマークと日の丸、アルファベットでYOKOHAMA　SIBERIAと、ぐるりと円形に記した大きな白い浮き輪を持ってきて一段目に置き、その後ろにどかっと座った。井上頭取は、浮き輪の左側の階段上に立ち、父は、階段の下、右側に立って後ろ手で浮き輪を支えているらしく、ちょっと恰好をつけて足

を交差して立っているが、いかにも満足げなうれしそうな顔をしている。船長は、制服制帽、井上さんは無帽で、三つ揃えの背広に眼鏡。父はゴルフ用のハンチングに、やはり三つ揃えの背広姿。三人とも首回りの白いカラーが際立っている。ちょっと珍しい写真である。私は、九十三歳のこの年になって初めて「井上さんには、本当に世話になった」という父の口癖の井上さんが誰なのかを知ることとなった。知人に二、三人井上さんがいたから、どの井上さんのことかと思っていたが、当時は聞き流していた。今回初めて、井上準之助頭取の写真を他の資料で見つけて、さいべりあ丸の見送り人が、井上頭取であることを発見し本当に驚いた。父は入行たった二年目の平行員である。さいべりあ丸の浮き輪を設置場所から勝手に取り外すことは考えられない。船員も出港前に勝手にこういうまねはしないだろう。きっと船長が気を利かして井上さんのために船名が書いてある浮き輪をわざわざ持ってきてくれたのだろう。当時は、大正時代でも日本がちょうど上り坂に向かっている時代で、人情が厚く、偉い人も偉ぶらずに気軽に行動していたし、また、井上さんにとってもきっと

サンフランシスコ行 さいべりあ丸にて出港前に　井上準之助頭取、船長と26歳の義利（1919年）

楽しいひと時だったのだろうと想像する。

晩年の井上頭取は、大正末期、昭和初期の難しい時代に、日本の金融経済を担う偉大なリーダーの一人となり、大蔵大臣にも二回就任したが、昭和七年（一九三二）暗殺され悲劇の人となった。


さいべりあ丸はまだハッチが大きく開いていて、起重機が次から次へと大きな木箱の荷を船底に運び入れている。デッキは互いに別れの挨拶をする乗船客、見送り人でごった返し、異様な熱気に包まれている。義利は、井上頭取、小林君と無言で力を込めた握手を交わすと、タラップの降り口で後姿を見送った。二人が船を降りた途端に船のハッチが閉められた。船員と荷の上げ下ろしをしていた人夫が、デッキと桟橋で手を振りあっている。船をつないでいたロープが外されて長くたれ下がったと思ったら、出航の銅鑼が鳴り響いた。船員が銅鑼をジャンジャンと叩きながら甲板を足早に歩き回り、見送り人を下船させている。乗客は全員、桟橋側のデッキの手すりに顔をそろえ、次から次へと五色の紙テープを桟橋の見送り人に投げている。二センチ幅、直径十センチほどに巻いたテープを、ちょうど円盤投げのように投げるのである。なかなか思うようにお目当ての人には届かないから、結局は、見知らぬ人のテープを持つことになるのだが、見送り人は皆、足元に次々と飛んでくるテープを必死に拾い上げてはつかむのである。

タラップが取り去られると、船は少しずつ岸壁を離れた。軍艦マーチ（鳥山啓作詞、瀬戸口藤吉作曲、一九〇〇年、正式名「軍艦行進曲」）がしばし流れ、大群衆の怒濤のような声が天地を圧倒する。五色のテープのカーテンの中、運の悪いテープから、一本、また一本と、ちぎれて風になびき、最後に残った一本は、色の違うテープを次々に三本も結びつけた、長い長い絆の糸となり、人々の旅愁を誘った。

多くの人が、船が見えなくなるまで手を振って見送っている。船の別れは、長時間かかるし、つらいから見送り人が一人もいなくてかえってよかった、と義利は思った。さいべりあ丸は少しずつ速度を速くし、向きを変えながら横浜港から出港し、東京湾を横須賀、観音崎、浦賀水道、ペリーが上陸した久里浜、剣崎、千葉県の洲崎、野島崎と、パイロットボートの水先案内で太平洋へと出た。煙突から黒煙がもうもうと吹き出し、すれ違う船は互いに汽笛でボーと合図し合い、手旗信号を交わしている。

さいべりあ丸

日本列島が西の地平線へと消えていく。さいべりあ丸はスピードを上げ、ドッドッドッドッドッとエンジンの音も高くなった。上下左右に船中がゆらゆら揺れている。千鳥足歩行。歩く時は廊下の壁に両手を広げバランスを取って歩く。太平洋は波高し。決して気持ちの良いものではない。ペンキの臭いも慣れるまでは鼻につく。これが気持ちが悪くなる大きな原因の一つだ。ほとんどの客が船室のベッドに縛りつけられることを余儀なくされる。窓は開けないのが原則である。真水は一日十リットルに使用制限されている。塩水の方は、蛇口をひねれば好きなだけ使用できるが、もちろん利用できる用途は限られる。早く慣れて自分の身体を船のリズムに合うようにしないことには、完全に駄目人間になる。

義利は先輩に教えられたとおり、ぐうぐうと寝てしまうことにした。と思う間に、多け乃と義人の怒っている顔がいきなり窓から覗いて思わず飛び起きた。夢か幻覚か。デッキを人が通った。カーテンを閉めるのもすっかり忘れていた。ベッドは少々狭すぎる。我慢我慢。上の空だったのだろう。洗面台の上に書いてある注意書きを読むことすらまるで忘れていた。そう言えば、救命胴衣の着け方を真っ先に練習しておくのだった。結局、その後はぜんぜん眠れず室内をうろうろ。

そうこうしているうちに、キンコンカンカン、チンコンテンテン、「夕食ですよぉ」と八音鉄琴をにぎやかに繰り返し叩きながらボーイが廊下を回ってきたので、あわててまた背広に手を通して食堂に向かうはめになってしまった。

第一夜の夕食は、ほとんどの乗客が正装だった。船では船長が王様である。晩餐会ではメインテーブルに座って、上級船員を一人ずつ乗客に紹介して挨拶をし、航海の安全を祈る。外国人も十五、六人はいた。食事はフルコースでとても美味しかった。このようなディナーは、サンフランシスコ到着前夜にもまた用意されていると教えられていた。やれやれ田舎者はつくづく大変だと思った。

毎日船の甲板をぐるっと三百六十度回って散歩してみた。どこを見ても空と海、船が走った軌跡の波は、白く二本の線となってやがて消えていく。時折遠くに見える汽船がすれ違うほど接近してくると、互いにボー、ボーと汽笛を鳴らし、時には乗客が手を振りあって喜ぶ光景もあった。

しかし、それにしても太平洋は広すぎる。航海をするにはいちばん面白味がなく、変化に乏しい海だ。天気が良い時は、朝日の昇る時と夕日の沈む時、お月様、星空は美しい。けれども嵐にでも遭遇したら人間はもう全く無力で、歩くことさえできず、ベッド上でゴロゴロと転がされ、大したこともないごく普通の状況でもげろげろと吐くことになるのである。現在の観光目的の超豪華客船は事情が違うのかもしれないが、当時はアトラクションなどは全くなかったし、ただただ海と空との退屈なつき合いの連続だった。

娯楽室にさいべりあ丸のパンフレットが置いてあったので、一部もらってきて自室で読んだ。当時、日本の船会社は、日本郵船と大阪商船が、本格的な遠洋定期航路を開設していたが、明治二十九年（一八九六）に浅野総一郎（日本の財閥創始者の一人）が福沢桃介、安田善次郎、大倉喜八郎等と東洋汽船株式会社を設立し、大正元年（一九一二）には、アメリカのパシフィック・メイル社から船を三隻購入した。その中の一隻が、このさいべりあ丸（シベリアの英語読み）である。大正五年（一九一六）の就航時、一一、七九〇トンであった。大型船をサンフランシスコ航路に投入して、乗客率を上げる目論見だったらしい。その後、他の船会社も競って大型船を導入する大型船時代となり、日本海軍の戦備が毎年膨れ上がっていったように、船会社も食うか食われるかの戦国時代に突入していったのである。

義利は、正金入行当初、横浜本店に一週間ばかり勤務したので、神奈川県の代表的な大実業家、浅野さんの名前はよく知っていた。乗っている船があの浅野さんの船なのかと納得し、正金がわざわざ選んでさいべりあ丸を使った意味もわかる気がした。そして、井上頭取の思いがけない行動も、浅野さんとの関係があったからなのだろうとやっと合点がいった。ファンネルマーク（船会社ごとに違う煙突のトレードマーク）は橙一色で、頂部は黒、社旗は、紫色の地に日の丸の扇子で、扇子は浅野家の家紋だというから少々愉快になってしまった。まるで幕末、維新の名残りだ。ドッドッドッドッドッとエンジンの音が高く絶え間なく響いている。

さいべりあ丸は、二週間でサンフランシスコに到着した。多くの乗客は、我先にと手荷物を持ってタラップを降りて行ったが、レディーファーストの国アメリカに着いたのだからと、義利はゆっくりと構え最後に降りることにした。船長やパーサーなどにお礼の挨拶に行き、ゆっくり談笑をしていたら、大阪支店に勤務していた時の先輩、奥田さんが迎えに来てくれていて、義利が一向に姿を見せないのでタラップを上って船内を探しているのに出遭った。

「おい今川、何をしてる。よく来た、よく来た。それにしても、さいべりあ丸は大きいなあ。自分の時は小型客船だったから羨ましいよ。ちょっと見物をしてから帰ろうかな」と言う。そこで二人はまた、船内をぐるぐると見て歩いてからようやく下船することになった。サンフランシスコは晴れで美しかった。

今日は平成二十五年（二〇一三）三月十一日、東日本大震災から二年目だ。政府主催の追悼式が、千代田区の国立劇場で開催され、天皇、皇后両陛下、安倍首相、そして遺族が千人ほど参列していた。午後二時四十六分には犠牲者に祈りが捧げられた。地震、津波、火災、原発事故による放射能汚染のその後、被災者や避難者の近況等々、テレビは一日中被災各地の状況を報道し、日本の無力を反芻していた。死者一五、八八二人、関連死二、三〇三人、行方不明者二、六六八人、避難者三一五、一九六人、各局が、独自性打ち出しに苦労したらしい番組を放映していた。

なぜ広島、長崎の原爆で最悪な敗戦を味わった日本が、電力をわざわざ原発で賄おうと考えたのだろうか。戦争経験者としては大いに不思議だ。取扱いに注意すべき危険物の最たるものである。よくよく考えてのことだったとはとても思えない。つい目先の便利さに流されてしまった国民全体が、あさはかだったと反省するほかはないのである。なにしろ制御できないのだから。
夜中の十二時頃になると、今度は、スポーツ番組がワーワーと歓声を上げて喜びだした。WBCである。オランダが七対六でキューバに勝ったので、もしかすると侍ジャパンは優勝できるかも知れないと皮算用をしつつ、いざ、次の試合地サンフランシスコへと、大勢の応援組が旅行会社に押し寄せたらしい。飛行機ならたった九時間だ。選手も九時間で太平洋を渡ってアメリカの西海岸に到着し、あわよくば勝ち進みサンフランシスコでの優勝決定戦を戦うことを目論んでいる。

それにしても、なんと世界は狭くなったことか、良いか悪いかは判らないが。百年前の父の時代は、十五日間の航海でようやくサンフランシスコに到着していた。

正金銀行のサンフランシスコ進出は、出張所が明治十九年（一八八六）にオープンし、明治三十三年（一九〇〇）には支店に昇格している。ちょうど大正天皇が九条節子妃と御成婚なさった年で、清国では義和団事件が勃発している。父が勤務した大正八年（一九一九）八月から十年（一九二一）六月の二年弱は、第一次世界大戦が終結、講和条約が調印されて、ちょうど世界大戦平和克服詔勅が公布された時だった。当時は日本も米国も共に戦勝国だったから、両国間の貿易は鰻上りで、正金の資本金はこの年に一億円へと増資されている。そしてこの額は、昭和の大戦で正金銀行が閉鎖されてしまうまで変わらなかった。ちなみに、一九一九年の純益金は、明治、大正期を通じての最高額を記録し、配当金も一九二一年からは千二百万円を実現していた。生糸の輸出が最盛期を迎え、銀行の軌跡を人生にたとえれば、充実した若々しい青年期を迎えていたと言えるだろう。だがそれも長くは続かなかった。油断大敵、大戦終結後の景気反転で、あっという間に世界は大不況に陥り、東京株式市場も大暴落となった。それでも若い行員たちは、全員希望に燃えて苦労をものともせず、立派なジェントルマンにならねばと勉強に必死だった。

新米行員の父も、サンフランシスコに勤務するようになったら、先輩たちを見習って生活が一変した。当時よく言われていたのが「よく学び、よく学び、よく遊べ」だった。最初の「よく学び」は為替、銀行業務の勉強、次の「よく学び」は、当時手本とされていた英国紳士と対等につきあえる教養を身につけることで、政治、経済、財政はもとより、広く教養ある外交官であり、外国の宗教、特に基督教を理解し、すぐれた取引相手であると同時に、モラルと正義感を合わせ持つ、立派なジェントルマンであることを目指したのである。そして、「よく遊べ」とは、外国人とのつき合いにはかかせない遊びの習得である。まずゴルフ、そしてテニス、ダンス、写真撮影、散歩、旅行と、父は田舎者の殻を破ることに大真面目に挑戦した。タバコは吸えず、酒は客とのつき合いだけで、一生、晩酌をしたこともほとんどなかった。もっともタバコは、もともと体質に合わなかったらしいが、お酒の方は、先祖に酒で身を滅ぼした人物がいたからなどと私には言っていた。しかし、私たち子供は、クリスチャンだったから自制して飲まなかったのだろうと解釈し、信じていた。

実は私は、九十三歳の今頃になって、はじめて為替に興味を持ち、毎日テレビの円ドル相場や、ユーロ安ユーロ高、株式の高下を朝、昼、晩と必ず見ては一喜一憂している。この年になってなんとまあ馬鹿馬鹿しいとは思うのだが……。

当時の正金の幹部候補新入行員の教育軌跡を参考までに書き留めておこう。もちろん全体を把握しているわけではないが、周囲の多くの行員たちの軌跡のおおよそはこのようなものだった。まず、入行後の一、二年は、横浜、大阪、神戸支店などで、為替の初歩的業務を徹底して勉強させた。その後は様々な軌跡があるものの、ほとんどの場合、当時の正金の主要取引を担っていた海外支店に送られた。例えば、私の直接知っている例では、

一、上海　↓　ボンベイ　↓　ロンドン

二、大連　↓　サンフランシスコ　↓　ニューヨーク

三、サンフランシスコ　↓　ロンドン

四、上海　↓　インドネシア

といった具合である。こうしたコースで海外支店を直に経験し、毎日現場で朝から晩まで揉まれれば、為替相場の実地研修には理想的だった。正金行員の海外生活は、「男一匹」来る日も来る日も、一瞬たりとも目が離せない激しい相場との戦いの明け暮れで、どこの支店の支配人も、頭取から全権委任状を与えられていて、市場の状況を本部に報告したり、事前に本部に対応を問い合わせるなどは論外だった。当然のことながら為替相場は刻一刻変化して待ってはくれないから、本部に訓令を仰ぐような支配人は即刻落第で、どんな状況でも臨機応変に独自に決定し、自分で判断し行動できる人材を、入行直後から実地で育成したのである。

人間は不思議な動物で、考えるよりずっと大きな適応性があるので、少々乱暴な教育を施されても、ほとんどの支配人、行員は上手にストレスを解消して海外生活を楽しんでいた。しかし、同伴される家族の方はある意味悲劇である。自分の意志で動くわけではないから、幸運なこと、楽しいことはあっても、それ以上に悲しいこと、災難、さまざまな別れなど、運命に翻弄され続けることになる。

父は、正金入行と同時、二十四歳の時に長男が生まれて仲間を驚かせたが、サンフランシスコには単身赴任している。ところが、次の任地ロンドンへは、二十九歳の安月給取りであるにもかかわらず、「家族は同居すべし」とばかりに、妻子三人を呼び寄せるという前例のない行動をして、重役たちを大いに驚かせ心配させた人物として有名になった。正金では、この父の行動で、その後、追随する若手行員たちが一気に増加したと聞いている。日本と地理的に近く、日本人学校の施設もあった中国、満州などではまた事情が違うが、正金の行員は学歴重視派が多かったので、単身か、あるいは夫婦だけで赴任して、子供は内地の実家で教育する方針をとる人が多かった。だから、もちろん例外はあるが、小学校五年生にもなると、男の子は帰国させられるのが普通だった。正金銀行には世界三大銀行の一つなどと呼ばれた黄金時代があったが、日本企業の中でも三菱、三井、郵船などと肩を並べていた、この時代には、欧米諸国での正金支配人の席次も、外交官である大使、公使の次だった。もっとも、中国や満州などでは、軍部の席次が上であったが。

和子誕生

水戸の真木家は全員が元気だった。義人は二歳になり、歩くことも、食べることも、口も上手になってきていた。サンフランシスコのパパは「よしと」と呼ぶようにと言ったが、留守宅では、近所の人や高萩の実家の家族も含め全員が「よっちゃん、よっちゃん」と呼ぶ流れになってしまっていた。よっちゃんの方は、謙とふくを「じいじい」「ばあばあ」、小太郎を「にいにい」と呼び、多け乃のことは「ママ」、そして「パパいない、パパいない」だった。丸々と太った子で、まるで金太郎のように可愛かった。

多け乃は、二人目を授かり、時々産婆さんの診察を受けていた。五か月目の最初の戌の日には、よっちゃんの時に使用した腹帯を自分で巻いた。

「どうか今度は女の子が生まれますように」と神様、仏様、キリスト様、マリア様と万遍なく毎日毎晩祈っていた。二回目の出産の用意は、自分ですると約束していたが、赤ん坊の衣類などは、最初から女の子用のものだけを支度していた。産婆さんから予定日は、大正九年（一九二〇）

一月末から立春の頃ときかされていた。世界大戦平和克服詔勅の公布が一月十日だったので、これからは平和な世界になるのだからと、女の子だったら名前は「和子」にしようと一人で決めていた。相談相手の夫が、サンフランシスコではやはりちょっと遠すぎると毎日ため息をつきながら、鉤針で、桃色の小さな靴下を編んでいた。九十年前、当時は子供の衣類は母親が手縫い、手編みで作るのが普通だった。一つ身の着物、下着、エプロン、よだれかけ、帽子、手袋、マフラーなどを次々と仕上げた。ミシンがそろそろ普及しはじめる時代のことである。

「多け乃、よっちゃんから手紙と絵葉書が届いたよ」とふくの呼ぶ声……。

「よっちゃん、ここで、グーグー寝てるよ、え、何、サンフランシスコのよっちゃん」

ようやく来た待ちに待った便りに、急いで立ち上がろうとしてよろけそうになる。「ああ、良かった。危ない危ない、転んだら百年目だ……」思わずまた座り込んで「こっちに持ってきて見せてよ」と、結局動かずに靴下を編み続けることに決め込んだ。ふくは多け乃がだんだん横着になってきたとおかしかった。あと四か月のご注意ご注意。「はいよ」と返事だけしながら、宛名を改めてよく見ると、たくさん届いた絵葉書の方は、一枚一枚全部宛名が別々になっていて、「謙様」「ふく様」「小太郎様」「義人様」「多け乃様」と、家族全員それぞれに来ていた。

「多け乃、横着しないで、ちょっと茶の間まで来てごらんよ。早くおいで」と叫んで、謙の座っている長火鉢の前に手紙と絵葉書を全部のせた。

義利は、多け乃と別居していたこの時代、一生でいちばん小まめに家族全員に手紙や絵葉書を投函している。パソコンなどはない時代である。子供用絵葉書の童画が大正ロマン時代を彷彿とさせる。絵葉書は、男の子と女の子がキスをしているような可愛いラブシーンのものが多かった。その他は、各地の美しい景色、名所などの絵葉書で、それぞれの投函日は一緒ではなく間隔があいているのだが、結局全部同時に水戸には届いていた。

大正時代の絵葉書のサイズは横十四センチ、縦八・八センチとかなり小型で、当時のアメリカからの送料は二セントだった。宛名は英語で氏名、東京、日本、添書きに水戸の住所氏名を漢字で書いた簡単なもので、必ず到着しているのには驚く。百年前の方が機能していることもあったのかもしれないと不思議な心地になった。

「義人」宛のクリスマスプレゼントを、さいべりあ丸で送る、などと書いてある絵葉書もあるし、多け乃の手紙を読んで家族全員元気に暮らしているようで安心した、と書いてある便りもある。結局二人はこうしてラブレターを交換していたのだろう。私はこの年になるまで一度もラブレターを貰ったことがないので、羨ましいかぎりである。しかし自分が生まれた時のことはよく知っている。宮参りの時の可愛い写真が大きく引き伸ばされて、水戸の写真屋にずっと飾ってあったとふくさんが話してくれた。その写真の小型判は今でも大切に保存してある。

「あの冬（大正八年十二月～九年一月）はね、水戸は本当に寒くてね。毎年寒いことは寒いんだけれど、お産があったから特に気にして心配したんだと思うよ。井戸水を運ぶのが大変でね、霜柱をザクザク踏んで。道は雨が降るとどろどろになって朝晩はつるつるに凍るだろ。本当に歩くのが危ないんだよ。近所の人やお産婆さんにはよくお願いしておいたんだけれど、心配で心配で

Washington, East from Monument
DER GRASS ISS GREEN,
DER SKY ISS PLUE,
YOU FOR ME
UNDT I FOR YOU!
2020. BATTLEGROUND MONUMENT AT OLD NORTH BRIDGE, CONCORD, MASS.
WISSAHICKON CREEK, FAIRMOUNT PARK, PHILADELPHIA, PA.
Post Card
FOR CORRESPONDENCE
Mrs. T. Imagawa
Tokyo
Japan
TIS A PLEASURE TO SEND
THIS THOUGHT,
A MERRY CHRISTMAS TO YOU.
THE WANAMAKER STORE, PHILADELPHIA, PA.
WHITE STAR
LINE.

家族への絵葉書

ねぇ。それによっちゃんがそこら中をちょろちょろと動き回る、ちょうど目が離せない時期でね。もう本当に大変だったよ。頭があんまり忙しくてクルクルパーになりそうだったよ」と笑って話す。

「ふーん、そうだったんだ。それで私が生まれた時はどんな風だった」

「あんたのママ、夜中に陣痛が来てね。おじいちゃん（謙）が産婆さんとこまで呼びに行って。私と近所の小母さんたちは風呂やお湯を沸かしてね、よっちゃんの時に使った大きな檜《ひのき》のたらいも用意したんだよ。多け乃を奥の部屋に寝かせたら、朝まで「うんうん」唸ってたんだけど、九時半頃ようやく生まれたんだよ。まあ、普通なんだろうけど、二度目は後産がとても痛いんだよ。だけど女の子が生まれたとわかった時のママの喜びようときたら……。飛び上がって万歳をしたいところだったと思うよ。全員大喜びでお赤飯炊いて祝ってね。おじいちゃんは「和子」と大書して神棚に供えてたよ」

ふくから聞いた当時の産婆さんのことを少し記しておきたい。江戸時代には、出産介助の経験豊富な年配の女性が取り上げ婆と呼ばれて活躍をしていて、専門職的になった上手な産婆さんの場合には、ほとんど民間信仰的な権威だったという。当時はまだ生後間もない乳児は育たずに死んでしまうことも多い時代で、完全には人間になっていない存在と考えられていたから、間引きや堕胎もしょっちゅうあったようだ。

「皆から信頼されるお産婆さんは本当に上手でね、絶対に部屋を汚したりしないし、動きにも無駄がないし、立ち居振る舞いがとてもきれいでね。行儀作法の最たるものだったね。無駄口もきかないし、いつも凛として大したもんだったよ。必ずお祝い事の席にはお産婆さんを招待してね」と言う。

明治時代になると政府は富国強兵のために、西洋の近代医学を導入して、明治三十二年（一八九九）には産婆規則、産婆試験、産婆名簿、合格証書と次々に産婆規制の法令を発布し、大正三年（一九一四）には一道三府三十三県に百二十七校の産科学校が設立されている。江戸時代、明治初期には、ふとんの上でお産をすることは皆無で、「血のケガレ」をなるべく避けるために、布団に立ったり座ったりの姿勢の出産が普通だったようだが、ドイツの産婆術が導入されてから、仰向けに寝たお産が始まったのである。しかし最初は「ケガレ」意識から、なかなか新しいお産スタイルは受け入れられず、根付かなかったらしい。日露戦争後、各大学の医学部に産科が設けられ、ゆっくりと徐々に西洋医学に移行して現在に至ったのである。

義利が、和子誕生の詳報を受け取ったのは、春の草花が一斉に咲き乱れ、サンフランシスコの町が、一年中で最も美しくなる四月中旬だった。彼は、どうやら少々がっかりしていたようだ。男親としてはやはり男の子を望んでいたらしい。しかし、サンフランシスコ時代の二年間は、一生でいちばん楽しい、希望に満ちた日々だった。薄給ではあったが、家族への送金はしなくてもよかったし、ほとんどの収入を自分のために使うことができたから「お山の大将われ一人」の気分だっただろう。

前年まで世界の大国が二手に分かれ、地上では歩兵、騎兵、戦車、大砲が、海上では軍艦、潜水艦などの船舶が入り乱れ戦った世界大戦（飛行機、電波兵器による空の戦争はまだなかった）がようやく終戦を迎えた年だった。世界中の人々が待ち望んでいた平和の到来だ。生活がようやく平常に戻りつつあり、正金海外支店の行員の顔からも殺気立ったものがいつしか消えていた。父義利の、世界の為替取引の実地勉強も軌道に乗り、先輩たちと共に腰を落ち着けて誠心誠意勤務していた。

正金銀行（Yokohama Specie Bank）のサンフランシスコ支店は、4 ― 5.429 Sausome Street San Francisco California U.S.A にあり、当時義利は、3002 St San Francisco に住んでいた。

当時の行員全員の集合写真を見ると、正金のオフィスは天井が高く、直径一メートルほどもありそうな白い円柱が並び立って空間を支えている。行員は三十名、日本人男性二十一人、アメリカ人四人。女性の方は、アメリカ人三人、日本人二人だ。ちょっと興味を引くのが男性の背広姿で、当時の流行を彷彿とさせる。全員チョッキを着ていて、白い高いカラーの先が丸くなっている。年長者は、鼻の下に口髭があるのですぐに上役だとわかる。中堅らしき行員たち、そうした面々に囲まれた新米行員の父は、さしずめ「ハリキリボーイ」といったところで、社交界へのデビューを待つ外交官ででもあるかのような緊張した面持ちでかしこまって控えている。

オフィスは、事務机が電話設置台を中心に配置されている。電話はちょっと珍しい形態のものだ。三百六十度回転する縦棒の軸から、一辺が二十センチほどのマジック構造型、伸び縮み自在ジグザグひし形アームが伸びて、その先にラッパ状のマイクと耳当て受話器がくっついてい

サンフランシスコ支店の行員たち（1919 年から 1921 年）前列左から 2 人目が義利

る。オフィス全体では、五、六人に一台程度の電話台を中心に勤務していたように写真からは見て取れる。父はこの写真に写っている行員たちと毎日働き、見聞を広めるために各地を見学、旅行したのだろう。

前述したように当時の正金では、行員に機会さえあれば旅行を奨励していたから、連休や転勤で移動する時には、全員が家族共々、できる限り名所旧跡を見学して回るのが慣例だった。行った先に支店があれば、現地行員が移動行員を歓待し、互いによく世話をし合っていた。それゆえ、当時の多くの行員たちは顔見知りが多く、「またどこかでご一緒しましょう」が、挨拶の決まり文句だった。

大正十年（一九二一）六月、ロンドン支店転勤の辞令が出た。義利は、天にも昇る心地で、ばたばたと身辺の整理をした。二年間の旅行の記念写真は、すべて一つの小包にまとめて水戸に送りつけた。多け乃には義人と和子を伴ってロンドンに来るようにと連絡した。水戸に届いたその小包は、ふくさんが柳行李に詰めて昭和の戦争の折にも戦火から大事に守ってくださった。両親が亡くなった後、実家に保管されていた正金時代の写真と葉書の整理をしていて、知らなかった父母の過去を再発見することになった。

父が米大陸各地を旅行して学んだことは多かったと思う。多数残っている写真の中でいちばん愉快なのは、ヨセミテ国立公園の大木、根元がトンネル状になっているこの大木だろう。友人が運転するオープンカーの上で父が立ちあがり、「ただ今、木の根のトンネル通過」と記念撮影した一枚だ。以前はヨセミテの観光のシンボルだったらしいこの大木は、だいぶ前になくなってしまったと聞いた。コロラドの断崖絶壁の上の父の雄姿、その他、西大陸の足跡はたくさんあるが省略する。

道路を渡って振り返った義利はしばし立ち止まった。向かい側の角にある窓の多い建物、装飾が何もない三階建て長方形のコンクリートビル、そしてその大きな入口の上に掲げられた横長の看板、Yokohama Specie Bank の黒い文字をしみじみと見上げた。二年に渡って為替業務の特訓を受けた支配人や全行員に、感謝と別れを無言で告げながら、おそらく再びここに来ることはな

ヨセミテ公園（1920年か1921年）車の上で立ち上がる義利

いだろうと感じていた。

正金のサンフランシスコ支店は、出張所として一八八六年六月に開業、支店への昇格が一九〇〇年一月。閉業日は、日米開戦の一九四一年十二月八日で、アメリカの官憲に接収されて終わっている。

父は米大陸を西海岸から東海岸へと横断して各地を見学した後、一カ月半、ニューヨーク支店に立ち寄り、大西洋を渡ってロンドンへ着任することになっていた。

その最後の足跡が、水戸に届いた絵葉書で判明した。これらはまた、父が一生で最後に書いた家族へのラブレターであり、アメリカに残した小さいが確かな足跡でもある。残念ながら、一歳半の私あてには一枚もなかった。もしも存在していたら九十三歳の今、こうして読むことができたのにとひがんでいる。

大正十年（一九二一）八月十五日から二十七日の期間に投函されている絵葉書は、ペンシルベニア州フィラデルフィアのフェアマウント公園、ワナメイカーロードデパート、マサチューセッツ州コンコード、ワシントンのモニュメント、スミソニアン博物館、そしてホワイトスターラインのバルチック号などの絵葉書であった（一一五ページ）。

ニューヨーク出港

その日、義利は大先輩の西さんに伴われて、午前十時頃、ニューヨーク港の桟橋、ハドソン川河口にあるチェルシー埠頭に到着した。

「今日は晴れてよかったな、今川。バルチックは英国のホワイトスター社の豪華客船だぞ。ニューヨーク港には花崗岩埠頭が九か所あるんだが、その六十番、六十一番に停泊しているはずだ。十二時出港だから時間は十分だな」

「西さん、本当にお世話様になりました。広いから一人だったら迷子になるところでしたよ。このニューヨークが世界一の大都会で、それに続くのがロンドン、パリですか」

「さあ、どうだろうな。お前はこれからロンドンへ行けるのだから羨ましいよ。よく勉強しろ。期待してるぞ」

「はい、ありがとうございます。ロンドンに着いたら日本から家族を呼ぶつもりでいます」

「奥さんと子供をか」

「はい、家内の多け乃は、私よりも二つ年下で、長男の義人が四歳、長女和子が一歳になりました」

「ロンドンの支配人は、大久保利賢さんだよ。承知するかな」

「存じてます。明治の元勲大久保利通の息子さんですね」

「そうだよ。お前入行四年目だから月給は四十五円程度だろ。暮らせないぞ。大久保さん、許可を出すかねえ」

「頼んでみます。きっと、大丈夫ですよ」義利は屈託なく大笑いする。

「荷物は、この大型トランク一つと書類入れの鞄だけですから、ちょっと手続きしてきます」

西と義利は、埠頭の手前で立ち止まって、上が黒、下がオレンジ色、二本マストのバルチック号（二三、八八四トン）の巨大な船体を一緒に見上げた。人足たちが小さな蟻のように働きまわり、何ともいえない騒音が聞こえる。

「サンフランシスコに来る時、東洋汽船のさいべりあ丸に乗りましたが、あれのほぼ二倍の大きさですか」

「そうか。現在世界で五隻くらいしかない最大級の船だからな。しかも同じ豪華客船でも、これは一等二等船客は、四百人ほどしか乗せず、三等船客を二千人以上乗せる船だよ。ヨーロッパからアメリカへの大量移民輸送のために本格的に導入された船なんだそうだ。それにしても、いつも思うが船内は豪華だぞ。まるで王宮のようだ。もう三回見学したが、見送りついでに今日もちょっとだけ遊んで帰るよ」

「ロンドン到着は九月五日。たった九日で大西洋横断とはずいぶん早いんで驚きです。もっとかかるのかと思っていました。移民が続々と到着するわけですね」

西は、義利の船室に立ち寄り、船内をぐるっと案内してくれ、出航三十分前に下船していった。

「元気でよい航海を、またどこかで会おう」正金行員のお決まりの挨拶を残して。

正金銀行ニューヨーク支店は出張所として一八八〇年開業、一九一九年五月十日、支店昇格、やはり一九四一年十二月八日、アメリカ官憲接収により閉業している。この日、日本は真珠湾攻撃、英米に宣戦布告。

ホワイトスターラインの旗は、黒地の真ん中に白星である。この船会社は、今から百五十年ほど前、英国が世界の七つの海を支配していた頃（日本の幕末から明治、大正）に営業していた海運会社で、ヨーロッパ、アフリカから大量の移民をアメリカへ運ぶ大型船で大成功を収めていた。本社はイギリスのリヴァプールにあった。同社の最も有名な船はあのタイタニック号である。映画でもよく知られているように、イギリスのサウサンプトン港を出港して、ニューヨークのマンハッタンに向かう途中、北大西洋で氷山に衝突して沈没する。他にほぼ同様の豪華船、オリンピック号、ブリタニック号を所持していたが、クイーンエリザベス号、クイーンメリー号などを就航させる頃になると、にわかに左前になり、キューナードラインに吸収合併され消滅した。

当時二十八歳の父は、バルチック号のデッキからニューヨークの情景を眺めていた。朝方晴れていた空には入道雲がむくむくと頭をもたげ、マンハッタンの摩天楼上空を覆うように広がっている。大自然の大きさを前に、なんだか高層ビル群は小さく見えた。しかし、証券取引所、タイムズスクエア、ウォールストリート、ハドソン駅、ブルックリン橋、ウィリアムズパーク橋と、見学した場所を一つ一つ思い起こしながら、この目の前にあるのが世界一の大都会なのか、と思うと感無量だった。アメリカは大国、日本は小国だ。背高ノッポのビルも大いに興味を引いたが、当時から父が最も惹かれたのが橋だった。「日本とは川の規模が全く違う、外国の橋は本当に巨大だ」とその雄姿は、どこへ行っても父の興味を捉えて離さなかった。その時見た風景の中にも、確実に鋼鉄ロープの大橋が見えていたはずである。その父が戦後の第二の人生を、北九州のロープ大橋、若戸大橋にロープを供給し、その後も瀬戸内海、東京湾と多くのロープ橋に強靭な鋼鉄のロープを提供した会社の社長となる選択をしたことも、その橋好きが関係していたように私は思う。

バルチックが動き出した。巨体が案外迅速に離岸し、見物人、見送り人との距離を広げていく。別離の光景は、横浜のさいべりあ丸の時と大同小異、人間の感情はどこでも同じ様なものなのだな、などと考えていると、ふいにデッキで並んでいた隣の男から声をかけられた。

「おい、お前はどこの国の人間だ。支那人か」

「私は日本人だ」

「日本人？　知らないな。国はどこにあるんだ？」

「アメリカ西海岸の向こう側にある太平洋を渡ると、アジア大陸がある。支那のあるアジア大陸の東側にある小さな島国だよ」

「へえ、そうか」なんとも肩身が狭い。

「お前は何国人か」

「フランス人だ。ロンドンに用があって、ついでにちょっとパリに行ってから、またニューヨークに戻ってくる」

「そうか。私はサンフランシスコに二年いたのだが、ロンドンに転勤になったから、ロンドンが新天地だ」

「ほら、見ろよ、見ろよ。ペドロー島の自由の女神像だ。大きいだろう、見たか。見たか。海面から九十三・三メートルの高さのところに、電灯のトーチを持っているんだぜ！　すごいだろう。そもそもあれは、フランスが、アメリカ合衆国にプレゼントしたんだ」

「そうか」

　義利はようやく、彼がフランスの自慢がしたくて声をかけてきたのだと理解した（「ドンカン、まあでも勉強になったからいいジャン」と現代っ子なら言いそうだ）。

　アメリカ大陸が見えなくなるまで多くの乗客が甲板に立って別れを惜しんでいた。義利もその一人だった。二年間のアメリカでの勤務は、いろいろな意味で驚くことばかりだった。まるで御伽噺の巨人国と小人国さながら、アメリカと比べて日本の国力があまりに小さいことを、つくづく実感させられていた。

　この頃からニューヨークは、ますます超高層の摩天楼都市になりつつあった。マンハッタンのウォール街には、二百以上の鉄筋耐火構造のビルが天に向かって乱立していて、義利にはただただ驚くばかりの光景だった。日本との差はあまりに際立っている。ニューヨークの正金銀行支店は、十三階建ての厚みのないのっぽビルだったが、それでもまあ、サンフランシスコ支店よりちょっとはましか、と思い起こした。

正金銀行が、世界の三大為替銀行と呼ばれるまでになった基礎作りは、明治三十年から大正十年に高橋是清が、正金銀行頭取と日銀総裁を兼任していた時期がなんといってもベースになっていた。その当時の高橋は、内閣総理大臣や大蔵大臣まで務めるほど、ほとんど一人舞台のように活躍していた。ちょうど日清・日露戦争、第一次世界大戦と戦争戦争の時代で、資金調達をいかにするかが最優先の国策だった。進軍ラッパが鳴り響くたびに、リーダーシップを発揮して陣頭指揮をとり、金本位制導入、金輸出禁止等に次々と対応し、国難、財政難を切り抜けたのである。こんな大国を相手に、正金銀行も同じ舞台で大活躍したのだ、と思うとなんだか胸が熱くなった。高橋さんもこのアメリカで大いに苦労したのだろうと。

デッキから船内に入った。もうアメリカは見えなかった。大西洋の波と水平線にはあの入道雲だけが見えていた。

トントンと船室のドアが叩かれた。

「グッドモーニング、ミスターイマガワ、ルームサービスをお持ちしました」

「サンキュー」

食堂のボーイが、銀製のトースト立てにカリカリ焼きの薄切りトースト二枚と紅茶、ミルク、砂糖をのせた銀の盆を持って入ってきた。

「有り難う」と受け取り、ベッド脇の机の上に置いた。

「朝食は、九時までに食堂へどうぞ」ボーイは、笑いながら言って出て行った。

疲れていたので、大いびきでぐっすりよく眠っていたところだったのでちょっと憮然とした。ベッドに座って、せんべいのようなトーストを食べると案外美味しかった。着替えをしながら、船上の一週間で、しなければならない仕事がたくさんあると思ったとたん、すっかり目が覚めた。頭の中ですべきことを箇条書きにする。

一、バルチック号の絵葉書、便箋で、サンフランシスコの行員全員に礼状を書く。

二、ニューヨーク支店で勉強したことは、サンフランシスコ支店、ロンドン支店あてに報告書を作成。

報告書は必ず横浜正金銀行専用の便箋を使用して作成する（この便箋は、現在のような真っ白の紙ではなく、わら半紙のように少々黄ばんだ大型の罫のある紙で、父は正金時代、いつもたくさん持参していて、年中書き物をしていた。何を書いていたのやら……）。

三、ニューヨーク支店で世話になった行員への礼状。

これらすべてをロンドン到着と同時に投函しようと考え、バルチック号の便箋を使用してさっそく手紙を書き出した。没頭して書いていて、はっと時計を見ると、もう九時を過ぎているではないか。

「これは大変」と大急ぎで顔を洗い、髭をそり、朝食だから半袖のシャツでいいだろうと鏡を見ながら点検した。

昨夜の晩餐会は、ドレスアップで大変だった。シャンデリアの広い食堂は、上流階級のジェントルマンとレディで満杯だった。船長と高級船員が出迎えてくれて、音楽が流れ、フルコースの宴会である。

「多け乃がいたらなあ」とつくづく思う義利だった。料理はどれもすばらしく美味しかったそうだ。父は大食漢だったから大いに満足したのだろう。食後はダンスホールでダンスを楽しむ客も多かった。肩身が狭いのでそうそうに船室に引き揚げた。豪華客船は英国の国力だった。浮かぶ大ホテル。走る宮殿。船腹には二千人もの労働者の移民と荷物を腹いっぱい運び、帰途には莫大な富を英国に持ち帰る巨船である。父が英米の実力を肌で理解したのはこの頃からだったようだ。ロンドンへ、ロンドンへ、ロンドンへ。

多け乃、子連れで倫敦《ロンドン》へ

（大正十一年五月〜十二年十一月）

横浜の正金本店から水戸の真木家に、「九月六日、義利が無事ロンドンに着任した」との通知があったのは、よっちゃん四歳の誕生日を四日後に控え、秋のお彼岸のお萩を作っている最中だった。多け乃の誕生日は、春のお彼岸の三月二十日だったから、家族全員、お萩は大の好物で、毎回必ず六、七十個は作っていた。つぶし餡とごま、きな粉でまぶした大型のお萩だ（私は現在でもお萩は買ったことがなく、娘と小さいのを三十五、六個作っている）。

「今川多け乃さん、速達です。玄関に入れとくよ。高萩の今川さんからです」

郵便局員がガラッと引き戸を開け、手紙をぽんと投げ入れて帰って行った。

よっちゃんが急いで駆け出していって、玄関にあった封筒をつかみ台所にいた多け乃の餡子だらけの手にのせたから大変なことになった。一旦浅吉からの手紙を置き、手を洗って封を切ると、正金からの手紙が入っていたので、思わず涙が出てしまった。子供の時からずっと憧れていたロンドンが、急に近くなったような気がしたのである。もしかするとロンドンに行けるかもしれない。期待を込め「どうか同居を許可してください」とお萩を神棚に供えた。それにしても二重封筒でよかったと思いつつ、餡子だらけの封筒から出した正金の封筒を丁寧に茶箪笥の引き出しにしまった。改めて拍手《かしわで》を打ち、どうかロンドンへ行けますようにと神様に念入りに祈った。十月、十一月には、アメリカ大陸に別れを告げる義利の、ニューヨークからの便りが次々に届いたが、家族同棲許可の通知は音沙汰がなかった。

水戸は冬が早い。師走になってちょっと暖かくなった日、謙が釣りから戻ってきてみると家中がお祭り騒ぎになっていた。よっちゃんがとんできた。

「おじいちゃん、お帰りなさい。ママとかずちゃんと三人でドロンドロン、大きなお船に乗って行くんだって。パパのとこドロンドロン行くんだって」

「ドロンドロンじゃなくてロンドンだろう。ロンドンて言うんだぞ」

頭取からやっと家族三人同棲のためのロンドン渡航許可が正式に下りたのだ。

「よかったね、本当に行けることになって。もう諦めていたよ」

「おじいちゃん、おばあちゃんとママが泣いてるよ。どうして泣いてるの？」

「ねえ、小太兄ちゃんもいっしょに行くの？」

「小太ちゃんはね。学校があるから留守番だ。お前と和ちゃんとママの三人で行くんだから大変だぞ」

「ああ、そうだった。魚がたくさん捕れたんだ、御馳走を作らなくちゃならん」

謙は台所へ行った。

かずちゃんは泣いているママとふくの間で、指をチュッチュッと吸いながら、ぽかんとしていた。よっちゃんは一人で騒いで、「ママ、ドロンドロン、パパ、ドロンドロン」と縁側を走りまわっている。

多け乃が大声で「よっちゃん、ちょっと静かにしてここに座りなさい」と叱って捕まえた。

「よっちゃん、ドロンドロンじゃなくてロンドンです。ママとかずちゃんと三人で大きなお船に乗って行くんだから、よっちゃんはしっかりしてよ」と言ったとたん、今度は急に多け乃が不安になってきた。英語もよくできない。五十日間の船旅。異国の港。風俗習慣の異なる人々。暴風で荒れると恐ろしい海。一人でならまだよいが、幼い子供も二人いる。

大正十年当時のロンドン行きは、洋行の花形で、政府高官、外交官、軍人、大会社のトップクラスの人たちは、だいたい家族を同伴して渡航していた。秀才の留学生、学者や芸術家、芸人なども、チャンスさえあればロンドンへ、ロンドンへと、どんどん渡英していた時代である。しかし若い会社員たちは、ほとんどが単身赴任だった。

謙は、ようやく自分の出番が来たとばかりに張り切って、さっそく多け乃の後見役を引き受けた。

「多け乃、明日から忙しくなるぞ。今年も余すところ後十日だ。わしが明日、茨城県庁に行って渡英手続きの書類を取って来てやるから、お前は御挨拶状を方々へ出して、正金銀行の用度係の方とよく連絡を取りなさい」

「旅行中の三人の手荷物はどうするつもりなの」ふくも心配になり、口を出す。

「大丈夫、ある物でなんとかしますから」

「よっちゃんもかずちゃんも洋服は一枚もないから着物でいいよ。子供はすぐに大きくなるし、何を買ったり作ったりしてよいか判らないから、ロンドンに着いてから考えるわ」

「パスポートの写真も三人とも着物でいいよ。日本人なんだから。私は洋服が一枚あるけれど、和服で通すつもり。四月、五月は船の上は暑いらしいから、浴衣でいいよ。なるべく荷物を少なくしないと大変だからね」などとワイワイ言ううちに日が暮れた。夕食の御馳走は、謙の釣った新鮮な川魚の串焼きだった。

全員が床に入った時、謙が、

「ロンドン支配人の大久保さん、よくもまあ許可したものよ。さすが明治の西郷どん大久保さんの太っ腹、大久保利通の息子、大久保利賢さんだ。義利もよい支配人の下で奉公できて幸福ものだ。多け乃も運がいい。高萩の浅吉さんも喜んだっぺ」

謙が水戸の茨城県庁で手続きをして交付されたパスポートは、現在の手帳形ではなく、新聞紙を四つ切りにして二つ折りにした大きさの、右開き四ページの一枚の紙で、表紙の中央には、小さな花の唐草模様で長方形に縁取りのある菊の御紋章がある。その下には横書きで右から「日本帝国海外旅券」右肩上には赤い丸印。「第五参貳貳〇八号」
「本籍地　茨城縣多賀郡松原町大字高萩六十一番地 平民戸主浅吉 長男義利妻
今川多けの　明治二十八年三月二十日生

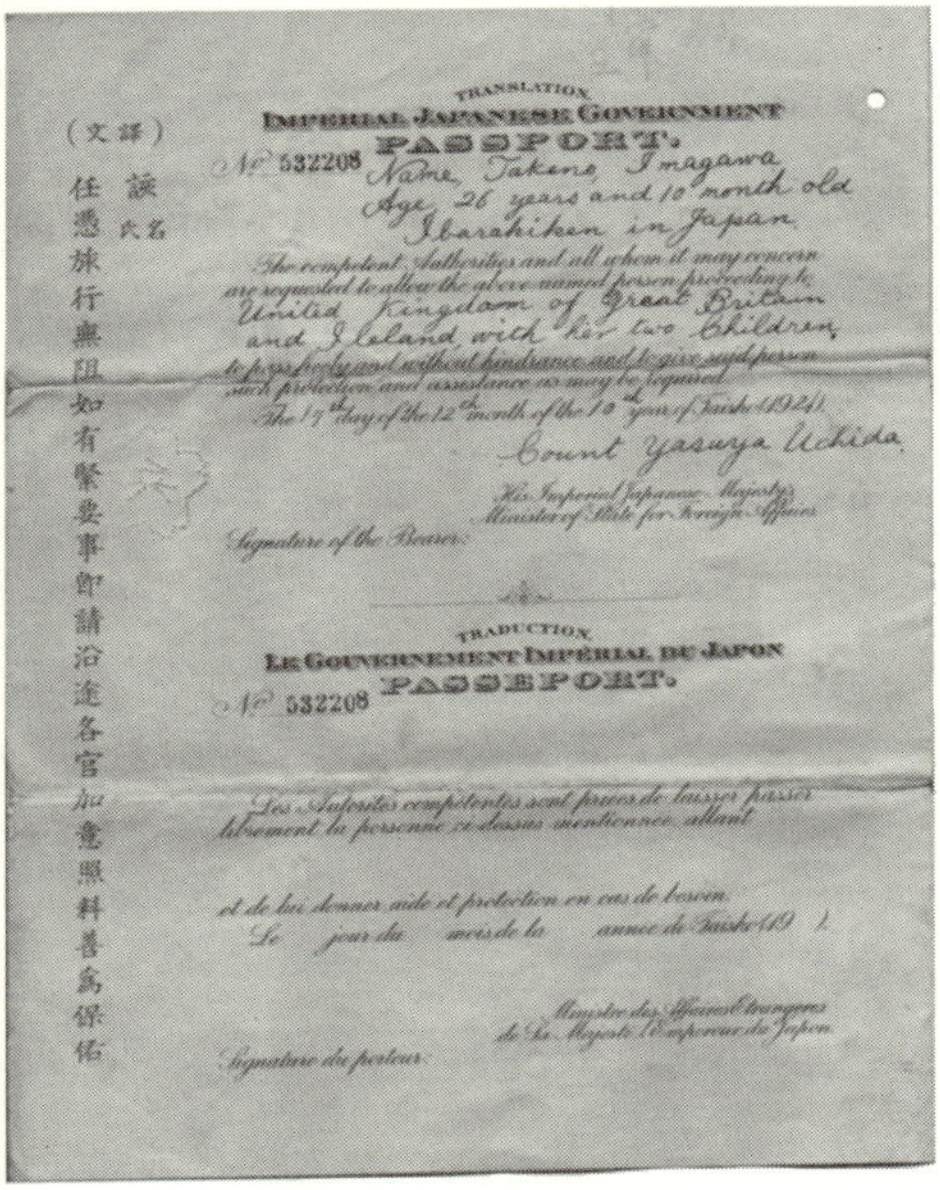
（文譯）

誠　氏名

任憑旅行無阻如有緊要事即請沿途各官加意照料善爲保佑

TRANSLATION.

IMPERIAL JAPANESE GOVERNMENT

PASSPORT.

No 532208 Name, Takeno Imagawa

Age 26 years and 10 month old

Ibarakiken in Japan

The competent Authorities and all whom it may concern are requested to allow the above named person proceeding to United Kingdom of Great Britain and Ireland with her two Children, to pass freely and without hindrance and to give said person such protection and assistance as may be required.

The 17th day of the 12th month of the 10th year of Taisho (1921).

Count Yasuya Uchida

His Imperial Japanese Majesty's Minister of State for Foreign Affairs

Signature of the Bearer:

TRADUCTION.

LE GOUVERNEMENT IMPÉRIAL DU JAPON

PASSEPORT.

No 532208

Les Autorités compétentes sont priées de laisser passer librement la personne ci-dessus mentionnée, allant

et de lui donner aide et protection en cas de besoin.

Le jour du mois de la année de Taisho (19)

Ministre des Affaires Étrangères de Sa Majesté L'Empereur du Japon

Signature du porteur:

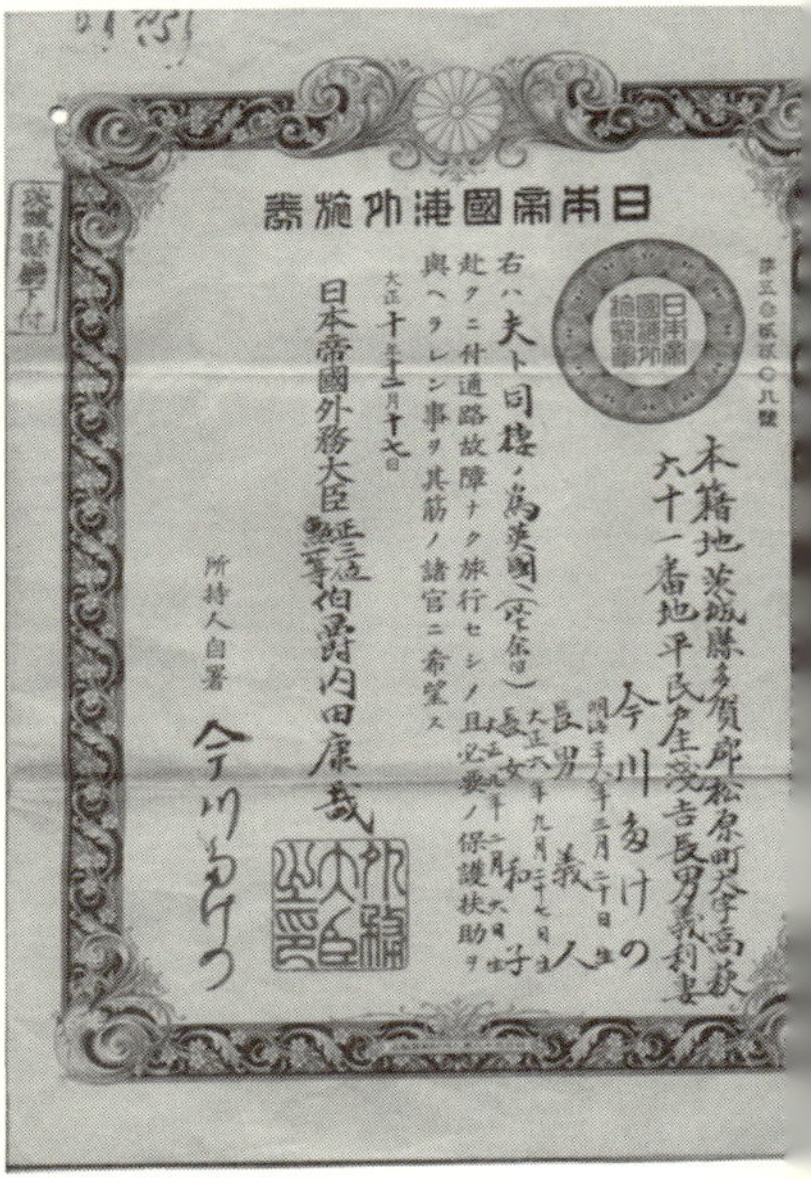
日本帝國海外旅券

本籍地茨城縣多賀郡松原町大字高萩六十一番地平民戸主菱吉長男義利妻

今川多けの

長男　義人　大正六年九月二十七日生

長女　和子　大正九年二月六日生

右ハ夫ト同棲ノ爲英國（　）へ赴ク二付通路故障ナク旅行セシメ且必要ノ保護扶助ヲ與ヘラレン事ヲ其筋ノ諸官ニ希望ス

大正十年十二月十七日

日本帝國外務大臣正三位勲一等伯爵内田康哉

所持人自署　今川多けの

1922 年発行のロンドン行き大日本帝国パスポート第１、第２ページ　（表紙カバーに第３、第４ページ）

長男義人　大正六年九月二十七日生
長女和子　大正九年二月六日生
大正十年十二月十七日
所持人　自署　今川多けの」とある（母の字が上手なことに驚く）。

紙の裏、二ページ目には関係国とあり、目的地英国　上陸国仏国　寄港地などの大使館領事館等々の手続きの日付に署名がある。三ページ目の上には、母と義人、和子の和服姿の写真、裏の四ページ目には中国語も見える。渡英時、帰国時両方に使用したから、いつのものか判別がなかなか難しい。

平成二十六年（二〇一四）ニュースは直ちに伝わるが、大正十一年（一九二二）、多け乃渡英のニュースもご近所中にあっという間に伝わった。朝の井戸端会議である。

「たけちゃんロンドンへ行くんだって」

「よっちゃんのとこか」

「たけちゃん小さい時から、ロンドン、ロンドン言ってたぺ」

「かずちゃんとよっちゃんの三人で行くんだべ。大変だぞ」

「かずちゃんのおむつ作ってやんべ」

「みんなに声かけて、ぼろの浴衣で小型のお相撲さんのふんどし、たくさん作ってやれ。毎日海へポイポイ捨てればいいよ。何しろ五十日間も航海するんだべ、洗濯して干すなんてとてもできないべ」

「かずちゃんもう便器ですするんだよ。でも一々便器は使えないべ。よっちゃんは大丈夫だね。海にできるし、部屋の便器も自分で行って使えるべ」

近所の奥さんたちがワイワイガヤガヤいいながら使い捨てのおむつを柳行李ぎゅう詰めに作ってくれた。現在なら赤ん坊から老人まで、使い捨ての紙おむつがある。もしも大正時代にあったら多け乃もロンドン行きに持って行っただろう。


正月には三人で高萩に行った。年始の挨拶とロンドン出発の報告、お墓参りである。パパの生母、もんさんのお墓で線香を供え、花を飾った。私は二歳だったが、なんとなく覚えているから不思議である。父の育ての母、しんさんは、一人も子供を作らなかったが、長生きをして幸福な人生だったようだ。

兄義人（二代目よっちゃん）は、面白いことや変わったことなどを、少々覚えていた。真木の祖母ふくさんが、港に到着するたびに出された多け乃からの便りで状況をよく覚えていた。敗戦後のことだが、いっしょに台所仕事をしながら、ロンドン行きから帰国までの話を私にしてくれた。毎日話が楽しかったので、今でもよく覚えている。

大正十一年（一九二二）二月、かずちゃん二歳の誕生日の頃、正金から、ちょうど一月に竣工した榛名丸でロンドンに行けとの指示があった。榛名丸については郵船の写真と説明を参照のこと。問い合わせたところ、残念なことに、第一回航海の記録は、戦火で消失してしまったとのこと。

いよいよ出発となって真木家はほとんどパニック状態になっていた。かずちゃんのおむつだけは用意できたが、他の荷物はまだ何も揃っていなかったから、手回り品と重要な書類だけを鞄に入れた。寄港地は暑い所ばかりだったから、衣類は簡単でと思いだし、ようやく少し安心した。

一等船客としては、あまり相応しくない貧乏人の服装だったが、たけちゃんは全く平気だった。何しろ〝女〟子連れ狼だったから。「かずちゃんはエプロン姿、よっちゃんは袴姿」自分は長屋のおばさん姿だった。

航海の間中、船上では二歳だった赤ん坊のかずちゃんが、一番の人気者だったそうだ。赤ん坊の客など当時はあまりいなかったらしい。船長、船員、乗客から可愛い、可愛いとアイドル扱いにされたのだろう。

多け乃と孫たちが出発した後、ふくと長谷川の伯母さんは、また春の彼岸のお萩作りをした。

「たけちゃんから便りはあったか」

「まだないけれど、そろそろくると思うよ、上海あたりから。二月は本当に大変だったよ。主人が多け乃と横浜に行って、イギリス大使館やらフランス領事館やら、支那やその他の国の領事館に行って、パスポートにサインをしてもらわなくちゃならなくてね」

「そうだね。でも謙さんはいろいろとよく知ってるからよかったよ。それにしても一週間でばたばたと準備ができたとは偉かったね」

その頃は乗船する船が決まってから領事館へ行って渡航許可サインを貰うから、忙しくて本当に大変だった。

「榛名丸って船は、なんでも処女航海の船だそうだよ。謙は三人を船に乗せてバイバイしたら、本当にほっとしたと言ってた。そうだろうよ」

「たけちゃん誕生日なのにお萩食べられなくって残念だったね、伯母さん」

「ほんとだな。聞いたら横浜を出港してから、名古屋とか神戸とか大阪とか門司とかでお客と荷物を積み込んで、最初は上海らしいよ」

しばらくして、その言葉通り上海から、謙、ふく、小太さんのところに、たけちゃんママからの礼状が届いた。船のペンキの臭いで気分が悪くなりバタンキューだとのこと。よっちゃん一人元気で、かずちゃんはママの傍でごろごろ。天気の良い日は、甲板のデッキチェアで過ごすと決めたという。上海では支那人の長い辮髪《べんぱつ》と、女の人の纏足《てんそく》には本当に驚いたらしい。大勢の日本人が下船したが、港は商人が多かった。

そして香港から水戸に届いた絵葉書には「香港は、神戸の六甲山のように夜景が美しいので、同船者の友人と上陸したら、よっちゃんが支那人の乞食に袴を引っ張られてワァワァ泣き出したので、その後は危険だと考えて、各地の上陸見物は中止することにした」とあった。どうやら人さらいもいるらしい。

多け乃は、この時二歳だった私、かずちゃんが、後に上海の日本人小学校の一年生に入学したり、六人に増えた今川家全員が、この中国で苦労することになろうとは夢にも考えなかった。大正十一年三月二十六日付の絵葉書、多け乃が香港から水戸へ出した絵葉書は、大事に保存してある。

よっちゃんも船では大の人気者だった。袴姿は、昔の士族男子の三歳、五歳の祝い姿だったが、これもうなかなか普通では見られない時代になっていた。よっちゃんの旅行所持品の中には、画用紙と「金と銀のエットさん」が入っていた。

「ママ、ママ、二十四のエットさん買って、金と銀のエットさん。ロンドンへ持って行くんだ、金と銀のエットさん」

「金と銀のエットさんて何、おばあちゃん。よっちゃんが言ってることわかる?」

「知らないね、小太に聞いてごらんよ」

「小太ちゃん知ってる?　二十四のエットさん」

「ああ、知ってる知ってる。文房具屋の遠藤さんで、今度新しく売り出した、金と銀の入った二十四色のクレヨンのことだよ。おれにも買ってよ。高いけど、よっちゃん絵、上手だし、画用紙があれば、方々の景色や人物をスケッチして、ロンドンへ持って行くよ。よっちゃんはおれに似て絵が上手なんだ」

それを聞いて「へぇー」、「あははは」、全員が笑った。

よっちゃんは、人生の最後の最後まで絵を趣味としていくことになるが、この「金と銀のエットさん」は親戚中で有名になった。彼の手荷物は、この二十四色のクレヨン、画用紙、絵本、一、二、三年生の国定教科書だった。確かハナ・ハト・マメ・マスの時代だと思い起こして調べてみたら、当たりだった。第三期国定教科書だそうだ。

かずちゃんのおむつは、東シナ海、マレー沖、マラッカ海峡、インド洋、ベンガル湾、セイロン島沖、地中海マルセイユまでの海へぽいぽいと毎日投げ入れられていった（世界地図でもご参照ください）。計画大成功だった。

次の日の午後はフランスのマルセイユに着く。榛名丸ともお別れだ。パパよっちゃんがマルセイユまで出迎えに来てくれることになっていた。それを考えると、ようやくママは元気が出てきた。なにしろママは小柄で、船にはめちゃくちゃに弱かった。中年になって太ってからも一生船には弱かった。多け乃は水戸の士族の娘だったから、人前ではしゃんとしていたが、本当はほとんど死ぬ一歩手前の状況だった。

よっちゃんも、かずちゃんも別居をしていたからパパを知らなかった。よっちゃんの方はそれでも写真を見せられていたので、少しはパパがわかったかもしれないが。

ほとんどの乗客がマルセイユで下船して、リヨン、パリ、カレー、ドーバーを通過してイギリスへと渡った。フランスもイギリスも戦勝国で鉄道がとても発達していた。フランスの鉄道はヨーロッパ大陸中、すでに東西南北蜘蛛の巣状に走っていた。

パパは英国人スタイルでタラップを上がってきた。船長にお礼を言ったが、ママや義人、和子が着物姿なので少々当惑してしまった。安月給取りで送金をしなかった自分が悪かったと後悔をしたが後の祭り。それでも荷物が少ないことは本当に助かった。相撲取りのように大男のパパは力があったから、かずちゃんを左手に抱き、右手に大きなトランクを持って船を降りた。ママはチビよっちゃんの手を引き、小さなトランクを持った。よっちゃんは金と銀のエットさんと学用品を入れた鞄のみという船中で最も身軽な洋行者だったとか。

マルセイユから夜行でカレー、そしてイギリスのドーバーに無事到着したのが、大正十一年五月六日だった。ちょうど五十日かかったとふくさんから聞いた。

狭いながらも楽しい我が家。安月給取りでも二週間も過ぎると、ロンドン郊外にある庭つきの小さな一軒家で、家族全員が洋服姿に変身していた。よっちゃんは小学校へ、かずちゃんは幼稚園（キンダーガーデン）に毎日通うようになり、五十歳ぐらいのイギリス人のおばあちゃんに世話をしてもらうようになった。彼女のことを「グランドマザー」と呼んでいたのだが、そのうちに「グラニーさん、グラニーさん」と呼ぶようになった。立派な女性で昭和十六年の開戦まで文通していた。グラニーさんの写真や手紙も残っている。当時のことでは、幼稚園の御十時に、美味しいお菓子が食べられたことが、私にはいちばん楽しくて忘れられないことだ。兄はクリケットが上手になった。二人とも日本語よりも美しい「キングスイングリッシュ」をペラペラしゃべ

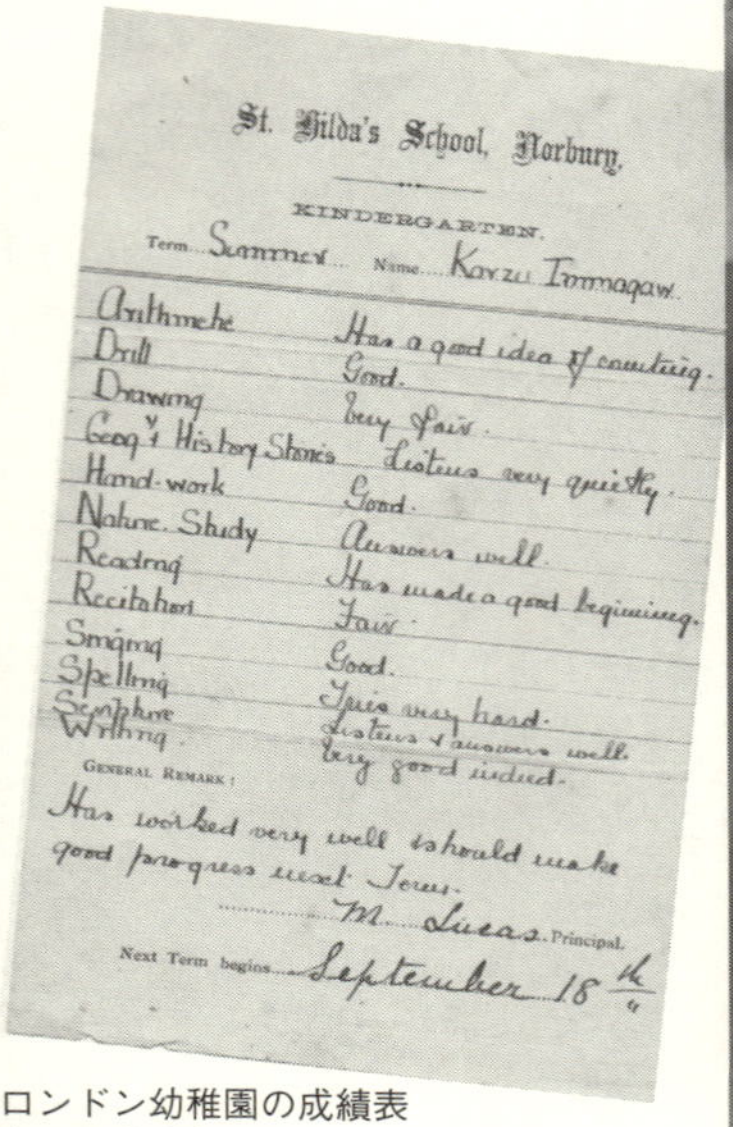

St. Hilda's School, Norbury.

KINDERGARTEN.

Term Summer Name Kazu Imagaw.

Arithmetic	Has a good idea of counting.
Drill	Good.
Drawing	Very fair.
Geog. & History Stories	Listens very quietly.
Hand-work	Good.
Nature Study	Answers well.
Reading	Has made a good beginning.
Recitation	Fair.
Singing	Good.
Spelling	Tries very hard.
Scripture	Listens & answers well.
Writing	Very good indeed.

GENERAL REMARK:

Has worked very well & should make good progress next Term.

M. Lucas Principal.

Next Term begins September 18th

ロンドン幼稚園の成績表
(1924 年頃)

ロンドンの家の庭にて
義人と和子 (1922-1923 年頃)

ばあやグラニーさん

っていたらしい。残念なことに子供の時の外国語は使用しないとすぐに忘れてしまう。

ママは小さい時から憧れていたロンドンに来て満足だった。最初はパパと一緒に兄と私を連れて方々へ見物に行ったのだが、ロンドン塔の中の階段で私がこわいこわいとワァワァ泣いたので、それ以来「子供に見物は無理」と留守番させられることになり、せいぜい公園を散歩することとなったらしい。私の持っているロンドンの記憶は、成長してから本や写真、映画やテレビなどを見て覚えたものだろうと自分では思っている。

正金ロンドン時代に父はいちばん勉強させられたようだ。短期間ではあったが当時のインフレで大層苦しみ、ドイツやその他のヨーロッパ諸国を見学しつつ、だんだんと世界の中で役立つ行員へと成長していったのだと思う。しかし母の方はロンドンの冬将軍に負けてしまったらしい。しかも心配していた三人目の子供ができた。

大正十二年（一九二三）三月十日陸軍記念日、日本から万里離れたロンドンで女の子が生まれたので「万里《まり》」と名前をつけた。それが「マリー、メリー、メリちゃん、メイちゃん」いろいろに呼ばれるようになる。

そんな毎日の生活の中で、何度も聞かされて記憶に残っているのは、臨時に雇った女中さん（照会状持参）が、シチュー鍋で何かをプクプク煮ているので「何してるの」と多け乃が聞くと、「奥さん、ベビーのおむつは必ず熱湯で煮るのです。消毒しなければいけません」と言う。

「でもそれ、シチューを煮る鍋ですよ」

「こちらの鍋は小さいし、他に鍋はありませんからこれで。ベビーのおむつをきれいに洗って、テーブルのナフキンと同じように白くするから大丈夫です、奥さん」とすましている。多け乃は何とも言えなかったという。

鍋釜一つで結婚するとは、こういうことなのだと後から考えおかしかった。もちろん次の日、料理用のシチュー鍋は買ってきた。少し大小はあったが、二個とも黒い重い琺瑯引きの鉄の片手鍋で、内側は白かった。成長してからも台所の棚の上にあったロンドンの時の二つの鍋を私は見て知っている。それにしても当時はかなり切り詰めた生活をしていたらしい。白いガーゼより少し厚めのナフキン状のおしめもずっと保存してあったが、昭和二十年（一九四五）五月二十九日の横浜大空襲の時、我が家に避難してきた赤ちゃんに差し上げた。

万里が生まれて春から夏は、ロンドンでいちばんよい気候だった。そして九月一日には、関東大震災のニュースがロンドン支店に入ってきた。どこよりも早くさまざまな事件、情報を入手して先手を打つのが、銀行のいちばん大切な仕事だ。全行員が蒼くなったか赤くなったかは知らないが、横浜本店の立派なドームがめちゃくちゃに破壊され、修理不可能になったことを知り、全員が落胆した。

そして十一月、父に東京への帰国の辞令が下り、母はほっと息をついた。メイちゃんをロンドンの厳しい冬から守ってやれたと。

高萩、水戸では、関東大震災の被害が少なかったことがわかり、義利と多け乃はようやく胸をなで下ろした。水戸には多け乃よりロンドンの冬の寒さを心配する便りが届いていた。アメリカ経由で、東京　真木ふく様、水戸の住所で着信しているので、多少スローでも現代より人間が幸福だっただろうと思う。ロンドンから直行の船便より二十日近く早く到着している。

「ロンドンの家のつたが赤くなってきれい。義人はいつも洋服だが、和ちゃんは家に居る時は私同様に和服。綿入れなどの冬物は持って来なかったから寒くて哀れである。マントルピースの薪や石炭は高い。寒い寒い。中耳炎になって「ヒィヒィ」泣いている。メイちゃんの方が布団の中だからまだよい。水戸は高萩の三九郎さん、利光さんが下宿していて、小太さんも喜んでいるでしょう。皆様によろしく。多け乃より」

この葉書が水戸に届いた直後、父の東京への帰国転勤辞令がでた。多分、ロンドン支配人、副支配人が同情して父を帰国させたのだと思う。

大正時代、生糸は貿易の花形だった。ロンドンの人々は絹織物が大好きで着物の布地は珍しがられ、古着でも縫い目の糸をほどけば、ほとんど切り込みなどなく、何にでも再生出来たので、入手希望者が多かった。多け乃は絹製品の自分の着物や帯、かずちゃんのおべべ、柄のよい綿織物などを全部グラニーさんに差し上げた。お礼だと大金をくださったそうだ。

義利は五人家族全員に、ロンドン帰り洋行者としての立派な服装を買うお金をなんとか工面して、十一月の末にロンドンを出発した。正金の全行員が祝福してくださった。

フランスのルーブル、エッフェル塔、ベルサイユなどを見学してから、リヨンを通りマルセイユから出港する計画だった。

三歳半だった私がとてもよく覚えているのは、パリで馬車に乗っていた時のこと、前の馬車

家族全員洋行帰りの服装で　帰国出発前にロンドンの家の庭にて（1924 年）

のお客の山高帽が二つ風で飛んできて、兄と二人でキャッキャと取ろうとして取れなくて残念無念だったことだ。それ以外は何も覚えていない。

大正十二年頃は海の時代である。空の時代はまだまだ遠い。第一次大戦後、各国の軍艦、民間の船はますます巨大になり、世界の海をさかんに航海していた。日本では郵船が最大だった。父母は、マルセイユから筥崎丸《はこざきまる》に乗船したのではないかと思う。「行きはよいよい、帰りは怖い」の反対で「行きは怖い、帰りはよいよい」のママだった。家族五人ばりっとした英国帰りの服装だったので、どうやら高給取りの会社員と思われたらしい。

「奥さん、御主人はどこの会社？」「正金銀行よ」

「へぇーお子さん三人もいて大変だね。正金は給料がいいんだね。若いのに羨ましいよ」

「主人は入行して六年目の安月給取りよ」と心の中でママは笑ってしまった。何しろママとパパは学生結婚の早婚者なのだから。

どこからか当時の流行歌のメロディーが耳に入ってきた。

帰国の船で今川一家五人は全員人気者だった。郵船の人も同船者も「正金銀行はなにしろ世界三大銀行の一つだからな」と、一家は正金の宣伝マンになってしまったぐらいだった。それでもママはやはり船には弱かった。お気の毒様でした。

パパはセイロン島で、「おやっ」と上甲板から身を乗り出して、荷を積み込む下の甲板を見ていた。最初は人足が荷物を入れたり出したり仕事をしているのかと思った。何しろセイロン島のコロンボは、ダージリンティの有名な積出し港だったから、たくさんの人足が働いていると思ったのだ。ところが船が出港するとなったら、その働いていた人足たち全員が船底に入った。彼らは客だったのだ。

シンガポールのゴム園にでも働きに行く労働者たちで、荷物と一緒に船底に泊まっているのだった。天気の良い日には、甲板にテントを張り、カレーライスなど楽しそうに食べている。荷役をすることで、船賃が安かったのだろう。あるいは無料だったのかもしれない。

パパ、義利はそれを見ながら、「今度戦争が開始されたら、敵も味方も各国、軍艦や民間の貨客船の船底に兵隊をぎゅう詰めにして、戦地に投入するに違いない。戦争だけはなんとか避けるようにしなければいけない」とつくづく考えたそうだ。パパは平和主義者だった。でも国家が開戦を決定したとなったら愛国者である。

二十年後、彼の予見が現実となる。

家族五人で帰国

大正十二年（一九二三）九月一日、関東一帯は未曽有の大地震に見舞われた。震災後の東京、横浜を中心とした地方は、火災が多発したこともあり、ガラガラと崩れた建物がそこここに、めちゃくちゃなありさまとなったが、復興もかなり早かった。

オフィス街、商店街はほとんどが大小のビル街となった。一般住宅の方は、伝統的な日本家屋の建設費が嵩んだこともあり、新築家屋はトタン張りから洒落た洋館までいろいろあるものの、おおむね洋風の造りが多くなり、家屋の一部が洋式になって、中は畳敷きというような和洋折衷の家も目につくようになった。

当時、市民の男性の外出着は洋服だったが、家に帰ると和服でごろごろするのが常で、中年以上の女性は、まだほとんどが和服だった。それでも夏にでもなればお腰にアッパッパはよく見かける服装だった。女学生、職業婦人たちはほぼ皆洋装だった。もちろん東京、横浜にはモダンで本格的な洋装の男女も多かったが……。

すべてが和洋折衷になったこのおかしな時代、東北に近い石炭の町、茨城県の高萩では、男は中学生と役所関係の人が洋服の制服姿であったが、その他の男性は着物、女性の方はまだほとんどが着物姿で、女学生は、全員が着物袴姿に靴を着用していた。子供はほとんどが着物姿に下駄か草履履きである。総じて大学生、高校生、中学生の男子は、着物袴姿に帽子といういでたちで、わざと競って高下駄を履き、その帽子もわざと古びさせ穴をあけたりして、道路を闊歩していた。考えると全く奇妙でゆかいな風景である。水戸での光景も高萩と大同小異といったところだ。

今でもとてもよく覚えている。高萩の駅から郵便局までの道のりの両側には、好意的な野次馬が「局長さんとこのよっちゃん（義利）がロンドンから家族全員をつれて帰国して来るんだって」と興味津々で待っていた。

「何時の汽車で着くんだべ？」

「三時半らしいぞ」

「もうそろそろだな。局長自慢の息子だべ。小さい時分から頭よくてよ。高萩ではロンドンに行った人間は最初でねえか？」

「力持ちでよ。餓鬼大将だったよ」

「いつだったかね、ポスト引っこ抜いてよ。局長にポストの柱で尻をバンバン叩かれてたね、面白かった」

道の両側に人々が三々五々出てきて並び出した。現代なら有名人を見ようとしてファンが飛行場に集まっているような光景である。小さかったが、この日のことは兄も私もとてもよく覚えている。家族四人、ロンドン仕立ての冬服姿、立派なオーバーと帽子。母はメイちゃんを抱いて、父はジェントルマン姿で手にした山高帽をしきりに上下に振っていた。兄と私はスキップしながら歩いて、子供心にもなんとなく浮き浮きと楽しかった。

高萩の郵便局舎は、木造二階建てで、当時としてはなかなか立派なものだった。裏手には庭があり、大名屋敷のような玄関のついた祖父浅吉の家があって、長廊下の下のたたきには草履《ぞうり》脱ぎの長い石が置かれていた。当然靴を脱いで家に上がるのが常識だが、兄も私も泥だらけの靴のまま座敷の方まで走り込んだから、さあ大変。畳が泥だらけになってしまって、祖母のしんさんが、

「こらあ、行儀が悪い孫だ」と二尺の鯨の物差しを振り上げて兄を叩きに追いかけてくる。兄と私はますます面白がってきゃあきゃあと靴で家の中を逃げ回ったが、何を叱られているのかさっぱりわかっていなかった。その後やっと日本の家は靴をぬいで入ると知ることになった。しんさんはハアハアと肩で息をしながら、「今度またしたらお手々にお灸をするぞ」と、もぐさの箱を見せた。その後何度も高萩へは墓参りで行ったが、この日の光景がいちばん面白く、時々一人で思い出しては笑っている。孫どもに畳を泥靴で汚されたしんさんはとんだ災難だった。

父は東京支店の頭取席に出勤することになり、短期間一家五人で中野の小さな家に住んだが、その後、兄義人が水戸の小学校に入学する時には、子供二人、多け乃の実家、水戸の真木家に世

話になることになった。祖父謙、祖母ふくは、表面は大喜びしていたが、内心はずいぶん困ったことだったろうと思う。何しろ当時真木家には、義利の弟である三九郎さんと利光さんが下宿していて、多け乃の弟、小太郎も加えると男子中学生三人が既にいた家に兄義人と和子である。本当に大変だったろうと思う。父母と赤ちゃんのメイちゃんは、東京の中野へとしばらく分散して住むことになった。兄義人は、水戸の小学校一年生三学期に特別に編入させてもらった。

しかし、大正十四年（一九二五）になると、父に上海転勤の辞令が下った。一家全員今度は上海へ、兄は二年生、和子五歳、万里二歳であった。多け乃は「ああ、あの上海か、今度は支那だ」と複雑な気持ちで身震いした。が、気を取り直し「どこへでもよっちゃんについて行く」と改めて決心し直した。正金の転勤時はいつもあっというような短期間に素早く行動する。当時は船で海を行くのだから近い上海でも結構時間がかかった。正金の行員は家族別居型が多かったのも当然だと思う。しかし清国に満州国ができて満鉄が通ってからは正金の行員たちも同居型になり、学校も内地同様立派になっていた。

パパとママ、そして私達三人、よっちゃん、かずちゃん、メイちゃんは、水戸の真木家の住民全員とバイバイをした。

今度は神戸から船で上海に行く。三宮で旅館に一泊して、上海へ直行の船に乗るのが、当時はいちばん早い方法だった。神戸の三宮には、正金の転勤行員のための指定定宿があった。まるで東海道五十三次の絵に出てくるような日本家屋の宿で、女中さんたちも皆長く務めていたので、何度も出入国するうちに自然と顔見知りになった。

「あら、お帰りなさい」「又行くの？　今度はどこ？」とお互いに笑って挨拶を交わしていた。

日本での最後の夜、夫婦、子供三人風呂から上がってやれやれとくつろいでいる時である。突然よっちゃん（兄の義人）が、

「パパ、ママ、一人で水戸へ帰る。切符を買って」と言い出した。

「なぜだ？　明日船に乗って上海へ行くんだよ」

「上海なんか行きたくないよ。やっと英語忘れて日本語で勉強ができるようになったんじゃないか、友達とも仲良くなったんだ。おじいちゃん、おばあちゃん、みこうさん（三九郎）とっちゃん（利光）こたちゃん（小太郎）と毎日暮らしていて面白かったのにいやだよ、上海なんて。支那語だろ。だいたい学校はあるの？　いやだよ、そんなところ行くの。水戸の方がいいよ。水戸が好きなんだ」

「日本人小学校があるよ」

「よっちゃんの言うとおりかもしれないね」

ママも大変困ったらしい。

正直に言うと私も本当は行きたくなかったのだが、メイちゃんと一緒にパパ、ママについて行かなければならなかったから、何も言わなかった。

よっちゃんと私は、イギリスで英語だけができる子供になって日本に帰ってきたのである。日本語が全くできない状態で、一人、小学校一年生三学期のクラスに入った時の兄の心境がひしひしと感じられる。当時は英語のできることなど全く珍重されなかった時代だから、よっちゃんは

ただひたすら英語を忘れる努力をして、日本語を一所懸命覚えたのである。小学校一年生の子供にとっては本当に大変な出来事だった。上海に行きたくないのも無理はなかった。

だが結局兄も船に乗った。この時から兄は一生パパ、ママに対して私達三姉妹とはちょっと違った気持ちで接するようになったような気がしている。

緊迫の上海へ

　よっちゃん、かずちゃん、メイちゃんは、三人揃って船が大好きだった。ママは相変わらず船に弱く、最初から船室だった。子供なのでその時はわからなかったのだが、実をいえば八か月の身重だった。パパが三人の子供たちとデッキで楽しそうに遊んでいると、船客たちが声をかけてきた。

「神戸から上海への直行便は早くていいね。もう東シナ海から揚子江に入ったんですよ。ほら、海の色が茶色になってきたでしょう」

　上海航路慣れしていると見える客が言った。

「対岸が見えないのにもう河なんですか」と向こう側にいる女客が聞く。

「何しろ広くて大きくて、大陸一、二の長い河だからね。もうすぐ上海につくよ。夕方ごろだね」

「大都会ですよ。ロンドンやニューヨークは知らないが、日本のどの町より大都会だね。外国の

上海時代の社宅　（上）前期　1925-1926 年頃　（下）後期　1928-1929 年頃

上海日本人小学校　和ちゃん３年生（1929 年３月）

租界があってね。各国が軍隊で自国民を守ってるんですよ。日本租界も日本陸軍が日本人居住者を守っています。今のところは平和だけれど、ちょっと危険な都会です。内地のように気楽には暮らせませんから、お子さんもいるし気をつけた方がいいですよ」

「ありがとうございます。いろいろ教えてくださって」とパパがお礼を言う。

「正金銀行なら上海は大支店だからきっと働き甲斐があるでしょう。日本人もどんどん海を渡って、近頃は上海で働く人が多くなりましたよ」

「本当に最近は、大陸へ、大陸へですからね」

「でも他の国に比べたらまだまだ少ないですよ。言葉ができないと馬鹿にされます」

「そうですか。英語しかできないから勉強しなくてはいけませんね」

「今川さんはお子さん三人で大変ですね。単身赴任者が多いから子供はまだ少ないですよ。内乱が心配ですから御用心御用心」

「そうですか、気をつけましょう。実はもうすぐ四人目が生まれるんです」

「それはそれは。おめでとうございます。坊ちゃんだといいですね。御安産お祈りします」

これればかりは神様にしかわからない。パパは思った。

昭和二年（一九二七）は、三月に蔣介石、張作霖、毛沢東の内乱が各地に火の手を上げ、上海も危険になってきた頃だった。日本は日本でいろいろと台所事情があったのだが、中国からは強引に見えた日本の中国進出で、日貨排斥運動、日本人ボイコットが日に日に進んできた時代だった。

大正十四年（一九二五）十一月に、父は上海支店の支配人代理になった。義人は二年生。そして十五年一月十二日、着任して二カ月目に北四川路で三女愛が生まれた。

二月二十五日、大正天皇が崩御され、歴代で最も短い大正時代が終わり昭和になった。

父は北四川路という所にある、日本租界と一般住民の居住地とのちょうど境界にあった社宅を支給されてなんとか落ち着いた、と思ったら、すぐに三女愛が生まれた。

社宅には、長年正金の使用人として働いている日本語の上手なボーイ兼コックの王《ワン》さんがいた。当時親日的で信用のおける中国人は本当に貴重な存在だった。彼は大変な子供好きで「鬼ごっこをしよう」などとよく遊んでくれたので、家族全員彼のことが大好きで信頼していた。料理もとても上手で、和食、洋食、中華となんでも美味しかった。

そんなある日のこと、庭先の道路の境界に鉄条網が張られた。鉄の門ができ、陸軍の兵士三、四人が守り、通行人を取り調べ始めた。ちょうどママは、愛と万里をつれて買い物に行き、兄と私が二人だけで留守番をしていた時だった。二、三発の銃声がして外で大騒ぎが起きた。何事かと門を飛び出して見に行くと、弁髪で黒服の大男が地面に倒れ、足から血を流して「ウンウン」言っている。二人ともこれを見てしまったのである。当時中国人との衝突はとてもデリケートな問題だった。

「子供は来るな」大声で兵士に怒鳴られ家に飛び込んだら、王さんが、「早く、早く、この服の中に入れ」と兄と私を自分のだぶだぶの服の中に包み込んで隠してくれた。

「子供はいないか。子供が入って来なかったか」と兵士がすぐに探しに来た。

「いませんよ。ここは今、私一人だよ。ご家族は御留守です」

「そうか」

しばらくじっとしていると「兵隊さんいなくなったよ」と王さんがそっと出してくれた。

これが私たちの最初の戦争体験だった。

夕方になり家族六人、留守を王さんに頼み身の回りの物を持って、正金銀行の最上階に避難した。行員の家族全員が集合していて、揚子江の対岸の火の手や砲弾がビュンビュン飛ぶ様子を見ていた。全行員の家族を二、三日中に帰国させることが決定し、各々行員である主人、父親と別れて内地行の船に乗船し郷里に向かった。

兄は上海の日本人小学校三年生、私は新一年生の一学期半ばだった。こうしてママと子供四人は、水戸の真木家の居候になった。

「よっちゃん、よく帰ってきたね」と高萩の三九郎さん、利光さん、それに小太郎が大喜びで迎えてくれた。

祖母ふくが「かずちゃん、メイちゃん、元気でよかった」と言いながらさっそく、生まれたばかりの愛ちゃんを「アワワワ」とあやし、ママと無事を喜んでいたが、祖父謙は困ったような心配そうな顔をしていた。

「多け乃、和子の学校はどうするんだ。上海の状況がよくなったら、またすぐ向こうに行くというけれど、家でぶらぶらしているわけにも行かないだろう。よっちゃんは元通りに通学するからよいが、和子はどこにも籍がないし、新一年生だし、可哀想だよ。よっちゃんと同じ小学校の先生に、二、三か月だけでも通学を許可して頂くようお願いしてみようか」

「私も心配していたの。ぜひお願いしてください。何しろ全財産を上海の家に残してきてしまったんだから。パパもね」と笑いだした。

結局、夏休みの始まる前に、ママと三姉妹は上海に戻り、義人は一人で水戸に残って、小学校から大学まで、祖母ふくに育てられることになってしまう。

真夏の上海へふたたび戻る。ママ多け乃は、女の子三人とベビーシッター（女中さん）のおわちゃんを連れて上海に帰宅した。留守宅を守っていた王さんが大喜びして出迎えてくれた。

「みなさん、お帰りなさい。上海大丈夫、大丈夫よ。よっちゃんは」

「有り難う王さん。よっちゃんは水戸で勉強すると言うから置いてきたの。代わりにこれはおわちゃん、若いきれいなヘルパーさんが来たのよ」

「そうですか。どうぞよろしく。御主人元気に銀行よ。物、何もなくなってないよ。おれ守ったから。大変だったよ」

「王さん、本当に有り難う」

家の状況を心配していたママは心から感謝した。よい中国の友人を持ってと、王さんのことは後々いつも私に話してくれた。

行員が一軒家に分散して住んでいるのは危険なので、銀行の方針として租界内の団地にある四階建ての赤レンガアパートに引っ越すことになり、我が家は一、二階に住むことになった。一階は応接間、食堂など、二階にはベッドルームなどがあった。トイレは各ベッドルームの中に持ち運び用のものがあり、毎日労働者がとり替えに来るのだが、これが実に不潔で、子供たちは全員しらすのような蟯虫に悩むことになり、ママは回虫にまでやられ、パパはチブスになり、パパが治ったかと思うと、今度はママが体調不良とさんざんの思いをした。けれども子供たちは日中は元気で、王さんやおわちゃんと遊び、私は楽しく日本人小学校にも通学して、帰りはいつも親友の樋口さんと一緒に内山書店で夕方遅くなるまで本を立ち読みした。日曜日にはメイちゃんと教会の日曜学校に行き、サンタクロースは本当にいると信じて、クリスマスプレゼントを首を長くして楽しみにしていた時代だった。時々は陸戦隊の兵士に見守られて通学したこともあった。当時上海はやはり危険で、本当の意味での平和はなかった。

日本租界の団地アパートは、四棟あり、ほとんど日本人の家族が住んでいたので、友人も多く、毎日自転車に乗ったり、大勢でガヤガヤと騒いで遊んでいた。

ところがある日のこと、野良犬が三匹出てきて、いきなり、考える暇も逃げる暇もなかった私の足を噛んだ。痛い痛いと泣き出した私を見て「狂犬だ、狂犬だ、早く逃げろ、逃げろ。誰か大人を呼べ。あの犬を捕まえろ、あっちだ、あっちだ」と近所中大変な騒ぎになったが、犬は逃げてしまったので、さあ、大変、狂犬かどうか調べることもできない。

「かずちゃんを早く医者へ」と家から飛び出してきたママは泣いていた。私を車に乗せて、フランス租界の医者の所へ直行した。車の中では気が転倒していたのだろう「しっかりするんだよ、泣くんじゃない、大丈夫だから泣くんじゃない」と私を叱ってばかりいた。

上海は当時狂犬だらけだったのだ。人間も狂犬のようになって死ぬと聞いていた。

当時フランス租界にはフランスの大病院があり、狂犬病の専門の医師がいると知っていたので、ママは私を連れて飛び込んだのだった。フランス人の医者は、大きな白いベッドの前に白衣で立ち、「奥さん、狂犬か、狂犬か」と聞く。

「先生、そうなんです。大きな犬で。和子、泣くな、泣くな」とママ。

私は泣くのをやめた。なぜだか知らないがホッとしたらしい。

「二週間毎日この子を休まずに連れてきなさい。右と左の腹に交互にこの注射をする。休んだら駄目になるよ」と言う。へその両側に針を入れた。大きな注射器（長さ十センチ、太さ二センチ）だけど、ぶすっと入れてすぐに終わるから、動かないで我慢しなさい、と言う。先生は私のおなかにぶすっと針を入れ、片手に大きな芭蕉の団扇を持ち、パタパタとおなかに風を送っては笑っていた。ママも私も安心して二週間こうして通院し、なんとか狂犬病にならずに済んだ。もしかしたらあの犬は幸運にも狂犬ではなかったのかもしれないが、神のみぞ知る。

そんな事件で騒いでいるうちに、ますます日貨排斥がひどくなり、日本租界が襲撃を受ける事態になったので、大急ぎで、家族たちは全員フランス租界の正金の社宅に避難することになった。当時正金銀行はフランス租界に、広い芝生の庭がある立派な宮殿のような独身者、単身赴任者用の社宅を所有していて、年中全行員の家族が集い、食事をしたり運動会をしたり、親交を温めていたのだが、とてもそんなのんきな状況ではなくなってしまったのである。この時、独身者では珍しくお母様と一緒に、私たちと同じアパートの三、四階に住んでいる牧野さんという人がいた。避難をすることになった時、その八十近くのお年を召した母上が、病気で動けなくなっていたのを、相撲取りのようなパパが、狭い曲がりくねった階段を、四階から背負って大急ぎで逃げてきたのが印象的だった。

その後、結局フランス租界へ逃げた家族たちは、全員荷物を持って日本に引き揚げることになったから短い期間だったが、それでもこの期間に私は正金行員のおじさん、おばさんたちと仲良くなり、戦後結婚してからもいろいろとお世話になった。

その中に、加納さん、有吉さん、書道の河内先生、山崎さんなどがいた。有吉さんは女流作家、有吉佐和子の父上で、後にジャワでまたご一緒した。上海時代の有吉さんは、パパと相棒で、銀行を閉店した後毎晩、当日の利益の馬蹄銀を地下室の金庫にしまう作業を見守ったのだそうだ。まるで昔の殿様の行列のように、苦力《クーリー》が二人ずつ、ジャガイモを運ぶような竹籠に入れた馬蹄銀を天秤棒で肩に担いで、「ヤッホ、エッホ」と声をだしながら、地下室の金庫に運び込むところを間違いがないかどうか見張ったらしい。もしも万が一、出来心で反乱でも起こされたら二人とも殺されるかもしれないと思うと、毎日気が気ではなかったと、後によく話していた。

第一次世界大戦の後、正金が世界の三大銀行になった頃のことで、上海支店はナンバーワン支店をめざし大きく成長したのだが、実は当時、莫大な大損もしたとは後になって知った。

ママと三姉妹、おわちゃんは、せっかく親しくなった王さんとの別れがとても辛かった。

「王さん、元気でね、またきっと上海に帰って来るからね」

「皆さんお元気で。早く平和になるといいね。本当にまた来てよ」と彼は泣いていた。

これはとうとう実現しなかった。

女五人、水戸の真木家にまた帰ってきた。おわちゃんは若くて元気な人だったから、「上海はいろいろ面白かった。また行ってもいいですよ」とたくさんのお土産を持って郷里へ帰って行った。

「ママお帰りなさい。かずちゃん、メイちゃん、お帰りなさい。この赤ちゃんは」とママの帰りを待ちわびていたよっちゃんが聞く。

「愛ですよ」

「アイ、変な名前」

「変な名前じゃないよ。愛はＬｏｖｅです」

「ラブって何よ」

「よっちゃん、英語忘れちゃったの？　ラブは愛ですよ」

「英語なんか全部忘れたよ」

「かわいい子っていう意味ですよ」

「それじゃあ愛子にすればいいのに」

この意見は後になって本当になった。なぜなら愛は二十歳の頃、自ら戸籍の愛を愛子に変更する手続きをした。小さい時からみんなが愛さんと呼ばず、愛子さん愛子さんと呼んでいたので。


「かずちゃんは明日からよっちゃんと一緒に学校へ行きなさい。前のクラスに入れてもらえるようにお願いしたから。すぐに夏休みだけれど、夏休みには海で水泳教室があるから参加するようにしなさい」

私はあまり気が進まなかった。水戸の付属小学校は、本当に全員できる生徒ばかりの学校で、勉強も進んでいた。上海は今考えると学力の低い塾のような学校だったから、劣等感を持っていたのだ。

水戸に着いて十日目くらいに荷物が届いた。門の外で大声がした。

「今川多け乃さん、お荷物です。こちらに運び入れるよ」

たくさんの箱やら小包みがリヤカーで門から入ってきた。いちばん最初に飛び出したよっちゃんが、上海時代に愛用していた自転車を見つけて大喜びした。

「ワァー自転車だ。本箱とドッジボールもだ」

木箱の中には皿、茶碗、鍋、本、小物などがぎゅう詰めにしてあった。当時家財道具は大小なんでも、貨物船から貨物列車で最寄りの駅まで輸送され、駅からは馬か牛のリヤカー、小さなものは人手で運ぶという時代で、まだまだトラックの時代ではなかった。

ママは、祖父や祖母に、

「よっちゃんのものと小さな日用品だけ水戸へ送ったのよ。大きなものは東京の倉庫に、パパはどこに行くかわからないから。いちばん大きなものはなんだと思う?」

「なんだい。応接セットかい」

「正金の人、応接セットを持ち帰る人がずいぶんいるけれど私は中止したの。その代わりにモートリーの八十五鍵のピアノを買って持ち帰ったのよ。昔からの約束だからね。女の子三人のためよ。私も弾きたいし」

「ピアノをね……驚いたね」

「それとシンガーのミシンもあるわ」

「よくそんな金あったね」

「少々無理をしたけれど、日本じゃ買えないから」

よっちゃんは自分の荷物を整理して「ママ、また一緒に暮らせるね。よかった。あのね。今度の夏は那珂川を横断するんだよ。見てね。水戸の水府流の男子はほとんど小学生の上級で泳ぐんだから、僕も今年は成功するから。本当はパパにも見てもらいたいんだけれど」
「上海だからね。駄目ね」
「おじいちゃんは水府流の名人だから、しっかり教わって練習しなさい。みんなで応援に行くから」
「夏休みになったら和子も学校の水泳教室の合宿に参加しなさい。二週間あるから泳げるようになるよ。ママは泳げなくてつまらなかったから、女の子でも泳げた方が一生楽しいよ」などと話しながら次々に荷物を木箱から出していた。

水府流は、まず浮くことから始め、犬かき、のし泳ぎ、平泳ぎ、抜き手、背泳など、現代の泳ぎとは少し違う。横向きで泳ぐのし泳ぎの片手抜きなどは、長時間泳ぐ時にはとても楽でよいと思った。

この時代の、現代と違うところは、「黒ん坊大会」が盛んで、紫外線よけをしなかったことだ。私は色が白くて皮膚が弱かったので、肩や背中がすぐに火ぶくれ状態になり、長い間痛くて痛くて困った。二学期が始まってもよくならず、水泳は上手になったが、痛くてランドセルもしょえないと泣いて通学した。これが水戸でのいちばん痛かった思い出である。阿字ヶ浦の水泳教室でのことだ。今でも皮膚が特別に弱いことは相変わらずで困っている。

水戸は関東地方だが、今住んでいる湘南地方と比べると冬が来るのが早い。十一月になると霜柱も立ち、泥んこ道に氷も張る。水道がまだない時代だったので、台所に大きなかめを置き、井戸水をためて使用する。トイレは普通縁側の廊下の片隅にあり、使用後、手を洗うために廊下の外の庭に手水鉢《ちょうずばち》を置き、冬になると水が凍るので、火鉢の上の鉄瓶の湯をかけて用いるのであった。

正月、家族全員で高萩にお年賀と墓参りに伺うと、浅吉おじいさんが、

「義利は東京へ帰国らしいぞ。春頃決定するらしい」と言う。彼はまるでスパイのように情報をいつもなんとなく知っていた。

二月になると今川家の五人家族もようやくこちらの暮らしに慣れてきた。変わったことと言えば、自然にお互いの呼び方が変化してきたことだ。

「じいちゃん、ばあちゃん」は「おじいさん、おばあさん」

「パパ、ママ」は「パパさん、ママさん」

「よっちゃん」は「兄ちゃん、兄さん」（義人のこと）

「かずちゃん」は「和子さん」、「メイちゃん」は「万里さん」、「愛」は「愛子さん」時々昔の呼び方にもなった。けれども「兄さん」はいつも、どこでも「兄さん」だった。

水戸は梅の名所、紅梅、白梅、老梅、どこもかしこも梅の木があり、次々に花が咲く。梅干し、梅酒、梅菓子もさまざまで、真木家には百年前の梅干しがあった。食べてみたらぜんぜん味がなかったので驚いた。

梅が終わり、桜が咲き始めた四月、正に新学期が始まるという時、父が上海から帰国して東京

支店の頭取席に勤務する辞令を母が受け取った。

　母は兄義人を呼び、三姉妹を座らせて、涙を拭きながら話した。

「兄さん、パパさんが上海から帰国して東京支店に転勤になったの。貴方が東京の学校に転校したければ、一緒に来てもいいけれど、又転校では学力が落ちるでしょう。それにパパさんは東京の次にまたどこへ行くかわからないの。水戸中学だって受験が大変だし、もう五年生だからこのまま残って、小太さん、利光さん、三九郎さんと仲良くして、真木のおじいさん、おばあさんにお世話になりなさい。水戸中学（五年間）卒業後は、東京の大学へ来ることだってできるし、男の子だから決心して、自分が最初に決めたように水戸に残りなさい。お休みの時は、遊びに来る時間があれば来ればいいから」と母は意を決して、兄さんと三人の妹たちに兄との別居の話をしたのだった。

　私たちは、一週間ぐらいで引っ越すのかと考え、悲しい気持ちでいっぱいだった。ところが、そうでもなく延び延びになっているので、元通りに水戸の小学校に通い、帰宅すると友達と外で遊んだ。近所の空き地や土手、竹藪などに近所の子供たちが大勢集まり、餓鬼大将からチビの子供たちまで全員で、当時のありとあらゆる子供の遊びをした。戦争ごっこ、縄跳び、石蹴り、こま回し、鬼ごっこ、かくれんぼ、日が暮れるまで毎日「ワアワア」大声で飛び回り、本当によく遊んだ。それはそれは楽しかった。一生でいちばん楽しかった。現代の子供のように塾などはなかった時代だったから。

　夏休みが近づいたころ、ママさんが「やっと東京に行けるよ。家が見つかったんだって」と喜んで引っ越しの支度を開始した。正金銀行は特別な支店以外、内地ではほとんど社宅がなかったので、各自が生活に見合った家を探して住んでいた。それで父は東京勤務になって以来、ずっと洋間のある適当な家を探していたらしいのだが、二か月以上見つからず、ようやく戸塚に適当な家を見つけたらしい。ほとんど荷物は出来ていたので、行くとなったら二、三日で、学校、真木家、兄さんと別れて、東京の戸塚の家に引っ越した。大隈重信が創立した早稲田大学のすぐ近所にある家だった。私は戸塚第一小学校三年生の一学期の夏休み前に転入したのである。

早稲田の町へ引っ越し

父が横浜へ転勤になるまでのそれからの約二年ほど、私は東京の戸塚第一小学校に通った。戸塚で覚えていることと言ったら、早稲田大学熱烈応援一色の空気と堀部安兵衛だ。母とこんな会話をしたことをなんとなく覚えている。

「ママさん、いつも聞こえてくるミヤコノセイホクワセダノモリニってなんの歌なの。ワセダワセダワセダってなあに?」

ママさんは笑いながら「かずちゃん、あの歌はね、早稲田大学の野球部の応援歌よ。戸塚は早稲田大学の町だからね」と言う。

「じゃあ、兄さんも水戸からこっちに一緒に来ればよかったのに」

「兄さんはね。水戸で勉強した方がいいの。兄さんは水戸で勉強したいと自分で決めたんだからね。それにパパさんは多分あと一年くらいでまたどこかへ転勤だから、学校を転校ばかりしていたら学力落ちるから、水戸の方がいいんだよ」

「女の子だって学力落ちるよ。今度の戸塚の小学校って変な学校だよ。関東大震災で焼け残ったんだって。木造校舎でよくできているってみんな自慢するけど、古くて変てこりんな学校だよ。講堂だってないよ。教室と教室の間の板戸をはずして、四つか五つの教室をつなげた広い部屋を作って正面に演台を置いて、生徒は床に座るんだよ。人数が少ない時には椅子に座れるけど」

「純日本式でいいじゃないの」

「うちのピアノと同じようなのがあるんだよ」

「そう、昔の学校はオルガンだったのにピアノがあるんだね。なんでも戸塚の町の皆さんが、祝日のお祝いには、紅白のお菓子を生徒に下さるらしいよ。いい学校じゃないの」

「わたし転校生だから、みんなが面白がって変なことばかり言うんだよ。裏の井戸は、堀部安兵衛が刀の血を洗った井戸だから、夏の夜は幽霊が出るって言うんだよ。ここは戸塚原の竹やらいがあって、生首が飾ってあったんだって、いやだよ。男の子はきらいだ。怖い話ばかりするから」

戸塚は、早稲田大学の学生さんの町で、表通りの商店街、下宿屋はほとんど早稲田の学生さんが利用していた。その商店街の裏通りの住宅地の中に、ようやくのことで住む家を見つけたのだ。洋間があってピアノも置けて、テーブル式の食堂を作れる家を見つけるのは、パパさん本当に苦労したらしい。学校の文句を言うたびに、文句を言ってはいけないと母にたしなめられた。

「ねえ、そうけいせんって何よ」

「早慶戦っていうのはね。有名な早稲田大学と慶応大学の野球部の試合のことだよ。戸塚の人は全員大隈重信さんが創った早稲田を贔屓にして、三田の方の人は皆福沢諭吉さんの慶応義塾大学を贔屓にして大騒ぎするんだよ。両方とも私立で有名校だからね。中学（五年生）を卒業したら大学の予科を受験するんだよ。難しくてパスするのが大変なんだから」

「ワセダワセダ！　ケイオーケイオー！　か。じゃあ私もワセダワセダにしておこう」ということで、さっそく早稲田のファンになった。後で御縁があって慶応のお隣に住むようになった時は今度はケイオーケイオーに変更するのだが。それにしても戸塚は本当に尋常ではないほど熱狂的なワセダの町だった。

「ワセダワセダワセダ」

町中、学生も町の人も全員、早慶戦の試合の時は勝っても負けてもそれはそれは大変だった。

引っ越してピアノの先生のレッスンも開始したのだが、どうにも馴染めなかった。

「ママさん、私、ピアノの先生きらいだからピアノやめたい。あの先生、日本で最初にバイエルっていうピアノ教則本を出版した高折先生っていう先生の生徒だとか言って、手の指を曲げたら、手の甲に一円銅貨を乗せて、落とさないように弾きなさいって言うんだよ。そんなの絶対に無理だよ。変な練習だよ。ママさんだって絶対にできないよ」

「そう、面白い練習だね。私はオルガンで讃美歌だけだけれど、せっかく上海からピアノ買ってきたんだから、パパさんみたいに音痴にならないようにちゃんとピアノを勉強しなさい」と一向に取り合ってくれない。

「でもね、私、パパさんみたいに音痴らしいよ。ピアノはメイちゃんが弾けばいいよ。」と言

うと、ママさんはちょっと思案顔で、

「それもそうね。女の子が三人もいるんだから、誰かが上手になるでしょう。でもね、いやなことを勉強するのがいちばんよい勉強だって、水戸のおじいさん、よく言ってたよ。有り難いと思ってピアノを続けなさい」と言う。

私はしぶしぶレッスンへ向かう。こうして私は一生ピアノで苦労することになった。

兄は戸塚の家には一度も遊びに来なかった。ちょうど水戸中学校受験前だったし、水戸中学は当時名門で本当に実力がなければ合格できなかったらしい。それに従弟たちは全員水戸中学生だったから……。

横浜本店勤務時代

父は昭和五年五月、本店の支配人代理に任命され、前任者の住んでいた横浜高島台の家に移転することになった。それまでいた東京の戸塚から横浜への引っ越しは、外国ではなく比較的近かったので家族全員大喜びした。

江戸時代、高島台は海岸線の入り江の丘だったと思う。東海道五十三次の浮世絵にある料理屋、田中屋、丁字屋が坂道の途中にあり（現在田中屋はあるが、丁字屋はない）、家はちょうど真ん中ほどの崖の上にあった。二階の窓からは横浜港対岸、横浜駅の小さな西口改札口、貯木場が見え、材木が流れていた。なんとまあのどかで美しい景色だと浮き浮きした。

「パパさん、ここは板の間の部屋が一つもないよ。ピアノや食堂はどうするの。机はどこに置くの」などと言いながら、和子と万里が畳の上、荷物の間に大の字になってゴロゴロすると、末の愛ちゃんも真似をした。

「ピアノは大きな板を買ってきてください、パパさん。食事や勉強はちゃぶ台でしましょう。夏

横浜本店副支配人社宅前で家族そろって（1932年元旦）

休みになったら兄さん、三九郎さん、利光さん、小太チャンが遊びに来るでしょうし、全員行儀が悪いからそうしましょう」とママさん。

「大工さんに連絡して大きな板を買うことにしよう。どうせ大工を入れるなら家の改造をしたいところだが大家さんが承知しないから、我慢、我慢。和子と万里は小学校へ行くんだから用意しておきなさい。パパは出勤するから、後をよろしく頼む」とパパさん。

「いってらっしゃい。バイバイ、バイバイ」愛ちゃんと今度来た女中の春やさんが、丘を下りて西口の改札口に入って行くパパを二階の窓から見送った。

春やさんは高萩から来た中年の人で、その後十年間我が家の外国の勤務先にも同行し、家族の一員としてよく働いてくれた。長くいたから、ほとんど親代わりのようになって、ずいぶん叱られた。

神奈川学園の精華小学校は沢渡にあり、子どもの足で歩いても十分くらいの距離だった。生糸試験場のある崖の上の台地に女学校と並んで立っていて、運動場の奥に建つ木造平屋建ての日当たりのよい校舎だった。

小さい小学校だな、と思いながら入口から靴をぬいで上がったら、「五年生の和子さんはテストをしますから」と別室に案内された。三人の先生が次々に質問をしてくる。

「知りません、知りません、わかりません、まだわかりません、まだ習っていません、知りません」とくり返し答えながら、涙がポロポロ出た。気が弱く勉強が好きではない私だった。転校転校、やっとのことで慣れたところでまた転校で、勉強には本当に苦労した。先生方は笑って「大丈夫、大丈夫、夏休みに補習をします。そうすれば大丈夫、できるようになりますよ」と言われ、テストは終了。

「それでは、五年生の教室へ行きましょう。先日男の子の佐久間君が転校してきて、あなたでちょうど、男女十人ずつの二十人になりましたよ。佐久間君も補習をしてあげることになっていますから大丈夫ですよ」

私は転入できたと知ってようやく安心して、今泣いたカラスがもう笑ったの気分で帰宅した。

メイちゃんは二年生の教室で、クラスの皆さんと仲良くしたらしい。当時下級生は一学年一クラス定員三十人（男子十五人、女子十五人）だった。

その後、帰宅した父と母の会話を布団の中で聞いて、私はくすくす笑ってしまった。

「和子転入できたか」

「かずちゃんはテストをされて0点でしたけど、転入できました。メイちゃんも」

「そうか、それはよかった。なかなか入れないと聞いていたから心配していた」

公立の小学校ではなく、制服、制帽があり、五年生で飛び級をして中学受験に合格する生徒が何人もいる学校だ。当時も学科を全部別々の専門教師が教えていて、乗馬の時間があり、近隣の山、川、森、畑などを歩いては、鳥、虫、雑草、石ころなどの研究をしたり、上級生は春と秋にそれぞれ旅行や遠足があった。杉田で海水浴をし、工場見学などをする他、正月前には生麦の貧民長屋へ慰問の餅券配り、老人ホームへの慰問と、当時名門と評判の高かった慶応の幼稚舎以上に新しい教育をめざす特別な学校だった。

「ハイカラな学校で御月謝高いわよ」

「ウェーこんなに高いのか……」

「二人分だとこりゃ大変だ。安月給取りは破産だね。和子は後二年で卒業だし、またすぐ転任だろうからなんとかするよ。だけど万里は転校させるか。横浜は特殊な町だから金持ちが多いんだね」

そのあと私はすやすや白河夜船だった。

私は昭和七年三月卒業の七回生で、ちょうど若々しい双葉が元気にすくすくと伸びるような時代の精華小学校を経験したのである。

ある晴れた日（オペラ蝶々夫人ではない）乗馬の日、鶴見の花月園から大きい馬二頭、ロバ五、六匹がやってきた。校庭で全教員、全校生が交代しながら「お馬の練習」をした。パカパカドウドウパカパカドウドウ、乗ったり下りたり、さわったり、とても楽しくて校庭は遊園地と化した。

昼休みの時、岸田先生（第二代校長として三〇年以上陣頭に立ち学校の精神を体現した）がちょっと貧乏ゆすりをしながら私たちを見て、

「今日の帰りに馬に乗るのは誰にしようか」と言った。

「先生、わたし」「先生、ぼくぼく」「ぼくが乗る」「わたしよ、わたしよ」

がやがやと全員が手をあげた。先生は笑って、

「そうだなぁ、それじゃあ弁当のご飯を一口六十回以上よく噛んで食べた人にしよう。よーい、はじめ」と言ったので全員ワイワイガヤガヤ言いながらも一所懸命にご飯を噛みだした。グチャグチャ「先生、こんなに噛んだら美味しくないよ」グチャグチャ、グチャグチャ。

「そんなことはない、消化が良くなって丈夫な子になる」

結局まだ帰りの馬に乗って花月園まで同行したことがなかった生徒が行くことになり、私もロバに乗って花月園までパカパカ。道行く人がびっくりして「どこの学校だ」と手を振る。「横浜のセイカ小だよ」と全員得意満面だった。九十五歳の今考えてもわくわくする。

平成二十七年（二〇一五）五月五日、朝日新聞のトップニュースに「明治の産業革命、世界遺

産へ」とあった。それを見て、昭和五、六年頃小学校の時に見学に行った「日産自動車」「キリンビール」「明治製菓」等々の工場を思い出した。現代の工場と比較をすれば、もちろん機械はまだまだ初期の劣ったものだったかもしれないが、当時の子どもの目から見れば、本当にびっくりする光景だった。

大工場の天井から、自動車の車体が頭の上にドカン、ドカンと落下してきた。飛び上がって耳を塞いだ。工員はところどころにいて平気そうな様子だった。キリンビールの瓶が、ぐるぐる回って走って行く。美味しそうなビスケットが流れて行くと女工さんたちが、手早く箱に詰める。本当に感心してしまい面白かったので、女の子たちみんなで女工さんになりたいね、と話し合った。

暮れになると、サンタクロース気分で、生麦のトンネル長屋に餅の券を配りに行った。寒いのに着物もなく、布団もなく、ぶるぶる震えている貧乏人のトンネル長屋を始めて見せられて、実にショックだった。赤ちゃんはお乳が出ない母親の胸の中でビイビイ泣いているし、病気の老人はウンウン唸っていて、オーバーを着ているのも悪いような気分になった。私たちは涙をぽろぽろこぼしながら「お餅食べてね、お大事に」としか言えなかった。つくづく自分たちは幸福ものだと神様と親に感謝をしたのを覚えている。

浅間台の老人ホームへもたびたび慰問に行った。考えると、子供でも貧困問題や老人問題を考える機会を持つことは、とても良いことだと思う。

岸田先生の精華小のモットーは「人のおせわのできるよう、人のおせわにならぬよう」だった。元気な時代は実行したつもりだが、足が悪くなり五体不満足になったら、結局人は「人」の字の如く、人に支えられて毎日を過ごすようになる。現在は長女宏美に支えられているが、彼女も支えきれなくなり、人の字が二の字になりそう。

「ペースメーカーが入ったから百歳まで生きて、新式のカラービジョンで東京オリンピックも見たいね」などと言いながら、毎日窓から見える木々の若葉を見ていると、鶯が「ホーホケキョ」と上手に鳴き出した。

連休中からのテレビを見ていると世界中異常な事件ばかりでニュースには事欠かない様子。ヒマラヤ、ネパールの大地震、各地で火山が噴火。そしてほとんど滑稽と言える事件も、ドローンが首相官邸の屋上に。安倍首相のオバマ大統領との会談に両院議会演説、難しい中国、韓国、北朝鮮、バンドン会議、なんと目まぐるしいことか。そうこうするうちになんと戦艦大和が海底で発見されたと聞いた。あの船は本当にかわいそうなことをした。

箱根の大涌谷噴火、続いて桜島も、昨年の御嶽山の噴火に始まり、各地の火山にも動きがあり、悲しい犠牲者も多い。

スポーツはあいかわらず花盛りで、体操、スケート、水泳、卓球、相撲、フェンシング、テコンドーとなんと多彩多忙なこと。フランスのテニス大会では錦織圭準々決勝敗退、テレビの松岡さんの批評も熱が入っていたのに残念。

などと思っているうちにまたまた火山の爆発。今度は鹿児島県の屋久島近隣、口永良部島の火山が噴火。黒煙天高く、島民全員避難。これでますます日本の火山が活動期に突入という話の信憑性が高まった。地震もこのところ大小多発している。原発の放射性廃棄物はいまだに解決がつかず。マイナンバー制度導入予告時期に、大量の個人情報漏れまであった。議会の憲法談義はさっぱり論争がかみ合わない。テレビは本当に多忙である。

今年は急に暑くなったので、私は水分不足で脱水症状、半ば人間干物になってしまった。あと二、三日往診の先生の来宅がなければ一巻の終りだったらしい。点滴を二日して生き延びた。

そんな状況でテレビを見ていると、あいかわらず各局スポーツイベントの報道合戦、視聴率獲得合戦。その裏で少子化問題も一向に解決しない。中国の長江では船の沈没事件もあった。あんな川で沈没とはなんと気の毒な。スイッチをオフにする。騒音がないのは実に心地いい。宏美に、

「ママ、早く原稿書いてよ」と、はっぱをかけられた。

夏休みになった。ママが予言したように高島台の家は、学生の下宿屋のようになった。パパの弟の三九郎さん、利光さん、ママの弟小太ちゃんと兄のよっちゃんが集合した。お手伝いさんの春やさんを入れて十人に彼らの友人も加わるからそれはそれはにぎやかで大変だった。

七月末は天気が続いて富士登山にはいちばん良いというので「よっちゃん」二人（父と兄）は張り切り勇んで出発して行った。帰宅の予定日になり、二階の窓から横浜駅西口を見ていたら、

太った大男とすらりとした中学生がリュックを背負って現れた。二人ともへとへとになっていてみるからにへっぴり腰で、杖をつきつき坂を上ってきた。留守宅の家族一同は、足が豆だらけで血が出ていたことも知らなかったから「お帰りなさーい。お帰りなさーい。後少しでゴールイン」と面白がって大声で声援した。

けれども帰ってきたらママは足の傷の手当てをしながら、

「それにしても顔や頭でなくて本当によかった」とほっとしていた。

父と兄が二人だけで過ごしたのは、一生でこの時以外は一度もなかったから、貴重な富士登山だっただろうと思う。

夏休みの補習授業が始まった。午前八時から夕方五時近くまで勉強だった。佐久間君は優秀だったので途中から補習を中止し、私一人になった。教える先生方は交代するが私の方は一人、それでも少しずつ勉強が面白くなり、中でもいちばん好きになったのが数学だった。もう一つ、本好きな子に変身して成績も上がりだした。帰宅すると家の中は下宿屋なので、早寝早起きを敢行し、勉強は朝の四時に起きてする朝型が習慣になった。

六年生になった春、父は予想通り横浜本店の副支配人に任命され、宮崎町の社宅に移転することになった。私は桜木町から電車通学、メイちゃんは近所の本町小学校に転校した。

当時日本は戦勝国側だったので国力、軍備、経済、産業等々は上り坂だった。正金銀行も同様で、運の良い父は、仙台二高と帝大の先輩、井上準之助頭取時代に入行して指導を受け、エリートコースを走りだすことができたので大阪に始まり、サンフランシスコ勤務、ニューヨーク見学を経て大久保支配人の許でロンドン勤務、大正十二年、関東大震災直後の東京勤務、中国上海勤務を終えて日本に帰国した頃、大久保さんがちょうど横浜本店で頭取になっていて、父を二人いる副支配人のうちの若手に起用したのである。

大正六年、父が入行した時の井上準之助頭取は、大正八年三月日本銀行総裁に転身し、九代、十一代の日銀総裁を務め、日本の金融を束ねる長となったばかりか、第二十三代、第三十代の大蔵大臣にもなり、山本内閣、浜口内閣、若槻内閣で活躍した華々しい存在だった。その間、正金銀行は世界各地に支店を開設して、既に述べたように世界の三大銀行とさえ呼ばれるように成長したわけだが、その井上準之助は、昭和七年二月九日、選挙運動中、悲劇にも血盟団員小沼正に暗殺されてしまった。この事件の時、父は本当にショックを受け、心から泣いて冥福を祈っていた。

「縁は異なもの味なもの」鎌倉の我が家から歩いて一分の緑の丘の上に、ライオン首相と呼ばれた浜口さんが使用していた別荘がある。最近所有者が手入れをしてこの昔の面影のままの大正時代の洋館を、結婚式場・レストランとしてオープンした。多分井上さんもよく出入りしたのではないかと想像する。

精華に転校してきて自分で言うのもどうかと思うが「私は優秀な人間だった。何事もやればできるが、ただ、音楽だけはパパの子だから音痴で駄目だ」というのが、おかしいが、当時自分について至った結論だった。良い先生方に出会ったということだろう。六年生になると成績はトップ級になった。当時中学は男女別々だった。女子で成績優秀なら無試験入学の神奈川学園ではなく、県立横浜第一高等女学校（現在の横浜平沼高等学校）か、山手にあるミッションスクール、フェリス女学校などが主な受験先だったが、私も受験を決心した。両校とも当時は倍率が高く、難関だと言われていた。六年生と五年生の飛び級の二人を入れて合計十二人が受験準備に入った。女子の受験組は四人だった。

このような多忙な時期にも社会見学の旅行は「別腹」らしく、子どもは運賃、入場料金、宿泊料金などが半額、割安だと考えたのかどうかは知らないが、春夏秋冬の遠足や旅行は、一般の学校と比べると本当に大名旅行だった。

いちばん長期間の旅行は、六年生の春の名古屋、松坂、伊勢、吉野、奈良、大阪、京都、近江を周遊する旅行で、日本の歴史の中で最も重要な天皇家と、それぞれの時代の権力者が残した、政治の中心地としての「都」の文化遺産の数々をめぐる旅行だった。今思い出しても子ども心に本当に楽しかった。特に吉野山の満開の桜の下で聞いた南北朝の歴史の話、奈良の古梅園で墨作りの見学をした時の驚き、京都の「すずめのおやど」でバタバタと飛ぶスズメとキャッキャッと言って遊んだこと、奈良の三笠山では鹿に突っつかれて角が痛かったこと、京都の夜の都踊りがきれいだったこと（小学生に都踊りをみせるのだから変っていた）、嵐山の川下り、女の人の髪の毛のロープのぐるぐる巻きが気持ち悪かったこと、国家安康の鐘の字を見て、江戸の家康を考え、近江の三井寺では信長を想い、帰宅の途についたことなどが次々と浮かんで来る。

その後の私の長い人生の中で、これらの名所旧跡を再び見物に行くチャンスはついに一度もなかったが、絵やテレビ、ガイドブックなどで見ては、「ああ、よく知っている、ここは見学したから」と自己満足しているのである。

那須登山の時には先生が「この山の高さはヒクイナ（一九一七メートル）と覚えなさい」と言ったことをいまでもよく覚えている。頂上で先生とクラスの生徒全員で「バンザーイ、バンザーイ、バンザーイ」をした。火山で硫黄の煙が出ている。ありがたいことに背中にできていたおできが（水泳の時以来、皮膚にできていたおできが治らずにいたのだが）那須の温泉のおかげですっかりよくなり、かさぶた状になった。硫黄がマッチの原料になるという話もあの時に聞いた。

身延山にもお参りをした。昇仙峡を歩いたり、川下りも面白く、石橋山では人気女流作家で当時、少年少女ものも書いていらした吉屋信子先生と途中から道連れとなり、頼朝がかくれた木の穴を覗き、皆でキャッキャッと騒いだ。楽しかった。

「こんどの副支配人社宅ってすごいね、洋館もついてるし」

伊勢山皇大神宮の裏手の竹垣のところから緑の芝生が広がり、真ん中に立派な正金のクラブハウスがあり、神宮側に上席副支配人宅、紅葉坂側に下席副支配人宅があった。神宮側からの入り口には門番がいて、玉砂利の道がクラブハウスへと向かうようになっていた。

「紅葉坂の方でよかったね。坂道を上るのはちょっときついけど、出入りは自由だし、道をそのまま先に行くと戸部に出るから、県立まで歩けるよ」などと話して家族全員がうきうきした。

叔父たち居候も大喜びで商大の三九郎、歯科大の利光、美大の小太郎が休日のたびにごろごろしに遊びに来ていた。気の毒だったのは兄さんのよっちゃんで、彼は水戸中学でちょうど受験勉強中だったので、二、三日横浜に来てもパパもママも来客で多忙でろくに話すらできなかったようだ。

「ママさん、私、洋間を勉強部屋にするよ。来年受験だし、朝四時起きでするから。それにピアノも練習するからね」と言うと、

「よい部屋があってよかったね。しっかり勉強しなさい。でもその代りメイちゃんが午後から夕方まで使うかもしれないよ」とママさん。

この社宅でいちばんうれしかったことは、代々の副支配人が子供の本から大人の本まで残していった、大きな本棚があったことである。昔の本はルビがあったので、大人用の本も子供でも早く読めたし、大体は理解できたので、本当に夢中になって読んだのだが、一生の役に立ってよかったと思う。里見八犬伝、講談の赤本、日本文学の本、シャーロック・ホームズ、シェークスピア、ジャンバルジャン、三銃士、マリー・アントワネット、人魚姫、ハイジ、イソップ物語、三国志、アラビアンナイト、ギリシャ神話、千一夜物語、インド、ユダヤ、トルコ、エジプトなどのお話、クレオパトラなどなど、片端から読んだ。目が悪くなるよと注意され、やはり目が悪くなった。

「ママさん、今日もまた結婚式があったよ」とメイちゃん。

「お隣の越智さんのお姉ちゃんと私たち三人で裏の垣根から覗いたら、みんな神社の方を見て並んで座るから、ちょうどこちらを向いていてきれいだったよ」

「覗いてはいけませんよ、越智さんにも注意なさい。見つかったら叱られますよ」と言われたが、そのあとも一度覗いてみた。ちょっと面白くて、羨ましかった。

いよいよ昭和七年（一九三二）二月末からは受験だった。私は毎週日曜日に柴田さん、稲荷さんと一緒に三人でメソジスト教会の礼拝に通っていたので、フェリスは三人とも合格するとなぜか自信を持っていて、予想通り合格し、私以外の二人は入学した。私は県立を志望していたので、三月になって五日に渡る試験を受けたように記憶している。何しろ当時は学科全科目の試験があり、面接の他に実技の試験も体育、音楽、裁縫があって体格検査もあった。実技試験は、困ったことにどれも精華の時にしたことがないことばかりだった。いちばんできなかったのは、手拭い（九十センチ）を二つ折りにして、端から一センチのところを赤糸で縫う運針だった。上手な子は両手でさぁーっと仕上げているのに、私の運針はのろのろでひどいデコボコだった。平均台もよろけて歩けず落ちてしまったし、短い初見のソルフェージもうまく歌えず、実技の試験は全滅だった。面接の時の質問でもミジンコが言えず、見せられた岩石の名前もわからなかった。

自分でこれは不合格だと確信し帰宅して熱を出してしまったのだが、あとで母から合格したと聞き大喜びした。親しかった小林延子さんもパスした。七回生は女子四人全員希望校にパスしたので、先生方も満足された。当時は記述式が多かったし、最近の試験では英語などが重要科目となったり、試験の方法も変化しているが、子供にとって入試は、今も昔も変わらずに困難なものであるとつくづく思う。

県立に合格して以来、毎日往復を徒歩で通学した。紅葉坂から反対の戸部方向へ行き、掃部山《かもんやま》の下のだらだら坂を岡野町の学校まで、友人二、三人と朝は早足でスタコラサッサ、スタチャッチャ、夕方はお喋りべチャクチャで実に楽しかった。安政の大獄の張本人として桜田門外の変で殺されてしまった井伊掃部頭直弼《いいかもんのかみなおすけ》の掃部山である。横浜では彼は「開国の恩人」であり、掃部山には銅像が立っている。

「ママさん、本町小学校は、女友達が多くて、仲良しの人たくさんできて面白いよ」転校を余儀なくされたメイちゃんも満足していた。終戦後も一生交際していたNHKのアナウンサーなど、彼女のその時代の友達を私も知っているから、本当に彼女も楽しかったのだろうと思う。


県立は、A、B、C、Dの四クラスあり、私はD組（担任、古田先生、結婚して反町先生）、小林さんはB組だった。合格者は全員優秀だった。今考えると最初のクラスの座席の机の位置は、入学試験の成績順だったらしい気がする。成績の良い人がいちばん後の端で級長だった気がする。クラス五十人で定期試験ごとに席が変っていたし。

夏休みは海と山への合宿があった。海は家から布団を送り届けて、ペリー上陸の久里浜の小学校に合宿し、水泳の練習をして、最後の仕上げが、東京湾の中心点から岸へ向って泳ぐ遠泳大会だった。途中で黒潮の流れがあるのでどんどん流される。岸がどんどん遠くなる。大半が力尽きてボートに引き揚げられる中、私は水戸で水府流を習っていたので水泳は得意だったから黒潮も横切り、ガンバレガンバレの声援の中、やっとのことで砂浜に上陸した。その時、最後まで泳ぎ切ったのは、全校生徒の中で二年生の天野さんと一年生の私だけだった。先生から甘酒を飲まされて、へたへたと砂浜に転がった。一年生で偉い偉いと一日で学校中の有名人になってしまった。

海の合宿に続き、箱根の山の合宿にも参加した。宮城野の宿屋だったから、今度は布団の用意はしなくてよかったが、海と山、両方の合宿に参加したのは私一人らしかった。パパさんとママさんが、

「和子、もう日本が見られないかもしれないから、箱根で富士山や他の山や湖などを見てきた方がよいから参加しなさい」と言ったのだ。二人は翌年の三月ごろはまた海外に転勤することを予想していたのだ。正金銀行の行員だから当然だった。

箱根も面白かった。毎日ひたすら歩いて歩いて大変だったが元気だった。湖水の周囲、金時山では、霧で前を歩く人さえ見えなくなる体験もしたし、大文字焼きも見た。三組の渡辺先生は袴に下駄ばきの山歩きで偉いもんだと感心した。裁縫の先生で、私が結婚して鎌倉に新居を構えた頃、一度遊びに来てくださった。

夏休みの宿題をやっとのことで提出し終り、二学期が始まった時のことだ。驚いたのは「一年生で遠泳に成功した今川さん、全校生の前で感想の報告をしなさい」と講堂でいきなり話をさせられたことだ。私にとっては一生忘れられない事件だった。二学期、三学期は勉強も各種の行事も本当に楽しく、三月に父が春からは大連に転勤と内定した時は、谷底に落ちた気分になった。当時父はロンドンでもお世話になった大久保利賢さんの下で働いていた。

「ママさん、なぜ今度はなかなか大連に行かないの。私もメイちゃんも愛子も横浜の学校退学しちゃったんだよ。早く転校しないと勉強遅れて困るよ」

普通、正金の転勤はあわただしく数日で完了するのが常だったのに、あの時ばかりは満州へ行くことが決まってからが長く、父はなかなか出発しようとしなかった。今考えればあの年、父がなかなか満州に出発できなかった事情も肯ける。日本の歴史が大きく戦争に傾き、世界中でいろいろな事件が同時に起きた年だった。前年の一月一六日に上海事変が始まり、二月九日には当時大蔵大臣だった、お世話になった井上準之助氏の血盟団による射殺。三月には満州国が成立。そして五・一五事件で犬養毅首相殺害。直接父の満州行き遅延と関係したと思われるのが、翌昭和八年二月二十四日に国際連盟が日本軍の満州国撤退勧告を出したことと、それを受けて日本が三月二十七日に国際連盟を脱退したことだ。その後すぐ、四月十九日には米国が金本位制を停止しているから、満州へ行く予定の銀行屋としては、大いに相談事があったに違いない。アメリカではルーズベルトが大統領に就任した。

「満州の学校は転校がなかなか大変らしいよ。満鉄の経営で大都会にしかないけれど、立派で寄宿舎があって程度が高いらしい」

当時は満鉄の時代だった。満州へ満州へと日本中の大会社が進出して各地に支店を開いていたが、学校のない町も多く、優秀な子は大都会の満鉄の学校の寄宿舎に入っていた。内地よりも程度が高い学科もあるということだった。

「満鉄？」

「鉄道の会社です、行ったらわかります。パパさんは今、本当に忙しいらしいですよ」

「それよりも、今ちょうどサーカスが来ているらしいよ。なかなか見る機会もないから、みんなでハーゲンベックのサーカスを見物に行きましょう」

「サーカスって」

「動物やピエロ、ブランコの曲芸。面白いと広告が出ていたから、きっと面白いよ」

本当にたまげてしまった。まずは空中ブランコ。男のブランコ乗りと女のブランコ乗りが、あちらからとこちらからブランコに乗って、真ん中でブランコを交換する。それも何度も何度も繰り返すから、はらはらどきどきの連続だった。そしてピエロの馬の曲乗り、馬のおなかにしがみついたり、逆立ちをしたり、おどけた動作で実にうまいものだった。炎の輪を虎やライオンがくぐったのには驚いてしまった。火をいやがるはずの動物がどうやってあんなことをするようになるのだろう。

だがいちばんびっくりしたのは、サーカス会場に隣接した引き込み線に数えきれないほどたくさんの貨車が何列にも停留していて、屋根のない貨車にはテントのような屋根がつけられ、猛獣たちやサーカスの団員たちが全員、その貨車で寝泊まりしていたことだった。母が、英語ができたのでサーカス見物が終わってから、団員のお姉さんたちとおしゃべりをして、貨車を見学させてもらったのだが、それがいちばん印象に残っている。大きな猛獣が狭い檻の中にいて可哀想だと思ったことも記憶にある。母はずいぶん苦労話も聞いていたようだった。

当時の記録によるとヒットラー独裁が始まったこの年、当時世界一の動物調教を誇ったこのドイツのハーゲンベック・サーカスはアジア巡業をしていて、昭和八年三月二十二日にザールラント号という船で横浜港に到着。団員百五十名、動物百八十二頭とあるから相当大掛りである。東京では芝浦で興行をし、その後名古屋、甲子園、福岡と巡業して、九月二十八日の大阪興行を最後に、九月三十日に神戸港から出港している。東京では「萬國婦人子供博覧會」の一環としての目玉興行だったようで、三月十七日から五月十日の予定が好評につき五月末まで延長とある。私がサーカスの実物を見たのは一生でこの時だけだった。

ようやく辞令が出て、神戸港から船で大連に到着したのは五月の末だった。大都会だった。正金の社宅は緑山の丘の下にクラブハウスとテニスコートがあり、ちょうど宮崎町の社宅とおなじように副支配人の社宅が二棟あったが、敷地は二倍くらいか、広々とした住居だった。大連はロシア風の建築物が多く、満州では比較的過ごしやすい気候の良い土地だった。アカシアの並木道が美しく、私たちの新生活を祝ってくれていた。だが、歴史の方は、満州事変、戦争へと一歩一歩進んでいったのである。

満州国大連（昭和八年六月〜昭和十年四月）

昭和八年（一九三三）十二月二十三日皇太子明仁親王ご誕生。この年日本は国際連盟を脱退して、ドイツではヒットラー内閣が成立。翌昭和九年三月には満州国帝政を実施し、昭和十年三月末日に愛新覚羅溥儀が皇帝に即位、執政が始まった。一方アメリカは親日家だったグルー大使が帰国して、ルーズベルトが大統領に就任、金輸出が禁止となり、英国のチャーチルと同盟を結んだ。

欧州ではヒットラーとムッソリーニが手を結び、世界では一歩一歩大戦の足音が近づいていた。とはいうものの、中学生だった当時の私にはこうした世界情勢はあまり見えず、新しく転校した大連の学校のことで頭がいっぱいだった。通学した大連神明高等女学校でいちばん印象に残っている思い出は掃除だった。それをまず書こう。

転校して十日目ぐらいだった。受け持ちの脇先生が、

「みなさん、今日は午後から有名な京都の一燈園の西田天香先生（一八七二―一九六八）のお話

がありますから、講堂に全員入ってください」と言われた。

先生方全員、小使いさんまで講堂に集合した。私たち生徒は午後から授業なしになって全員大喜びだった。

「一燈園って知ってる？」

「知らない」

「天香先生って知ってる？」

「知らない、聞いたことないわ」知っている人は誰もいなかった。

これは後で調べてわかったことなのだが、西田天香先生というのは、キリスト教世界でも仏教界でも交流のあった高僧など全員に一目置かれている、一種天啓に導かれたような特別な人物で、当時、その行動に触れたり、教え説く言葉を聞いた人々に大きな感銘や影響を与えている人物だった。天香先生のお話は、「無一物中無尽蔵」（中国の宋時代の詩人、蘇東坡《そとうば》の詩の一節で、後に仏教の禅宗の言葉になったらしい。自分と世界、自分と他人の区別がなくなり、一つになるところに無限の世界や可能性が含まれるというような意味）、奉仕の人生、掃除第一（先生やお弟子さんは、一切財産を持たぬ無一文で、普通の民家などのトイレ掃除の奉仕をして回り、人々のお布施だけで生活をしていた。当時知る人ぞ知る有名人だったらしい）のお話だったのだが、その日の夕方の全校生徒帰宅前の掃除の時から、学校中の人々が文字通り変身した。

校長先生以下全員が、学校の徹底した掃除を開始したのだ。トイレ、窓、廊下、天井の大掃除。それも一日だけするのではなく一日も欠かさずに、毎日毎日全員が朝夕掃除をするのだった。米ぬかの油で早朝から登校して方々をぴかぴかに磨く人もいて、一か月後には、学校中どこもかしこもぴかぴかつるつるになり、本当に驚いた。あんなぴかぴかな学校は見たことがなかった。もしかしたら、数年前に流行した歌「トイレの神様」の原点はこれかもしれない。

学校生活は楽しかったが、私は支那語を何も知らなかったので、内地からの他の転校生と共に放課後補習を受けることになった。まず発声が全然出来なかった。四声ができず、まったく面白くなかったので、零点でもよいからと、補習の中止を申し出て数学研究室に入ってしまった。新学期の時期に横浜でぐずぐずしていたので、他の学科も神明の方が横浜より進んでいて、こうして一学期の成績はクラスでびりになってしまった。

「ママさんとパパさんのせいで……」と通信簿を出した。

「甲（数学）乙乙丙丙丙丙丙丙丁丁」どうなるのだろうか。

「あらまあ、アヒル（乙のこと）も二羽なの、成績が下がるのは宿命ね、正金の子の」

「また上がるの大変だよ」

「二学期には少しはよくなるかもしれないわ。パパさんと今夜相談しましょう」

「どうでもいいよ。私、一燈園流にします。無一物中無尽蔵」

「かずちゃん。一燈園っていうのは何？」

「西田天香先生のこと、トイレの神様よ」

ママは私から話を聞くと、「そう、まるでクリスチャンと同じ精神ね」と言った。

翌朝から私は成績が上がりますようにと祈りながら、講堂前の廊下をぬか袋で磨いた。幸いなことに、三年生は支那語はなかった。それがあって成績は次第に良くなり、三年生の三学期は五番以内になった。天香様様だった。

当時の満州の学校は満鉄が経営していて、スポーツがとても盛んだった。クラブ活動は球技が中心で、秋には旅順で南満州の中学校が集合して、学年別学校対抗の各球技の試合があった。いちばん多く勝った学年のあった学校が優勝校となる。その時、神明高等女学校は五年生が大活躍をして、優勝校となったのだが、二年生は大敗した。私にとっては悲劇だった。ポジションが動かない九人制バレーボールのいちばん後部左側の守備をさせられたのだが、夏休みには毎日毎日校庭でサーブとボールを受ける練習だった。突き指ばかりするからピアノの練習ができない。中止をすることもできない。試合の時は、「神様、ボールが私のところにきませんように」とずっと祈っていた。以後、バレーボールは見るのは大好きだが、二度としたことはない。数学研究室の方はとても面白く、度々模範解答が廊下に貼り出されたものだった。

神明高等女学校も次第次第に戦争の方向に走り出していた。当時の思い出の中で大きな出来事といえば、満州国皇帝が訪日の際、全校生徒が埠頭で「君が代」と「満州国国歌」を歌って、国旗を振りながら、送迎をしたことと、海軍の大艦隊が威風堂々一列に並び、各軍艦に生徒やその他の日本人を便乗させて旅順まで行き（私は「鳥海」に乗った）船内では大砲や船室を見学したことだった。日本海海戦の「三笠」を知っていたので、それと比べると本当に大きな船で、世界一の海軍、欧米に負けない海軍国だとその時は信じた。今考えると馬鹿だったが、やがてレーダーと空の時代が、海軍を全滅させてしまった。

横浜正金銀行大連支店の遠景　(1930年代)

敗戦から七十年。ピカドン、原爆で、広島、長崎では多くの市民が亡くなり、テレビでは連日戦争の番組を放映している。未だにその後遺症で苦しんでいる悲劇、彼らにとって戦争は終わってはいないだろう。いつになったら本当の平和がくるのか心配になる。

松山台の正金銀行の話をしよう。大連には中央に円形の美しい広場があり、放射線状に道路が広がっている。円の中心には美しい正金銀行、大和ホテルなど重要な建物があり、その道の先には神社、左側の道路を行くと忠霊塔があって、後方には野球場、学校などがあったのだが、放射線を一本間違えれば迷子になるから最初は歩くのが大変だった。京都式の碁盤形の町の方が住みよいと思った。

所変われば品変る。時代の変化もあったのだろうが、大連に来たら、次第に自然に言葉が軍隊式になって、水戸で受験勉強中の兄、義人の話をする時だけは「兄さん」と呼んでいたが、「パパ、ママ、和子、万里、愛子、春や」と呼び方まで「さん」なしになった。印象に残っているのは水が茶色かったことだ。水道の水が紅茶色をしていた。飲料水は白いのを買っていたらしい。

「ママ、お風呂茶色で気持ち悪いよ」

「温泉と思いなさい。飲んでいる人もいるのよ。顔色が土色になるらしいけど」

「春や、先に入ってみて」

それ以来、移動の先々で、彼女は退職するまでずっと最初に風呂に入る人になった。

正金銀行では、帝大卒（英語好きの帝大ＹＭＣＡ出身クリスチャンの人が多かった）と商大出身者でなる、主要二本のエリートコースのレールがあったような気がする。支配人は西さん（クリスチャン）、上席副支配人パパ、下席伊藤さん、二、三か月して伊藤さんは交代して、吉田さんという人になった。吉田家には万里や愛子と同じ年頃の小学生、美恵子さんという娘さんがいた。三人は仲良しで毎日一緒に遊んでいた。七十年前の終戦時、その吉田さんは正金銀行南京支店の支配人で、美恵子さんも恐ろしい目に会いながら日本に帰国した一人だ。私が結婚して鎌倉に住むようになった時、彼女は第一回南極探検隊派遣と大きくかかわった防衛大学校の初代学校長、槇家に嫁いでいて、同じ鎌倉だったので、一度お会いして大連時代の話をしたことがあった。吉田さんは終戦の頃、正金銀行南京支配人だったので、戦況についても逐一情報を集めよく知っていて、南京事件は、中国人特有の「針小棒大だ」と言って笑っていた。

昭和八年、九年頃の大連は、満州国と呼ばれる国ではあったが、実質は日本の植民地で、船、鉄道（朝鮮経由）で内地との交通の便も非常によく、多くの日本企業が進出して、人々は我も我もと出入りしていたし、まるで国内同様の感じだった。

満州には当時巨人軍の沢村投手も来て、満鉄チーム、実業団チームと試合をしたことがあった。現在のプロ野球の最優秀投手賞として有名な沢村賞の沢村栄治投手だ。満員で入場できない人も多く、たくさんの人が球場の外側から金網越しにぶら下がって試合を見ていた。

「ママ、今日も沢村投手を外から見てたんでしょう。私、後ろを通ったよ」

「野球知らないのに」

「沢村のファンになったのよ。ルールも教えてもらったよ。面白くて大好きになった。スタンドの中になかなか入れないから外から見てるの」

ママは小さい時からお転婆だった。私よりもテニス、スケートなども上手で、手先もずっと器用だった。

松山台の正金の社宅にはクラブハウスの他にテニスコートがあった。クラブハウスは中央の高台に建っていて、二階と三階は独身者用のアパートになっていたが、一階には玉突き台やピンポン台のあるゲーム室もあって、囲碁など、さまざまな遊ぶ道具が置いてあり、食堂や台所もあった。姉妹の玉突きのプロが来て、信じられないような曲芸業を見せてくれたこともあった。

春と秋には崖下にあるテニスコートに大連にあった多くの企業の人々を招待して、テニス大会を開催するのだが、なんと前夜に大雨が降って、真夜中に二軒ある副支配人宅とクラブハウスからテニスコートへ行く途中の坂道の崖が崩れて、通行不可能になったことがあった。

パパは阿修羅のような形相で雨の中、土嚢を積み、苦力《クーリー》や若い行員たちを指揮して、崖の坂道を修理して夜明けまで働いた。私たち家族は、ずぶぬれのパパの姿に感動したものだ。朝、崖の坂道の道路は自動車が通行できるようになっていて、紅白の大きなシートで飾られていた。大男のパパは、道の真ん中でぐうぐう寝ていた。銀行の若い人が四、五人でパパを家まで担いで運んでくれ、ママは泣いていた。私たち三姉妹はなんだかおかしくてころころ笑っていた。やがてテニス大会の招待客が自動車で集合して（知らぬが仏）口々に「今日は良い天気になってよかったですね。ご招待有難うございます」と言った。太陽が笑っていた。

大連の夏は短いが、海が近いから学校でも正金でも方々へ海水浴に行った。ゴルフコースもあったし、全行員家族が泳いだり、ゴルフをして楽しんだ。冬はこれもシーズンは短いのだが、夜テニスコートに水を撒いてスケートリンクを作った。テントを張って屋根を作り、子供から大人までスケートをして楽しんだ。我が家でも全員フィギュアスケートの練習をして、尻餅をつきながらも、全員よちよちは歩けるようになったのだが、末の愛子がいちばん上手で、片足を後ろにあげて弧を描いたり、学生の大会に出場する選手にもなった。

行員の奥様方はまだ和服姿が多く、スケートの練習をする人はごく少なかった。それに比較的大連は暖かいので、スケートをするにはシーズンが短く、昼間はスケート場がすぐに水びたしになってしまった。でもママは水泳が出来なくて、一生損をしているからとスケートを練習していた。

昭和九年の冬休み、義人兄さんが大連に遊びに来た。慶応大学に合格して二年生になり、水戸の真木家では祖父が亡くなり、祖母と叔父の小太チャンと三人で暮らすようになっていた。一年目はヨット倶楽部が忙しかったらしく、夏休みも冬休みも来なかったのだが、二年目の正月はようやく大連に遊びに来た。

兄の入学した慶応大学は当時、高等中学校卒業後、旧制高等学校には行かずに、直接大学に入る者を対象とする予科と呼ばれる、現在で言えば文系理系高校のような、大学の教養課程のような勉強をする二年制の課程があり、まずそこで教養課程を終えてから大学の本科四年制に入るしくみだった。兄は二年間予科に通ったが、その一年生に入学するのと同時に、慶大三田ヨット倶楽部に入った。日本のヨット競技の先駆けともなっていた倶楽部だ。兄はそのヨット倶楽部の新入生で、先輩にしごかれて忙しく、最初の年は大連には来られなかったわけだが、当時、学生選手権で連戦連勝していたこのヨット部は、数年後、有名な遭難事故を起こした。兄が大学本科生の時代、昭和十四年五月二十日、横浜港で練習中に天候が激変して遭難事故が発生、兄のヨットの後輩、滝重雄さん、中西啓二さんが亡くなるという大事故になった。上級生は兄も含め、全員よく泳げたので無事だったのだが……。

慶応大学ではこれは本当に大変な大事故だったので、しょっちゅう塾長と会うことになり、この事件がきっかけで、兄は小泉塾長と大変親しく交流するようになったようだ。兄は晩年までヨット倶楽部のＯＢとしてさまざまな会合に出ていた。ヨット部の連中は、横浜の山下公園、元町などが縄張りで、カフェ・マスコットの常連であり（小津安二郎、大佛次郎、横山隆一、後に浅草オペラ、帝劇の舞台美術家となった小太チャンなどもよく通っていた)、当時のさまざまな人物と交流があったらしい。その頃のことを大佛次郎さんが短い小説に書いているはずだ。

平成二十七年八月二十四日、「こうのとりが宇宙でドッキング成功。油井亀美也、若田光一両宇宙飛行士が大活躍、宇宙もなんと近くなったことよ。遠い遠い空の上で、不可能が実現している。船の時代から空の時代、そして宇宙の時代、こうのとりの名前のように平和でありますように。

日露戦争前まで大連は誰も知らない遠い国だったが、昭和九年の大連は本当に内地同様に近くなっていた。兄さんは正月に来て、街を見物したり、慶応大学卒業の行員と楽しく遊び、パパ、ママ、三姉妹と久しぶりに正月を祝ったのである。それでも全員それぞれが多忙で、結局はゆっくり話もできずに帰国してしまった。兄さんは二度と満州には来なかった。

この後の五年間ぐらいは、外見は平和な満州だったが、裏側ではロシア、中国、朝鮮、日本の陸軍の様々な作戦が錯綜し、戦争へ戦争へと歴史は動いていき、そしてついに第二次世界大戦が始まってしまうのである。昭和十年(一九三五)四月、パパは奉天(現在の瀋陽)の支配人に任命された。

私、万里子、愛子、春や、パパ、ママは多くの人々に見送られても少しも楽しくなく、満鉄の汽車で大連の駅を出発した。奉天に向かって。汽車は北へ北へとゴトン　ガタン　ゴトン　ガタン見わたす限りのコウリャン畑の中を 戦地へ行く兵隊さんのような気持ちで……。

此處《ここ》はお国を何百里、離れて遠き満州の
赤い夕陽に照らされて、友は野末の石の下

（「戦友」真下飛泉作詞、三善和気作曲）

奉天支配人時代（昭和十年四月〜十二年一月）

汽車が奉天に近づいたころから沿線には徐々に民家が増え、大都会へと入って行くような気分になった。奉天支店は正金では少人数の支店だが、若年で一国一城の主に任命されたことをパパはにこにこしながら喜んでいた（パパの在任中に行員数が増え、約二倍の人数になった）。

ママや三姉妹、春やは、学校のことや社宅のことをいろいろ心配していた。駅に着くと当時奉天支店にいた金井さん、吉川さん、正木さん、藤田さん御夫婦や、その他多くの人々が出迎えてくれていたので、ようやくちょっと安心した。

奉天は大きな都会だった。満州の中心部にある商業都市で、大連よりもだいぶ北にあるから冬は零下三十度になる。窓は二重窓、金持ちは毛皮を着用していて、外出は洋装でなければ不可能だった。撫順の露天掘りの炭鉱がすぐ近所にあるので、室内では石炭のスチーム、ストーブなどで暖をとっていた（見学に連れて行ってもらってびっくりしたのだが、地下や山に坑道を掘っての採掘ではなく、本当にそのまま地表で採掘ができるのだ。あれならば簡単だから石炭がたくさん使え

奉天　支配人社宅前にて　前列中央に義利、その右に多け乃（1935 年）

るわけだ）。学校では一時間に一回、空気の入れ替えで窓を開けよと授業中にベルが鳴って一斉に窓を開けることを習慣としていた。窓から入ってくる空気の寒いことには閉口した。正に初体験の寒い寒い土地だった。

奉天に到着してママや春やが心配していた理由がよくわかった。今度の社宅は、食堂と台所が、まるでカウンター式の居酒屋か安いバーのような作りで、広く長い廊下状の食堂からはコックが料理を作ったり、皿を洗うのがよく見える全く落ち着かない間取りだった。コックが働いている頭上の天井がバルコニーのある二階の床になっていて、社宅入口のロビー広間の脇にある階段を上がると、その二階のバルコニーのところに行くことができ、後方にはいくつもの部屋があって、それが娘たちのベッドルームになった。

六角形のとんがり帽子屋根がある玄関ロビーの洋間（応接間）には上海で買ったモートリーのピアノを入れ、応接間兼ピアノのレッスン室とした。一階にはその他に日本間、バスルーム、トイレなどがあった。二階の屋上がベランダになっていたのだが、雨水がぽたぽたと漏れ落ちてきて困った。このような造りの家は、ロシア式なのか支那式なのかは知らないが、その長い広い廊下のような食堂の天井の高さは十メートル以上はあったように思う。前の支配人は家族が内地にいたので、この社宅を使用せず、別のところに住んでいたらしい。だからあまり手入れがされず荒れていた。

「パパ、これじゃどうするの」

「大工に少し手を入れさせれば、一週間もあれば仕上がるよ」

本当に一週間で仕上がった。二階は南側まで天井が延びて新しい窓ができ、三姉妹の部屋はその南側にあった。今までの食堂の壁も延長されて北側にはコックや中国人のボーイの部屋が造られて窓ができ、北側にも階段が設けられた。下では五、六十人食べられる広い食堂が台所と完全に壁で仕切られ、食堂のドアの両側には新しく洗面所、トイレが設けられた。

その後日本間も修理し、ベランダも雨漏りしないように手が入った。

春やが「パパ本当にすごいね。二週間で私の部屋まで修理しちゃうんだもの」と感謝感激雨あられという感じだった。今改めて思い返してみると、改造は結構大きな工事だったが、最大の変化は、大食堂に天井を造って食堂と台所の境に壁を設置したことだった。こうしてコックが客の前で料理を作る落ち着かない方式は終焉した。家族全員六人の毎日の食事の時は、大食堂の中央に丸テーブルを置いて食べ、昼間ママと春や二人だけの食事は、日本間の方に持って来させていた。

奉天の女学校への転校は、私は四年生の一学期の初日から、メイちゃんは二年生、愛チャンは小学校四年生編入を学期の初めから予定していたにもかかわらず、この社宅改造のために毎日の生活がめちゃくちゃになり、結局三人とも一か月近く学校を欠席してしまうことになった。

私が転校した浪速高等女学校は、通学した学校の中では校舎が最も大きく立派で、最大規模の学校だった。校庭も広く、正式な競技用のスケートリンクが設置でき、プールもあり、バレーボール、バスケット、テニスなどのコートが何面もあり、秋になると校庭の落葉の掃除が大変だった。でも時々その落ち葉である焼き芋はとても美味しかった。

テニスコートのスケートリンクで滑る義利
(1936年冬季)

そのスケートリンクだが、全校生徒総出で外側には楕円形のスピードスケートリンク、真ん中にはフィギュアスケートのリンクを手分けして上手に作りあげた。校庭の土を鍬のような道具で均等に引っかいて三十センチほどの深さの広い平らなお盆

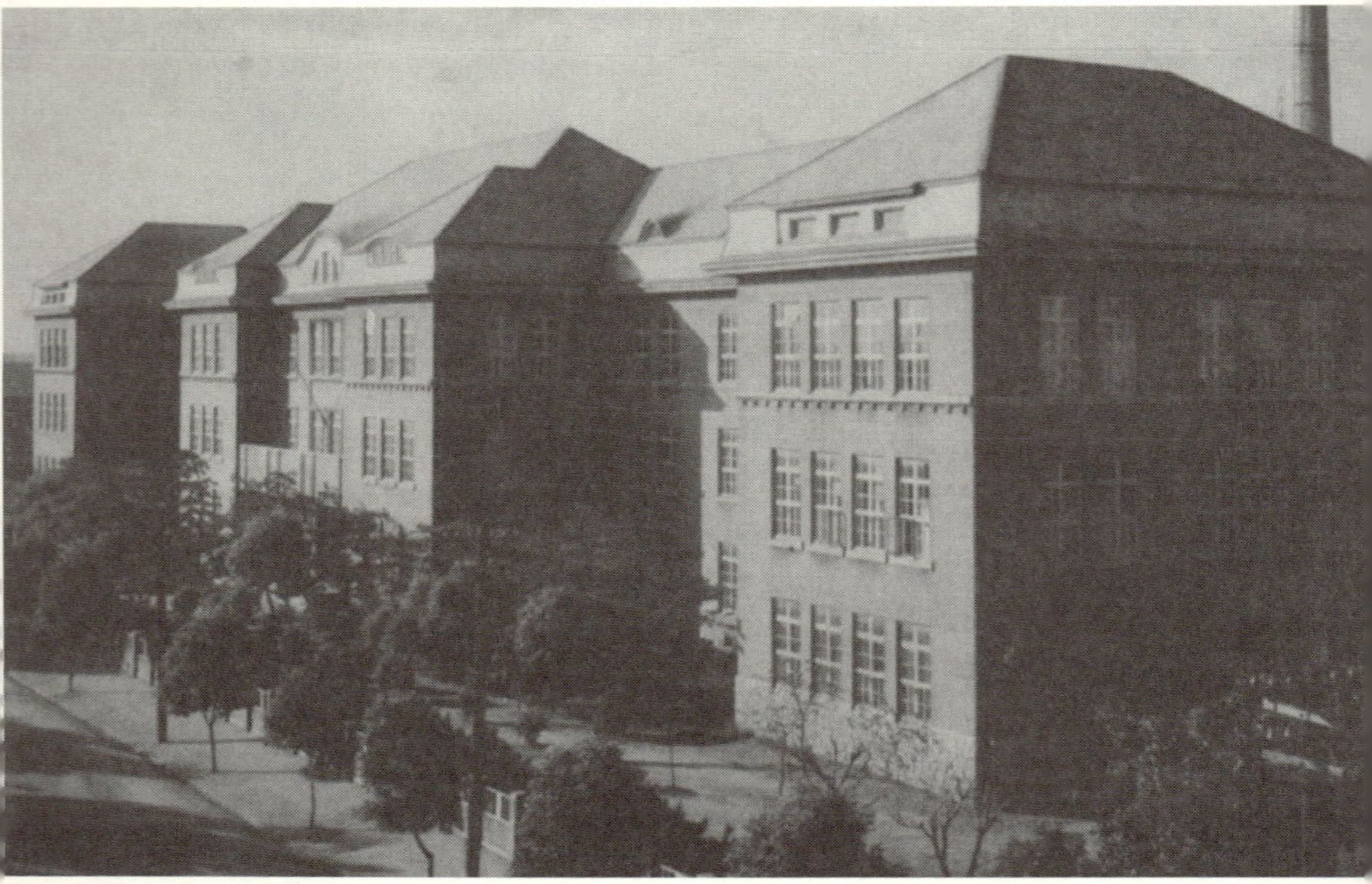
奉天浪速高等女学校校舎

型の池を造り、引っかき取った土で周囲に三十センチほどの高さの土手をこしらえる。外側にももう一つスピードスケート用のレーンの土手も作る。そして夜の内に専門業者が水を撒くと、朝には立派なリンクが出来上がっているというわけだ。大連では周りを木枠で囲って水を張ってリンクを造っていたが、奉天では毎年本格的なリンクを全校生徒で造るのが恒例だった。土がまだ凍らない時期にスケート場造りが行われる。皆手慣れたもので瞬く間に仕上がる。そしてそのリンクでの練習が実って浪速高女からは日の丸をつけて冬のオリンピックにも三名が出場した（ヒットラー時代）。スケートは北国奉天のメインスポーツで、正金の社宅の庭でも大連式に木枠で囲うリンクが造られ皆が滑っていた。
浪速高等女学校の校舎は天井が高く（内地の学校の二倍はあった）、四年生の教室は四階にあったので、私は慣れない階段の上り下り（実質八階分の上り下り）のためかどうかは知らないが、移動性盲腸になってしまった。病院での検査の時、白いバリウムがどうしても飲めなかったら、医者が「ちょっとグリーンにしましょう」と茶の湯用の抹茶を少し入れて無理矢理に飲まされた。それ以来だ。すっかり抹茶が嫌いになり、お茶のお点前はいつも拒否していたので、ただの一度もしたことがなく、全く作法も知らなかったから先々困ることになった。

今日は二〇一五年（平成二十七年）九月十一日。九月八日から台風十八号の影響で日本列島各地では豪雨、崖崩れ、竜巻、河川の増水、洪水、停電があり死者も出て、テレビは一日中警報の報道をしていた。本当にまたたくさん運の悪い人が増えてしまった。現在九十五歳になる私が運命論者になったのは、昭和二十年五月二十九日、米軍Ｂ29六百機による横浜大空襲を命からがら生き延びた経験からである。今回の悪天候で不運な死に見舞われた人々には心からご冥福を祈るばかりである。悪天候の甚大な被害に心を痛めていたら、十二日（木）五時には東京で震度五弱を記録する地震があって早朝からびっくりさせられた。

運が悪いと言えば、私が転校直後の一学期に患った移動性盲腸は、その後一生、悪運の原因になってしまった。当時の私にとっては転校自体が一大事であり、しかも社宅改造、盲腸と学校に行けないことが続いて、一学期の成績はまたびりになってしまったのだが、この時の盲腸の顚末はそれだけでは終わらなかった。結婚をして次女が生まれた直後のことだ。古い盲腸に火がついて急性盲腸になり（昭和三十年）手術をしたのだが、医者が「お子さんは二人できたからもう子宮はいらないでしょう。子宮がんにでもなると大変だから盲腸と一緒に子宮も取ってしまいましょう」と、なんと子宮も切り取られてしまったのである。今考えると考えられないような乱暴な話だが、当然三人目、四人目の子供は産めなかった。一生の不覚だと今は思っている。

九十五歳になり、長女宏美に介護をしてもらっているが、彼女は独身で現在一時間外出することもままならない日々を送り、私の世話のためにへとへとになっている。共倒れ寸前の状況で気の毒でならない。もしも昔のような大家族だったら、時々は交代してくれる兄弟姉妹がいたかもしれないのに、などと一人勝手なことを考えている。

「光陰矢のごとし」月日の過ぎるのは本当に早い。昭和十二年（一九三七）一月、父はインド、カルカッタの支配人に任命された。私たち六人は二月四日、雪の降っている寒い寒い奉天駅に別れを告げた。プラットホームは満員でごった返していた。小学校や女学校の先生方や友達、婦人会の皆さん、父が関係していた財界人たち、軍人たちが別れの挨拶に来てくれていた。

「お元気で！」

「お元気で！」

汽車がシュッシュッ、ガタンゴトン、ガタンゴトン大連方面に南下して行く。春やが言った。

「パパすごいねえ」

シュッシュッポッポッ、シュッシュッポッポッ、汽車は広野を突き切っていく。大変だったが浪速高女の楽しい思い出だけが頭に残った。

昭和十二年正月休みが終り三学期が始まって、学校がいちばん多忙になった頃のことだった。五年い組受け持ちの東儀先生が、先生方に相談を始めた。

「ちょっと聞いてくれ。正金銀行の今川さんの奥さんが今日事務室にやって来た。ご主人、インドのカルカッタへ転勤らしい。二月四日に奉天を出発するのだそうだ。御主人はすぐインドへ行き、三人の娘さんのうち、小学五年生（愛）と中学二年生（万里）は三学期が終わるまで横浜の学校に転校するとのことだ。問題は私が担当している五年生の和子の事だが、卒業か退学扱いにするのか、残って勉強を続けるのか、卒業アルバムの写真ももうできている。クラス委員をしている娘なのだが、いったいどうしたもんだろう」

「成績は五番以内だ。日本の女子大受験希望者ではないが、タイプライターも勉強していてタイプ打ちは早い。生け花は先生がセンスが良いと褒めていた。茶の湯はしていない」

音楽の堀先生「毎週一回ピアノのレッスンをしにお宅に伺っていますが、学校では歌の伴奏をしてくれているし、秋の音楽会の時はベートーベンの悲愴ソナタの三楽章を独奏してなかなか上手です」

「でも校長先生、卒業証書はまだできていませんし、一枚だけ先に作るわけにはいきませんよ。出席日数も不足だし、卒業試験も受けていないし、駄目ですね、卒業は無理ですよ」

田中先生「卒業制作の絹物の合わせの着物を仕上げないと点数はつけられませんよ。全員篦台《へらだい》と生地を学校の戸棚に入れて、卒業までの時間内に作り上げるのが成績になるのですから、無理ですよ」

「だけどね、今川さんのお父さん、正金の支配人で若いがなかなかのやり手のようだ。半官半民の国策銀行だから、今度インドに向かうのも、インドの中立を希望しているお国のためらしいよ」

「寄宿舎は満員で入れないから、和子さん一人奉天に残ることもできないですね」

「それじゃあ出席日数は少々不足ですが、卒業させることにしますか。卒業証書は東京の大学へ留学する人にでも持たせて、横浜で渡してもらうことにしましょう」

「着物は正金の奥さんが誰か仕上げて提出させてください。一週間で立派に仕上がるでしょう」

先生方が次々と意見を言って、私の卒業の扱いが決まるまで実に大変だったと、終戦後に再会した先生方から話を伺った。

奉天を出発した我々の乗った汽車は南下していたが、北に走れば満州の首都である長春、さらに北へ行くとハルピン、ここはほとんどロシア領の町と変わらない様子の都会である。なるほど、今思い返すと大連はまるで日本の内地の延長だったが、奉天は当時ますます大都会になりつつある新興都市で、満州国の中心部にあった。その辺りで奉天浪速高等女学校は唯一の高等女学校だったから、競争がとても激しかった。立派な近代的な校舎を持ち、先生方も立派な人格者ばかりだった。周辺地域から来ていた生徒たちはみんな日本から渡満した金持ち、エリートの子女で秀才が多く、そうした生徒のために寄宿舎も完備されていたのだが、寄宿舎入居希望者が多く激戦だったのだ。

一方では、開墾のために内地から満州に渡った多くの貧農の出の人たちは、こうした世界とは全く無縁の困窮の生活をしていた。田舎に住み、コーリャン畑で働いている人の子供は絶対に入れない、まるで別世界の女学校で、私は本当に申しわけなく、コーリャン畑を通るたびに複雑な思いがしていた。

ジリジリリンリン、出発のベルの音が鳴り止むと汽車が動きだして、今でも人々の顔が目に浮かんでくる。プラットホームには先生方や親友たち、正金の面々、ロータリー会員の人々がいた。

そうそう、そう言えばロータリークラブには閉口した。パパは正金銀行の支配人ということで奉天でロータリアンだったのだが、やはりロータリアンの娘で、女学校を既に卒業した二十歳ぐらいの、ロシア人の先生に習ってバイオリンのうまい人がいて、ロータリークラブの会合でバイオリンを披露することになった。そして嫌だったのに、その伴奏を私がすることになってしまったのだ。曲はブラームスのハンガリアンラプソディだったのだが、速くなったり遅くなったり、曲の緩急が激しいことで有名な曲だ。ロシア人の先生の家で二、三回練習をしたが、先生の言うことはロシア語でちんぷんかんぷんだったし、この程度の練習で呼吸が合うわけがない。案の定本番はさんざんだった。それ以来私はすっかり本番恐怖症になってしまった。

芸大を卒業した音楽の堀先生は、音楽会を熱心に開催する先生だった。そして私は気が進まなかったのに、合唱や独唱者のピアノの伴奏をよくさせられ、独奏もさせられ本当に困った。当時奉天にはロシア人のピアノの良い先生がいて、浪速高女の生徒たちが大勢習いに行っていた。だからとてもピアノが上手な生徒が多かったからなおさら嫌だった。本番ではいつも「ミス」をしてだんだん上がり癖がついて自信がなくなってしまい、これには一生困った。中の妹万里は音楽ではなく絵（油絵）の方へ進んでしまったが、下の妹の愛はピアノがとても上手で頭もよかった（愛は終戦後フルブライトでアメリカへ音楽留学した）。

ソプラノ歌手三浦環が大講堂で半日オペラ公演をして、マダムバタフライを歌ったこともあった。それは私が最初にふれたオペラというものだったのだが、何よりもその凄まじい大声にはたまげてしまった。よくもあんな大声が出るものだと本心からびっくりしたのをよく覚えている。音響効果も考慮されていない学校の大講堂を震わさんばかりだった。

まあそれでも短い学校生活だったがいろいろ楽しかった。

汽車の中で腰を下ろし目を閉じると、ぐるぐるといろいろなことが頭に浮かんできた。四年生の二学期からは階段の上り下りにも慣れ、成績もよくなった。それにしても卒業扱いにしてくれたことには一生感謝した。何しろ四年生の時は二学期と三学期、五年生は一学期と二学期しか出席できず、出席日数が不足した、卒業試験も受けずという生徒だ。昭和十二年の十三回生として卒業生にして下さり、それからの長い人生の中でこれを学歴にできたことは、日本に帰ってからのその後の私にとって様々な場面で決定的にありがたいことだった。

汽車に揺られながらしばらくすると私はぐうぐう寝てしまった。なにしろ疲れていた。昭和十二年頃は段ボールなどという便利なものはなく、荷造りには一立方メートルの重たい木箱をつかい、種々雑多なものを詰めて作る。私と春やが荷造りの役目をした。パパとママは毎日お別れパーティに出かけていた。家族と同居している行員の社宅が別の広い土地にあり、やれスケートだ、麻雀だのつき合いで、ママは知り合いも多かったから連日お別れ会があり、パパはパパで奉天各界の人々とのお別れパーティーがたくさんあり、二人とも超多忙だった。

万里と愛はまだ子供で何でも箱に入れたがる「オジャマ虫」だったが、春やと私は不眠不休で重い木箱をたくさん荷造りし、二人ともへとへとになっていた。出発直前は家族六人共それぞれにくたくたでボーッとしていたことを思い出す。

「ママ、ドルフ（軍用犬シェパード）やピアノはどうしたの」

「貨車の方です。チビ（子犬二匹）は差し上げました」

「汽車も船も動物は檻《おり》の中でちょっと可哀そうだけれど、横浜までは近いから大丈夫よ。以前住んでいた台町の山の反対側に、兄さん（義人）が真木のおばあちゃんといっしょに家を借りたから、愛ちゃん、メイちゃんの三学期が終わるまでは、狭いけれどそこで皆で暮らしましょう。兄さんは犬が好きだし」

「パパはすぐにカルカッタに行くから、お前たち四人は後から貨物船でインドに来ればいいよ。ピアノは持って来なくていいぞ。向こうで借りよう。和子、荷造りのプロ、よろしく頼むよ」

その後パパは本当にすぐにカルカッタへ行ってしまった。私は心中、正金ていったい何様よ！と憤慨していた。

ママと三姉妹ふたたび横浜へ（昭和十二年二月〜六月）

奉天から横浜に帰国し、パパがインドへ出発した後、ママと三姉妹、春や、犬のドルフは、兄が借りた小さな面白い設計の家に入った。その家は、東横線の反町駅に近く、丘の上から見るとちょうど以前に住んでいた台町の家の反対側の崖下にあった。真木の祖母ふくさん、叔父の小太さんも同居するのでぎゅう詰め状態だった。

どのような家かというと、まず一階の中央部から二階の天井、屋根の上まで、だるまストーブの煙突があり、二階の中央部は広く四角い穴が開いていて二階からは一階がよく見渡せた。ちょうど長方形の大きな音楽会の会場の二階席のようなものを考えてもらえればいい。二階のいちばん前の席の前には足下から一メートルほどの高さの手すりがぐるっとあって一階がよく見える。当時の日本の住宅としては実に変っていたが、住んでみると案外住みやすかった。屋根の真ん中に煙突のある、当時のある建築家の設計になるモダンな住宅だった。一階はストーブの土台が真ん中に陣取っていて、全体が板張りの床で、東側にある階段を南から北へと斜めに上って行くと二階。家の西側は壁と明かり取りの窓、南側は一階、二階と仕切りはあるが、桟の入った大きな窓が一面にあり、一階の北側にはトイレと風呂、台所が並んでいて、頭上には階段と小窓があった。

二階は手すりつきの細い縁取りの板敷きの他は、すべて間仕切りなしの畳敷きになっていて西側には畳が六枚並んで敷いてあり、枕を並べて六人寝られるところに、ママと三姉妹、簞笥で仕切って春やが寝た。北側には三枚の畳が縦に細長く並んでいて、そこには真木のふくおばあさんが簞笥で仕切って寝ることになった。日当たりは朝夕に少々という感じの崖下には庭があったので、その庭にドルフの小屋を作った。小太さんは東京美術学校へ通っていたので、東京の方に泊まって家にはいないこともあったが、居る時にはかならず階段の下に布団を敷いて寝ていた。

慶応大学の日吉校舎に通学する兄は、私たちのためにこの家を探して待っていてくれたのだが、反町の駅までは彼の足なら歩いて七分というところか、そこから日吉までは東横線で一本だった。沢渡の神奈川学園にも歩いて一〇分ほどのところにあった。

「和子、メイちゃんを佐藤学園長の奥様のところへ連れて行って中学二年生の三学期と三年生の新学期だけ神奈川学園に入れてくださいと頼んできなさい」とママが私に言う。

「チャコちゃん（久子）のママのところに？　私で大丈夫なの？」

「大丈夫。ママは愛ちゃんを公立の青木小学校へ連れて行って手続きをしなければならないから、あなたが行ってらっしゃい」

精華小学校の時のクラスには学園長の末娘である佐藤久子さん（チャコちゃん）がいて仲良く

なっていた。人気者で毎日お母様が見学にいらっしゃって窓からのぞいていたこともあり、いつの間にか母とも親しくなって、その後佐藤家と今川家は一生仲良くつきあうような関係になっていた。こうして私は半分浮き浮きした気分でメイちゃんを連れて、母校へと出かけた。佐藤学園長や先生方全員が、

「今川さん、いらっしゃい。よく無事に帰国したね」と口々に迎えてくれて、メイちゃんも無事編入させてもらえることになった。

今更ながら昔はのんびりしていて現代より人情がよかったと思い出しては感謝している。

二月に帰国して台町の生活にもだいぶ慣れたころ、

「和子、もうそろそろ和服を着なさい」

「どうして。洋服が簡単でいいよ」

「娘はちゃんと着物を着ていないと駄目ですよ。夏はアッパッパでもいいけれど」

「でも、インドでは洋服だと思うよ」

「それはそうですけど、女学校を卒業したら職業婦人ではない娘たちはみんな着物です。二、三着買いましょう。大連、奉天の内地留学をする同窓生だってきっと全員着物、袴だと思いますよ」

「ああそうそう、この間、精華小学校からフェリス女学校へいった卒業生の柴田さんと稲荷さん、振り袖姿で親善大使として船で中国へ出発したわ。見送りに行って驚いたけど、各女学校

の卒業生たちが全員振袖姿だった！」

「それごらん！」

こうしてママと私は伊勢佐木町の松屋に着物と帯など、和服の冬物と夏物を上から下まで揃えて注文した。女学校時代はセーラー服かスーツ型の衣服を着ていた。おまけにスカート丈がひざ下十センチなどと細かい規則があって、長くして叱られたり、運動の時間はブルマーと半袖の白シャツ、黒長靴下など、各校とも色々決まりがあった。


思えば、女学校時代は本当によく歩かされたものだった。県立では毎年一回、例えば横浜から橋を渡って東京まで行くなど、てくてくと八里歩く大会があり、川を越える橋の近くなど、五か所に通過記録の地点があり、最後は全員へとへと、足に豆が出来たり、筋肉痛で歩けなくなる生徒が多かった。大連の神明女学校の時も、全生徒に学校の校庭の外側を毎日ぐるっと回らせて歩く力をつけていた。こうしてみると私が通学した昔の学校は、どこも生徒たちに「歩く力」をつけることを教育の基本としていた。これは戦争中大いに役立つことになった。戦争末期、米軍の空襲で電車、汽車、バスなどが全部不通となってしまった時、横浜の山手から一日中歩いて池袋まで行ったことがあったが（昭和二十年）、戦争中はどこへ行くのもよくてくてく歩いたものだった。そしてあの当時は、七十年後の自分が一歩も歩けなくなっているとは露ほども考えなかった。「あーあ、老化老化老化！　五体全部老化！」

着物と帯が松屋から届くと、口ではぶうぶう文句を言いながらも内心は嬉しかった。大連で正月にちょっと着ただけで、着物はそれまでほとんど着たことがなかった。毎朝、ママと春やが着付けの特訓をしてくれた。

「和子、ほらほら左前！　駄目駄目！」

「ほら、腰骨の上でおはしょりはきちんと！　それじゃ駄目、下前を少し上げて！」

「襟下をもっと上手に合せて！」

両手でびんびん引っ張るの、袖がどうの、首がどうの、手がどうの、何やかや、やれやれ一人前に着られるようになるのは、とても大変だった。なかなか慣れない。着物を着る時の用意は下の方からすること、足袋から順に上の方へ着る物を揃えておく。上手に着られるようになるまでに一か月かかった。

四月になって大連、奉天の女子大学留学生たちと会った。ママの予言通り、全員が和服姿だった。思い出話に同級生の結婚のニュースが多いので驚いた。早婚の時代だった。卒業証書を持参してくださった森田民子さんは、東京女子大学の寮生となっていたので、大学へ遊びに行って証書を受け取り、あの時は同時にクラス会もして楽しかった。

考えると昭和十六年（一九四一）十二月八日の日米開戦以降はもんぺ姿になってしまい、敗戦後は洋服着用になったので、着物は、人生の中で頻繁に着ていたのは唯一この時期だけだった。私だけでなく、やがて着物は若い人にとっては特別の日にしか着ない、特別な仕事、特別な教室の人などが着用するものとなっていく。美しい着物は日本の文化だ。大切に守り、作り続け長く大事にしていきたいものだと思う。私の世代の森田さんたちがいちばん最後に着物姿で通学した女子大生である。

大連の同級生とは、映画話に花が咲いた。当時の女学校では映画館は出入り禁止だったのだが、その代わりに一カ月に一回、先生同伴で全校生徒を交代で映画館に連れて行ってくれ、いろいろな映画を見せてもらった。だから日本物、外国物共に名画はほとんど見て知っている。ちゃんばらから制服の処女、ゲイリー・クーパー、シャーリー・テンプル、片岡千恵蔵、チャップリン、今でも思い出しては楽しくなる。

神明女学校の旧友とは映画の話ばかりをしていて、ついに先生方や他の親友のことは話す時間がなくなってしまったことを今でも覚えている。それと比べ、最近のテレビドラマは（平成二十七年十月）、まあたまには面白いものもあるにはあるが、つまらないものが実に多い。

カルカッタ出発まで時間がなかった。荷造りやらなんやらで慌ただしくするうちにあっという間に時が流れた。それでもその間、ようやく自分で着られるようになった着物を着て、西洋刺繍を習いに行った。

インドへの出発

昭和二十年五月二十九日午前九時、米軍のＢ29による大空襲で横浜全市が火の海となった。だが不思議にも高島台三十七番地のあの煙突の家は、全く無傷で延焼を免れ、真木の祖母ふく、春や、ピアノ、置きっぱなしにしてあったいろいろな品物や犬のドルフを守ってくれた。今になってみるとあの時あの家が焼けずにいたからこそ、こうして百年前の写真や手紙がたくさん残っていて、思い出を書くのに大いに役立っている。

パパがどのような状況でカルカッタに着任したのかは知らない。何しろあの時は、パパに続いて出発する私達自身のインド行きの準備の方がずっと大変だったのだ。正金銀行の用度係の人が、毎日のようにママのところへみえて相談していた。

「和子、カルカッタ行きの客船がないんだって。この時期客船は皆シンガポールで英国船乗り換えになるらしいよ。でも乗り換え手続きは女子供だけじゃとても無理だって。貨物船なら直行便があるのだけれど、客室は一つしかないし荷物第一で、人間は「荷の次」だからなかなか取れないかもしれないって。今川さんは正金では家族同居主義者で有名だけれど、今度ばかりは中止にしたらどうですかって言うのよ。和子、どう思う？」

「それに春やは留守番だし、メイちゃんと愛子は学校だし、ママはおばあちゃんのことや留守宅のことでいろいろあるから、荷造りや通関や諸々の手続きは和子、あんた一人で何もかもすることになるんだよ。郵船でも貨物船に女四人の乗客は初めてのことで困ってるらしい。ママは船に弱いしね」と言う。

「私は大丈夫だよ、力持ちだし。インド、面白そうな国だから興味ある。皆で行きましょう！」と一大決心をした。

当時はもちろん段ボールの箱などという便利なものはない。またまた荷造り用の一メートル立方の大きな木箱に、壊れないように上手に、すべての品物を詰めなくてはならない。これだけでも実に大変な仕事だった。愛子とメイちゃんの学力が落ちないように女学校卒業までの全教科の教科書、参考書などを入れて、やれやれと思っていたら、夏物だけでいいと思ったカルカッタの冬が実は涼しくなり、ちょっと山の地方へ行くと寒いから、ということで冬物も入れるはめになってしまった。そしてようやくのことで、全員の冬物を詰め終わったと思ったら今度は、正月には領事館の祝賀パーティーで奥さんたちは着物、娘さんたちは皆振袖を着ると言うではないか、「ダアー」となってしまった。仕方がないので箱に着物を入れていると、愛子とメイちゃんが来て、あれもこれもと色々なものを入れたがる。ママは残していくふくおばあさんや兄さん、ドルフのことなどを考えてはボーッとなっている。そうこうしているうちに、また正金銀行の用度係の人がみえた。

「和子さん、船がありました。錫蘭《セイロン》丸です。郵船の方で女四人乗船のＯＫも出ました。六月十日までにパスポートを取って、イギリス領事館でインド行きの渡航許可を用意してください。出港の日は六月半ばだということですが、はっきり決まったらまたお知らせします」と私に発破をかけ、「木箱の荷物は正金の地下室に持って行っておきます。通関の時は税関でちょっと立ち会ってくださいよ。では和子さん、また来ます。失礼します」と帰ってしまった。

そこでまず、私たち三姉妹の写真を用意した。和子は着物姿、万里は神奈川学園のセーラー服、愛子は子供服で手には大きな人形を抱えている写真だ。生まれた場所が皆違う。和子は水戸、万里はロンドン、愛子は上海、人形はフランス。母のパスポートやビザ用の写真は、以前に写したものがあった。

「へえー面白い。正金銀行員の家族らしいね。ご挨拶にいったら大久保頭取が、インドの次はオランダ領のバタビアかもしれないとおっしゃっていた。パパは本当に忙しいね」

私はこうして、できたての写真を持って、パスポート申請のために役所へ赴き、山手のイギリス領事館へと足を運んだ。フェリス女学院を受験していたので、山手の土地勘は少しはあった。昭和十二年（一九三七）六月十日、ようやく大日本帝国パスポートを入手。六月十四日にはイギリス総領事館からイギリス港経由のインド渡航許可が下りた。私たちの荷物は既に船底に積み込まれていた。

インド行きの大日本帝国パスポート　多け乃の次のページに三姉妹（1937 年）

ところがである。なぜか六月半ばになっても船はいっこうに出港せず、昭和十二年七月七日、支那事変が勃発してしまったのである。さあ、大変、出発できなくなってしまったのではないか。おまけにこのセイロン丸という船は、すぐさま帝国陸軍に徴用されてしまった。もうすでに船底に積まれていた荷を載せて、民間貨物船直行便として最後の、カルカッタ行き航海に出発してくれるのか。しかも私たち女四人をのせて航海してくれるのか、くれないのか、あやしい雲行きになってしまったのだ。

　私は支那事変が勃発してもインドに渡航させてもらえるのかどうか、を聞きに山手のイギリス総領事館に出かけた。直接イギリスと宣戦布告をしたわけではないので、出発は問題ないとのことだった。よかったあ。

　七月十日になってようやく船の出港が、一か月遅れの七月十五日に決まった。用度係のおじさんが「和子さん、客船と違って出港の銅鑼《どら》などはないし、出航時間は貨物が積み終わって甲板のハッチが閉まり次第だから、乗り遅れないようによくよく注意してください。何も知らせがないうちに船は沖に出てしまうんですからね」と言うから、もう本当に気が気でなかった。

台町とも「サヨナラ」だ。

「船は何時に出港かわかりませんが、とにかく今日の午後出港だそうです。身の回り品を持って乗ってください」とおじさんが言う。

「見送り人は入れますか」

「駄目です。入れません」

貨物船だから煙突にも郵船のマークはないし、煙突も船体も真っ黒なのだそうだ。それでも五千トン級で、船ができた当時は、日本最大級の貨物船だったらしい。客室は一室のみ。女四人だけの乗客などというのは前代未聞、最初で最後だろうという話だった。船長以下船員全員「驚き桃の木山椒の木」だったらしい。祖母ふくさんや春や、三九郎さん（商大生）、利光さん（歯科大生）、小太さん（美大生）など叔父たちと兄義人（慶大生）の面々全員が集合していたが、タクシーに乗るところでバイバイだった。

「ドルフ元気でね。おばあちゃん、春や、泣かないで！　すぐに帰って来るから」

「バイバイ、バイバイ！」タクシーの別れは早くていちばんよい。

横浜港のセイロン丸は、まだ荷物をガラガラと積み込んでいる最中だったが私たちはすぐに乗り込むことにした。喫水線と、船長の航海室への階段の手すりだけが白かった。船はカルカッタへの最後の商船航海だというので内地の方々の港に寄港し、たくさんの貨物を集荷しながら、九州で石炭を腹一杯に買い入れて、長崎を最後にシンガポールへ向かうと言う。まるで大きな黒ヒヨウのような感じの船だった。ガラガラと音がすると、用度係のおじさんの声がした。

「皆さん、早く早く！」

「おじさん、どうもありがとうございました。皆さんによろしく」

「バイバイ！　今川さんによろしく！」

「バイバイ！　バイバイ！」

港ごとに大きく名前が書いてあるわけではない。どこだかよくわからなかったが、太平洋側のどこかの港に泊まるたびに集荷で二、三時間から一日かかった。大阪、神戸港などでは船員の交代もあったようだった。今では市町村合併で町がなくなってしまっているが、当時は石炭産業の村として有名だった九州、崎戸の港。たくさんの石炭買い入れで一日中停泊するという。

「今川さん、今日は船が一日中ここに泊まっているから、上陸して町でも見物してきてはどうですか」と船長が勧めてくれた。

「鉱夫には悪い人もいるから、充分に注意してください」

港には矢場があり、生まれて初めてだったので面白く見物した。たくさんの女鉱夫が汗水たらして働いていた。まるで別世界のできごとのように感心して見た。女なのに皆とても力があった。

長崎港でも船は半日泊まったのだが、長崎の正金銀行支配人の奥様が、丘の上の西洋館でランチを御馳走してくださったことが今でも印象に残っている。その時は知らなかったのだが、戦後になって「ああ、あれがグラバー邸だったのだ」と知った。

結局セイロン丸は日本各地の方々の港に寄りながらずいぶん時間を費やした後、当時のパスポートによれば、シンガポール通過が八月十八日、ラングーンポリスの検印が八月二十四日、そして八月二十八日にはカルカッタのインド入国検印が残っている。あの時のインド行きは、七月、八月と足かけ二か月にまたがり、本当に長く長く感じられた記憶がある。

平成二十七年、十一月三日、「ああ今日は、主人浩の誕生日だった」と思い起した文化の日も過ぎた。それにしても近頃は祝日に日の丸を飾る家が全くなくなってしまった。スポーツで優勝した時だけは君が代が歌われ、国旗を掲揚するが……。私としてはちょっと寂しい。オリンピックが開催されるのだから、祝祭日には家々で国旗を飾った方がよいのにと思う。

テレビを見ていると、スポーツが花盛り、十一月八日のパリ、マスターズテニスの決勝は世界ランキング一位、セルビア人のジョコビッチとイギリスのアンディ・マレーの対戦となり、ジョコビッチが順当に優勝した。日本の小柄な錦織はなかなか勝てない。見ただけで体力差歴然で、相手は八十の力で戦っているように見え、錦織は頑張って百二十の力を出しているかのようで、怪我がめっぽう多いのは気のせいだろうか。

セイロン丸は昭和十二年七月長崎港を後にした。支那事変がどのような展開になるか分からない中、上海、香港、台湾など各地の港で荷の積み下ろしが行われたはずだが、私達女は上陸しなかったからパスポートには通過スタンプがない。東シナ海、南シナ海、天気はよいが波が高く、例によってママは毎日げろげろ。船員たちは女の客が珍しいので全員が三姉妹にはとても親切で、デッキでよく遊んでくれた。

食事は船長、事務長など、上の方の人々と同席だった。本当に楽しかった。

「いよいよ次はシンガポールに着きます。上陸もできますよ」その時はパーサーが町を案内して下さると言う。

シンガポールで上陸すると、まるで船の上にいるように足元がずっとふらふらした。市内見学をした後、ゴム園を見学した。毎日ゴムの木の樹皮に切り込みを入れて樹液を集めゴムを作るというので、大変な仕事だとすっかり感心してしまった。

八月十八日、シンガポールを出港した後、マラッカ海峡に入った。

「今川さん、これから船員全員が甲板に集合して、テニスの佐藤次郎さんの慰霊祭を致しますから、皆さんも一緒にご参加ください」という。

私は当時、佐藤次郎さんのことを何も知らなかった。後で船長さんから話を聞いて泣いてしまった。錦織圭が八十一年ぶりに記録を塗り替えたと、このところ時折ニュースでも佐藤の名前を聞くが、誰もその最期は語らない。

佐藤次郎は一九三〇年代にグランドスラムベスト4に五回進出して国際的にも大いに活躍したテニス選手だった。正にこの準決勝敗退五回を、当時二十六歳だった彼は天皇と国民を失望させた屈辱とみなしたらしい。デビスカップ帰りのマラッカ海峡で、箱根丸の甲板から投身自殺してしまったのである。船員が全員一列に並び、日の丸の半旗が掲げられた中、汽笛が「ボー、ボー、ボー」と三回悲しげに響き渡った。戦争が始まる。たぶん今回が最後の慰霊祭だろう。

あの時の光景は今でも目に焼きついている。スポーツはスポーツらしく楽しむものであってほしいものだ。トップ選手に対する国民的期待が選手を押し潰すことがないようにと願うばかりである。

そして昭和十六年（一九四一）十二月八日大戦は開始された。日本は三国同盟で今回はドイツ、イタリー側となった。

さてまた現在に戻る。平成二十七年十一月二十五日 水曜日、今年最後の三連休が過ぎ、あっという間もなく、クリスマスツリーの輝きが行き、師走ムードとなった。テレビの報道は、このところスポーツの他、第一次、第二次世界大戦関連の番組が多い。三島由紀夫のベランダでの演説、抜刀自殺の姿、靖国神社のぼや騒ぎ。日馬富士が白鵬に負けても優勝。北の湖親方、原節子さんご永眠。いちばんショックな事件はパリのテロ騒動である。ロシア、ベルギー、トルコ、シリア、イラン、イラク、中近東、ギリシャ、マリ等々の一連のＩＳ事件で、まるで世界大戦寸前の状況と似通った状態となっている。

ロシアのプーチン大統領を相手にヨーロッパ各国のトップが会談し、日本、アメリカ、中国なども相まって、なんともごたごたとしていている感じで、思わず又戦争が起きるのかと考えてしまった。昔「七十年くらい平和が続くと必ずまた戦争商人が暴れ出す」と言われていた。そして名もない兵士を美味しい美味しいと食べるのだ。何卒心配が当たりませんように。

「今川さん、今日は一日上陸をして、ビルマのパゴダを見物に行きましょう。私がご案内しますよ」

「ワアーうれしい。ママはどうする?」

「奥さんも、船酔いには少し陸の上を歩いた方がいいですよ。大丈夫、船の出港までには戻れます。私と一緒ですからご安心ですよ」と星事務長が重ねて勧めてくれた。

昭和十二年八月二十四日、こうしてラングーンを見物した。上陸すると町中坊さんばかり、女の姿がなかったのでまずびっくりした。後で考えればそんなはずはない。暑い暑いでよく見なかったのだろう。

金色のシュエダゴンパゴダ、チャウタッジー寝釈迦仏を見学した。日本や中国では見られない金ぴかのとんがりパゴダと大きな足の仏様のやはり金ぴかの寝姿に呆気にとられていると、坊さんに裸足になれ、全員裸足で歩けと注意された。「靴下もだめだめ」というのでしかたなく全員裸足になる。「熱いよ、歩けない、やけどするよ!」パーサーが用意してきたビンから水を流して笑っている。靴と靴下をぶら下げて見物した。

「足の裏がじりじり熱いよ」

「ガードマンがいなくなったら、靴下をはきましょう」

ペタペタペタペタ、熱いし、慣れない裸足でなんとも気持ちが悪いし、金色のパゴダ、仏様の大足と共に、強烈に思い出に残る見学だった。サンキュー、ラングーン、グッドバイ。

八月二十八日に目的地、インドのカルカッタに到着した。当時カルカッタの正金銀行は、日本人行員は少人数で、現地のインド人行員が多かった。人種、カースト制の階級、宗教のことなどはよくわからなかったが、支配人の社宅の使用人は最も下層階級のメタ以外はネパール人が多かったような気がする。

到着すると、カルカッタの税関の中央に今川家の木箱が転がっていた。初対面の田辺さんが、挨拶もそこそこに、

「今川さん、これがお宅の荷物です。私は銀行に用事がありますから、和子さん一人で見張っていてください。よく見ていないと荷物をちょろまかされますからね。しっかり見張っていてください。印度語でだめだ、いけないと言うのは「アッチャネ、アッチャネ」です。じゃあまた後できますから」と、なんと帰ってしまったのである。母は具合が悪いし、妹たちはまだ小さい。私がたった一人で、そこらに雑然と散らばっている木箱の荷物全部の番をしなければならなくなった。不安で不安で心細いことおびただしい。必死だった。

税関の人は木箱をあけると、よい品物を次々につまみ出す。「アッチャネ、アッチャネ!」と叫びながら、私は彼がつまみ出したものをまた急いで木箱に突っ込む。暑いし、泣きたいし、どうしようもないし、ただただ「アッチャネ、アッチャネ!」と際限なく繰り返しながら、最後にはなんだかおかしくなって笑ってしまった。ようやく木箱の蓋がトントンと元通りに閉められた。やれやれ、何も取られなくて本当によかった。

すると検査が終わった頃合いを見計らって田辺さんが迎えに来た。「この国は男より女の人にやさしいから、うまく行った。よかったよかった」と笑っている。初めからこれが作戦だったの

かもしれない。おかげで「アッチャネ」はいっぺんで覚えた。

カルカッタに到着した後、セイロン丸は徴用船となり、民間の商船としてはカルカッタがいちばん最後の寄港地となったわけだが、家族の女四人を無事に届けてくれたことに感謝して、父が船長の菊池さん、事務長の星さん以下、機関長、一等航海士、船医、そしてデッキでいろいろ世話をやいてくれた主だった船員など七名を、荷を下ろしたり積んだりしている時間帯を見計らって、昼食に招待した。社宅の大理石の食堂で一緒に食卓を囲んだあの商船の船乗り幹部たち全員が、一緒に食事をしたことは初めてだと言っていた。確かに考えてみれば、船長が休んでいる時は一等航海士が働いている。食事は一緒にできなかっただろう。インドからの積み荷は軍用品、火薬用に使うカポックと麻布だという話をちらっとしていたのを覚えている。ネパール人のコックの作った日本料理、最後は必ず、二人に一つずつの鉄鍋にのせたすき焼きだった。そしてそのいちばん最後の残りをバター炒めにしてくれるのが、また一味違ってめっぽう美味しかった。あの料理に舌鼓を打っていた彼らは、その後いったいどんな運命をたどったのだろう。

私たちが乗ったセイロン丸は、日露戦争、欧州の戦争時に活躍し、支那事変では帝国陸軍の輸送船として、太平洋戦争突入後は海軍の船として働き、四十年の生涯を戦争の時代に捧げた船だった。大戦末期にパラオで積んだ四千トンのボーキサイト、台湾で積んだ三百トンの缶詰をのせたまま真っ二つとなって海底に沈んでしまったのだそうだ。不幸な最期を迎えた船だったが、ある意味戦争の時代を力一杯生き切ったのかもしれない。船と一緒に沈んだ方たちのご冥福を心から祈る。

インド

ハ〜ァ　見えた見えた〜よ　朝日〜ィをう〜け〜て〜
カンチンジュンガの雪の肌〜
ハ〜ァ　登る八千尺〜アク　ヒマ〜ラ〜ヤ〜鉄道
見降すクルション霧の海〜イ

（正金銀行行員　角南《すなみ》さん作「会津磐梯山」の替え歌）

誰かがヒマラヤ鉄道に乗ってダージリンへ山を見に行くと言うと、いつも陽気に歌っていた……。

インドはずっと英国領で、私たちが行った頃はとてもデリケートな時期だったけれど、それでも実際にはまだまだイギリスの植民地でしかなかった。北から南まで本当に大きなまるで大陸のような国で、寒暖の差がとても激しかった。私達が住んだカルカッタ（現在のコルカタ）は、十

ヒマラヤ山脈

一月ごろになると良い気候になり、十二月のクリスマス休暇には、在留邦人はこぞってダージリン方面へ出かけたものだった。

紅茶で有名なダージリンは、インドの東側にある西ベンガル州ダージリン地方の中心地で、ヒマラヤ山脈の裾野にある丘陵部、シワリク丘陵にある。平均の標高は約二、一三四メートルだそうだ。北方に世界第三位の高峰、当時カンチンジュンガと発音していた山が見える。

当時のダージリン行きの汽車、登山鉄道は、カルカッタの立派な駅ではなく、小さな専用駅から出発し、家族用のベッドのある個室と、使用人たちが使う別の貨車が各家族用に一台ずつ必ずついていて、使用人たちが鍋釜食器、食料品を全部携えて、そちらの貨車の方に乗って行く。

私たちの時も使用人が五、六人ついてきていたと思う。食事時になると、停まる駅々で主人家族のために食事を用意する。こんな鉄道の旅は初めてだったからとても面白かった。

食事の駅ではだいたい二時間ほど止まる。インド人、英国人、日本人、フランス人、いろいろな人種の乗客がそれぞれに連れてきた使用人たちが、プラットホームに降りて一斉に火を起こし、大きな鍋をかけ、いろいろな料理を調理し出すのだ。それはそれはにぎやかで見ていて本当に面白かった。ダージリンまでの二泊三日ほどの旅はこうして、毎回フルコースの食事が出た。美しい高原や村などの風景を堪能しながらの快適な旅で、中でもこの食事時の光景は一風変わった光景だった。客車のテーブルに、次から次へと調理済の皿が運ばれてくる。我が家でもコックと二人のコック助手がいろいろな食事を作って出してくれた。

客車のベッドルームは、トイレや洗面所のついた広々としたとても快適なもので、日本のような狭いこせこせした寝台車とは全く違っていた。真ん中にテーブルがあって、コの字型に三つのベッドソファーがあり、はしごで上って上にも寝ることができる二段ベッドだったから、家族五人でゆったりと過ごした。船の上とは違って水もたっぷり出た。こうしているうちにヒマラヤ鉄道は、八千尺登ってダージリン駅に到着した。

その頃のダージリンはすでに有名な避暑地であり、たくさんの英国人経営のホテルがあって、さまざまな国の人が泊まりに来ていた。

たいていダージリンに少なくとも一週間ほどは逗留して、いちばん天気の良い日を見計らって真っ暗な真夜中から山を登り、タイガーヒルという、ヒマラヤが広く一望できる丘の上まで行き、ヒマラヤの御来光を見るのが、大半の人々の目指すところだった。ダージリン駅から今度は馬に乗って山道を登る。当時は行き帰りでほぼ一日がかりの騎乗登山だった。

当時私は乗馬が得意で、妹たち、万里と愛子も馬には乗れたからそれぞれ一人で乗ったが、父と母は御者に手綱を引かれて、真っ暗な山道をおっかなびっくりゆっくりと登った。ダージリンの駅前から山道を、どんどん高度二千六百メートル付近まで登り（現在の行程は距離にして約十一キロメートル）タイガーヒルまで行くのだが、真っ暗な山道を馬は勝手知ったる道程らしく、実に慣れたものだった。

タイガーヒルまで登って、もしも万が一幸運に恵まれて霧が晴れていれば、太陽の出る瞬間、東はベンガル湾から、西はエベレスト、チベットまで一望できるのだ。

私たちが登った朝は、正に太陽が昇ってきたところでさっぱりきれいに霧が晴れた。するといきなりいちばん高いエベレストの頂きにぱあっと金色のダイヤモンドの王冠がついた。次に二番目に高い山、カンチェンジュンガと次々にぱあーっ、ぱあーっと王冠がついていき、ついにはヒマラヤ全山の頭の上にダイヤモンドの王冠の光が輝いた。それはもう最上の上天気の朝だけしか見ることのできない特別な光景なのだが、幸運にも私たちが行った朝は、正にその最上の光景を見ることができたのだった。延々と続く真っ暗な山道を馬に乗って登ってきた後、一つずつ山頂に王冠がぴかー、ぴかーと輝いていくさまは、この世のものとも思えないように神々しくなんとも例えようがない美しさで、その美しさ気高さに、もう本当に胸がいっぱいになってしまった。霧が山の下の方に行ってしまい、見渡す限りヒマラヤ全山がくっきりと見渡せた。東から西まで遮るものが全くなく、本当にすべてが冴え冴えと見えた。

あの時は本当に運が良かった。案内してくれた御者が、何百回に一回しかこんなに良く見える日はない、とてつもなく運がよいと言っていた。本当に感激してしまってものも言えなかった。ぴかーぴかーと光った後はそれぞれの山が七色に色を変えるスカートをはいていく。美しいスカートの色がだんだん濃くなり、だんだん裾を広げていく。けれどもそうした時間は三十分ぐらいしかなく、後はまた霧の海がすべてを覆いつくしてしまう。「本当に運が良かった」と会う人会う人みんなに言われた。何べん行っても見られない人は一生見られないのだそうだ。

ところどころの山道の途中の休憩どころ、タイガーヒルのてっぺんの小さな山小屋では、若い女の子たちが紅茶やコーヒーを振舞ってくれる。それが思い出してもおかしいのだが、自分のスカートの裾をさっと捲り上げて下着などで、誰か別の人が使った茶碗をくるくると拭いて、その茶碗に紅茶を注いでくれるのだ。無駄にする水もないので、茶碗は永久に回し飲みされているわけだ。母は「不潔だね」などと言って目くじらを立てていたが、そんなことは言っていられない。入れてくれた熱い紅茶か珈琲を有り難く頂いて飲む。私は紅茶を頂いたが何とも言えずに美味しかった。

山がきれいであんなに感激したことはなかった。冠をのせたお山が七色に色を変える虹の裳裾《もすそ》をまとってあっという間に霧の海に消え去って行った。こんなすばらしい景色を見たのだからもう、これで死んでもいいという気持ちにまでなって、馬に乗ってまたお山を降りてきた。それがダージリンとタイガーヒルの思い出である。

英国人はダージリンに避暑に行って何週間も泊まったりしていたが、正金にはそんな長い休暇

領事館正月パーティ 振袖姿の和子（1938年）

はないし、家族五人で英国の高いホテルに泊まったらそれこそ大変だったから、私たちはたった二、三日しかいなかったのだが、それでもこれが見られたのだから、本当にとびきり運が良かったとしか言いようがない。ダージリンでは散歩をして、珍しい高山植物、草花を取って押し花帳を作った。その押し花帳が今でも我が家には二冊残っている。ダージリンのホテルから見たカンチンジュンガの写真も、我が家の食堂の壁に今でも飾ってある。

カルカッタで一年中でいちばん気候がいいのは、秋の終りから冬の頃だと言ったが、その頃のもう一つの行事にカーニバルがある。各国のいろいろな商社などが、一つ一つ牛車に飾りつけをして街に繰り出す。正金銀行ではその飾り物に、クレープペーパーを針金にくるくると巻いて枝垂桜だの柳だの、いろいろな飾りを作り、若い娘たちがみんな振袖を着て町中を練り歩いた。面白かった。領事館では新年宴会もあった。

当時のカルカッタは大都市だった。カルカッタの正金支配人社宅は、ビクトリアメモリアルホールのある、カルカッタでは最も美しい一等地の一つ、英国人居住地の中にあり、その辺の家の中ではいちばん狭かったのだが、それでもテニスコートが三面くらいはとれる芝生の庭があった。白い大理石の二階建ての家で、玄関前は左右に美しい芝生があり、門に近い芝生にはいつも三、四台の車が止まっていた。夕方の散歩の時間以外、上流階級のインド人や英国人が外を歩くことはなく、土地の広いことや暑さやらで、どこへ行くのも運転手つきの車で行ったから、ほとんど家族の人数分の車とドライバーが必要だった。

道路の真ん中で牛が昼寝をしている光景は、しばらくすると珍しくもなくなったが、車に乗っての移動中に見たカルカッタの光景でいちばんびっくりしたのが、こんな光景だった。初めは何をしているのかさえも見当がつかなかった。特に広い目抜き通りでよく見かけた光景だったのだが、大通りの両側を二人の男がすっぽんぽんの素っ裸で歩きながら二枚の白い長い布（幅は八〇センチぐらいだろうか）をまるで運動会のかけっこのゴールででもあるかのように道の向こう側とこちら側でひっぱって通せんぼをして歩いているのだ。しかも一度ではない。この光景にしょっちゅうぶつかるのだ。見ていると二、三分もすると、その布をくるくるっと体に巻きつけて、何ごともなかったかのようにすたすたと歩いていく。インドでいちばん貧しい人たちは白い腰巻しか身につけていない。ガンジス川の河原では、よく黒山の人だかりで賑やかに大勢が洗濯をしている光景を見たが、これは近くの川で洗濯をした二人の男たちが腰巻きを乾してまた身体に巻きつけている光景だったのだ。暑いから一瞬のうちにカラカラに乾く。本当に初めは何ごとかとたまげてしまったが、これはインドネシアやよその土地ではお目にかからなかった、このカルカッタでだけ頻繁に見たおもしろい洗濯の風景だった。

少し郊外へ行って貧しい村などを通ると、今度はいかにも大事そうに牛のふんを両手いっぱいに受けとめて、それを家の壁にペタペタと塗りつけている光景をよく見た。草の繊維が入っていて、一瞬にして乾いて、とてもよいセメント代わりの壁材になるらしい。茶色い牛のふんの壁が特徴的な家がどこに行っても見られた。

暑くてすぐにできると言えば、車の屋根の上では瞬時に卵焼きが焼けた。面白いので暑い時期には卵焼きを作った。

川での洗濯風景（N. 西氏撮影 1939 年）

社宅の奥の芝生にはテニスコートがあり、その奥の一方の塀際にはレンガ造りの使用人用の小さな二階建てのペンションが立っていた。使用人たちは家族全員が二畳から六畳ぐらいの小部屋に別れてごちゃごちゃと暮らしていた。

父は一か月に一回、まるでマハラジ

ャのように、使用人たちを一列に並べ、給料を手渡していた。ボーイ頭が名前を呼ぶと一人ずつ前に進み出る。計算した額の給料袋を手渡す。

「〇〇ルピー」

「サラムサー（ありがとうございます）」

人数を数えてみた。ボーイ三人、コック四人、ドライバー六人、庭師四人、メタ五人、それに代々の正金支配人付きのアヤ（メイドを意味する職名）が一人いた。合計二十三人がずらりと一列に並ぶ。

我が家はまだ少ない方だったが、なぜこんなにも使用人が多いのか。床に何か物が落ちても、メタといういちばん身分の低い階級の使用人しか拾わない、床の掃除はメタだけがする。上の戸棚を掃除するものは上の戸棚だけを掃除する。ドライバーはドライバー、召使いは召使い、ボーイはボーイ。庭の芝刈りは芝刈り、おまけにそのそれぞれの仕事をする者たちの中でまた細かく上下の序列と仕事内容がはっきり区分されていた。コック長、第一コック助手、第二コック助手、第三コック助手、庭師長、第一庭師助手、第二庭師助手という具合で、それぞれやる仕事とやらない仕事がはっきり決まっているから本当に厄介で、大変な数になってしまうのだ。それでも家の使用人はだいたい穏やかな性格のネパール人系の使用人だったので、まだ多少はましだったのだそうだが、本当にインドは使用人の扱いが複雑で大変な国だ。

生活はすべて英語だった。三井や三菱などの人で、現地に十年も住んでいるような駐在員の家族やお嬢さんたちの中には、英語もペラペラ、ヒンズー語もペラペラという人もいたが、正金銀行の駐在はせいぜい二、三年だったから、正金では全員が英語だった。

アヤはとてもいい人だった。前正金支配人について日本に行ったこともあったので、日本人のことをだいぶ理解していた。いずれにしても、この正金銀行の使用人たちは、赴任する支配人に代々ずっと使われてきた使用人たちだったから、日本料理もとても上手だったし、私たちがアイロンをかけていても誰も文句は言わなかった。

それでも一度、心底呆気にとられたことがあった。車に乗ってでかけようと私や妹たちは芝生に出ていた。すると広い大理石の玄関先のポーチ、階段を三段上った舞台で、なんと第二コックと第三コックが包丁を振りかざして大喧嘩を始めたのだ。どうやらそばにいるコック長に小言を言われて、部下の二人が喧嘩になったような気配なのだが、もちろん何を言っているのかは、ヒンズー語だからさっぱりわからない。それはもう凄まじい剣幕なのだ。そこへ父と母も出かけるために家の中から出てきた。その光景を見た途端、まず母が唯一知っていたヒンズー語の言葉「アッチャネ（ダメだ）」、を連発し、脇の方で二人を止めだした。体の小さい母が精いっぱい跳び上がるような身振りで「アッチャネ！」「アッチャネ！」と叫んでいると、すぐ後に出てきた父が、かぶっていたヘルメットを芝生にポーンと投げ捨て、包丁を振り回す二人を止めようと「アッチャネ！」「アッチャネ！」と必死になった。

結局、誰も怪我をせずに済んでよかったのだが、大理石の玄関先の舞台で繰り広げられる修羅場、本当にはらはらしながら芝生から見た。後で思い出せば、まるで喜劇の一場面を見ているようで、皆でおかしくてふきだしてしまったのだが、現実生活の中であんなシーンを見たのは後にも先にもあの時だけだった。それでもまだ正金の使用人は質が良いと皆から言われていたのだが。

そう、コックと言えば、コック長に一緒に連れて行ってもらったカルカッタの町の市場がとても面白くて印象に残った。好奇心旺盛だったから、「お嬢さん、一緒に来るか」とコック長に言われた時すぐについて行った。この市場の光景を見たら、日本の築地市場の喧騒などは、整然としておとなしく行儀のよいものに思えてくる。広々とした市場には、どれもこれもまるで見たことがない、知らない野菜や果物ばかりがずらりと並んでいて、とても不思議な気がした。こういうわけのわからないものばかりを食べている人たちが現にいるわけだ。他にも日用品、雑貨、庶民の生活用品は何でもあった。この何だかわからない食べ物を前に値引き交渉をする人々は、男も女もまるでつかみかからんばかりの大喧嘩の形相で、手を盛んに動かし、大声で口々にやり合い、喚きまくっていた。籠いっぱいに買った品物を抱えて持ち帰る女たちがたくさんいた。活気があるどころか、あまりのすさまじさに呆気にとられて、ほうほうの体で逃げ出したのだが、それにしても本当に面白かった。

人口が多く、カースト制のインドは人種も多く、宗教も実に雑多だった。英国の領土になっていた一九三七年頃でも、各地にはマハラジャや宗教界のトップがいて、何が何だか仕組みがよくわからない複雑な国だった。

大理石の家の各部屋の天井には、プロペラ式の扇風機が常に動いていた。一階には食堂、台所、洗濯場などがあり、二階は応接間、室内ベランダ、ベッドルームが三つ、各部屋にバスルーム、トイレがあり、風呂はボイラー式で常にお湯が出た。

涼しくなった時など、窓を開けるとすぐにカラスやらサルやらが子連れで入ってくるような家だった。カルカッタのカラスは頭が白かった。キャーキャー騒いでいるとそのうちに出ていく。夕方になると行員の家族がテニスをしに来た。よくパーティーもした。一度サンドイッチを口に入れようとした瞬間、大きなトンビに持って行かれ、口に怪我をしたことがあった。「あ、和子さんがトンビにやられた！」どうやら全員一度はトンビにやられているらしい。

私たちのベッドは畳一畳くらいの大きさだったが、父のベッドは二畳ほどもあり、四方に細い棒を立てて、白い四角い蚊帳を吊っていた。それでも蚊に刺されてデング熱になってしまった時は、蚊帳の中に大きなたらいを入れ、氷の柱を立ててうんうん唸っていた。昨年は日本でもデング熱で大騒ぎだったが、当時のカルカッタでは皆一度はかかる税金みたいなものだと言って、誰も同情してはくれなかった。

「大丈夫、いくら苦しんでたって一週間もすれば治りますから」とうんうん唸る父を見て正金の人たちが笑っていた。我が家でも順番に全員がかかった。

ビクトリアメモリアルホールの近所には、マハラジャの家があり、庭には象がいて、よく子供たちと遊んでいた。そう言えば、動物園のカバが大きな口を開けて、バケツの餌をがぶがぶと食べているのも見た。あの光景はなぜかとても印象に残っていて、時々ありありと思いだす。牛は神様、道の真ん中に寝ていると車がよけて走って行く。貧富の差が本当に激しい国だった。現在はどうなっているのだろう。

社宅のお隣はピュー先生の家だった。テニスコートの向こうには高い塀があり、使用人のペンションがある方とは反対側のお隣だ。イギリス人の夫婦でよく二人で馬に乗って散歩をしていた。インドに行っていちばん最初に怒鳴りつけられたのが、なんとそのピュー先生だった。私が昼寝の時間にピアノの練習をしてしまったら、ものすごい形相で怒鳴り込んできたのだった。

カルカッタに一足先に到着した父は、娘たちをどこの学校へやろうかといろいろ探した。有名なタゴールの学校の付属小学校のそのまた付属だか支部だか知らないが、ロレッタハウスという関係学校があって、そこがいいだろうということになった。

毎日学校へは弁当を持って車で送り迎えされた。丸いアルミのランタンと呼ばれる五段重ねの弁当箱（七段重ねもあった）、スープからサラダからおかずから菓子からなんでも入る弁当箱をぶら下げて学校に通った。授業はすべて英語とヒンズー語で、ヒンズー語はできるわけがないし、向こうの子供はインド人にしろイギリス人にしろ英語は自国語でぺらぺらなので、こちらは全くちんぷんかんぷんである。

これではしかたがない、家庭教師に習うのがいいだろうということになり、探してくれたのが結局、そのお隣のピュー先生だった。奥さんのピュー先生が、小学校を経営していることを聞きつけ、他に適当な人もいなかったので、娘たちに英語を教えてやってくれと父が頼みに行った。先生が家にやってきた時には「あらまあ」とお互いにばつが悪く、目をぱちくりさせた。それでもつきあってみると、とてもいい先生だった。だから私たち姉妹の英語はピュー先生仕込みだ。

ピュー先生は毎日のように長時間英語を教えに来てくれた。

愛子やメイちゃんは、日本語の教科書も山のように持ってきていたから、それは私が教えた。カルカッタには日本人のご夫婦がしている日本人小学校もあったので、愛子はその小学校の六年生に入り、そこでも勉強した。その学校では愛子が初めての卒業生だった。女の先生が一年生と二年生を受け持ち、男の先生が三年生と四年生。生徒たちはたいてい四年生ぐらいになると帰国してしまうから、今まで誰も卒業生がいなかったのだ。だから愛子が上級生で入ってきて卒業まで
いた時は大喜びされたわけだ。卒業記念の劇で愛子は弁慶役をやった。背が高く薙刀を担いでなかなか似合っていた。

音楽の方は、イギリスの国立音楽院のカルカッタ校というのがあったので、そこへ週に二回ほど通ってピアノを習った。音楽だから言葉の方は困らなかったのだが、バイオリンの伴奏や初見をたくさんやらされ、出来なくて困った。出来ないけれど、そこはそれなりに一所懸命しなければならなかったから、まあ練習はした。

その時だ。片手のピアニスト用の曲、片手でもまるで両手で弾いているかのように美しい、片手で演奏する曲の楽譜を頂いた。ピアノは両手でなければ弾けないものだとばかり思っていたから、今でもとてもいい経験をしたと思う。英国人の女の先生で確かマダレーネ先生といった。音楽学校の先生方は、毎週のようにコンサートをしていたからよく聞きに行った。

インドでヒマラヤの他にとても印象的だったのはタゴールだった。カルカッタの正金銀行は、日本人の行員が五、六人で、後はすべて現地人だったのだが、当時、正金の支配人は半分外交官

親交のあったタゴール

のようなものだったから、父はおつき合いがすごく広く大変だったのをよく覚えている。当時はインドを極力敵に回さないように図っているデリケートな時期だった。ドイツ・イタリア側につくか、イギリス・アメリカの方につくか、それとも中立かを騒いでいた時期だった。インドは英国領でありながら、最後まである程度中立を保ってくれて、あまり反日的にはならなかったので助かった。現地のインド人とも広く交際をして仲良くしようと一所懸命努めたからだったのか、一九一三年にアジア人で初めてノーベル賞を受賞したラヴィンドラナート・タゴールとも父は親しくなっていた。

　詩人・小説家・音楽家・画家であり、思想家でもあったタゴールは、当時インドでは特別に人々の尊敬を集めていた人だったが、その彼から一緒に撮った写真を頂いたり、サイン入りのサンスクリットの経典を頂いたりした。タゴールの父親は宗教家として有名な人で、おじいさんの時代にカルカッタ有数の大商人として家をなしたらしい。十七歳でイギリスに留学していて、後に大学となる学校も創立した偉人だった。髭を生やしたいかめしい浅黒い顔が今でもはっきりと目に浮かぶ。

そのタゴールからサンスクリットの経典を頂いた少し後のことだ。今度は当時世界的にも有名だったキリスト教社会運動家の賀川豊彦先生がカルカッタにみえたことがあった。賀川先生は我が家にもいらしてくださった。父が先生にそのタゴールのサイン入りの経典を差し上げたら、大変喜んでくださり、その時私のサイン帳にお言葉とサインを下さったから正確な日付がわかる。昭和十四年（一九三九）一月十九日だ。

そしてその後日談がある。十五年後、結婚をして鎌倉に住み長女が生れ、その長女を入れたハリス記念鎌倉教会付属幼稚園に、なんとその賀川先生が講演にみえたのだ。講演が終わった後、先生にそのことを申し上げたら本当に心からびっくりされていた。カルカッタで先生に書いて頂いたサイン帳をお見せし、またそのサイン帳にサインをお願いしたら、墨でキリストの十字架像を描き、「主よ御許に近づかん」とお書きになった。昭和三十一年（一九五六）九月二十三日のことだ。

昭和十四年（一九三九）はカルカッタに「そよかぜ号」も来た。四月にイランの皇太子パフラヴィーとエジプトの王女ファウズィーヤのご成婚があり、日本政府が祝賀親善で、国産の航空機「そよかぜ号」をイランまで訪問飛行させたのだ。皇室から預かった祝い品と共に四月九日に羽田を出発。台北、広東、バンコクを回ってカルカッタに寄り、四月十五日にテヘラン到着。復路はテヘラン、バクダッド、バスラ、カラチ、カルカッタ、ラングーン、バンコク、広州、東京だったが、この帰り道にはそれぞれ立ち寄った土地で大歓迎を受けている様子が、当時の新聞で見える。日本国産の航空機だ。当時の日本の技術の素晴らしさのお披露目飛行だった。ちょうどこの飛行機がカルカッタに立ち寄った時の大歓迎に私も参加したのだが、日本の航空技術の素晴らしさに感激した。これも今でも目に浮かぶ思い出だ。

ちょうどこの頃に書いた文章がある。奉天の女学校の卒業クラスの文集に書いたものである。当時自分が何を考えていたのかが書かれているのでここに一部を記しておく（仮名遣いは現代仮名遣いに直した）。

皆様へ

酷熱地獄のカルカッタに、皆様の懐かしいお便りをお送りくださいました事を深くお礼申し上げます。長い間学校にも皆様にもご無沙汰いたしまして、何とお詫びしてよいかわかりません。カルカッタに来て早くも一年半となりました。毎日毎日英語、仏語、ピアノ、料理、手芸、裁縫等に追われております。

着いた翌日から英国の学校に入れられてしまいましたので、お手紙差し上げる時間がなくなってしまいました。なにしろ言葉が少しも通じないのですからなさけなくなりました。それからは一日中字引とニラメッコして暮らして来ました。どうしてこんなに知らない言葉が多いのかと、時々泣きたくなります。昨年の十月からは学校は午前中だけにし、尼さんから英語と仏語を習っています。この尼さんに、私達のアルバムを見せましたら、Oh! Lovely! Wonderful! と云って驚いていました。私は家に来る西洋人には何時もこれを見せていま

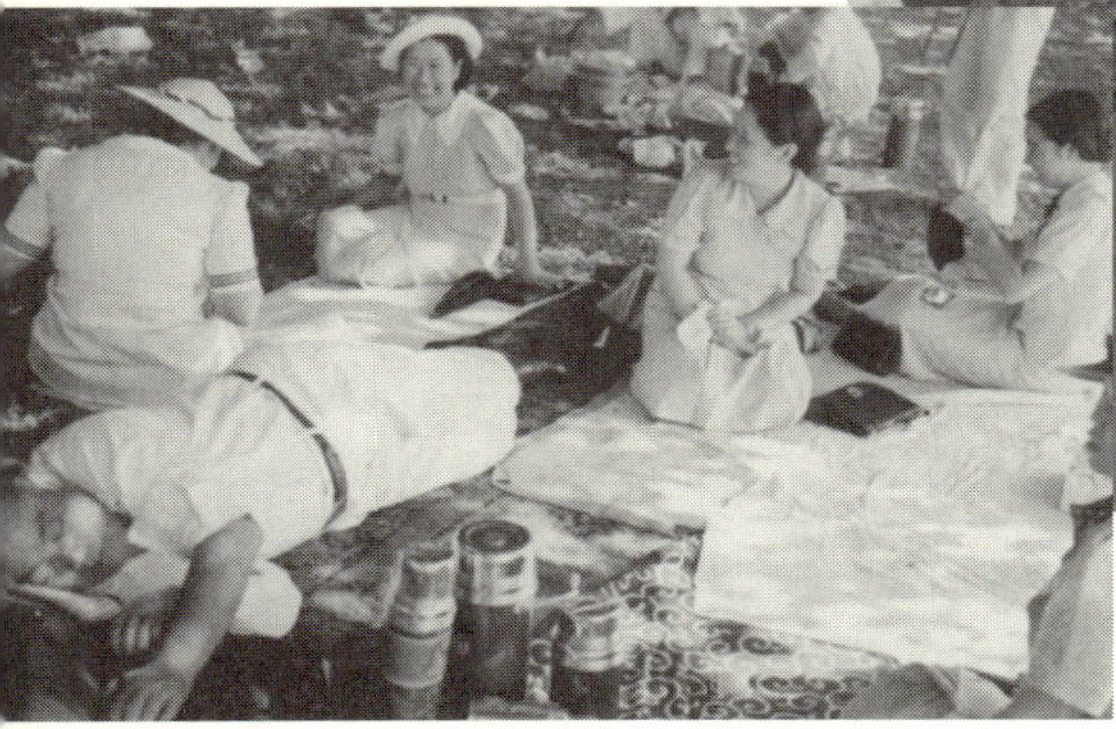

ピクニック風景　(1938 年頃)

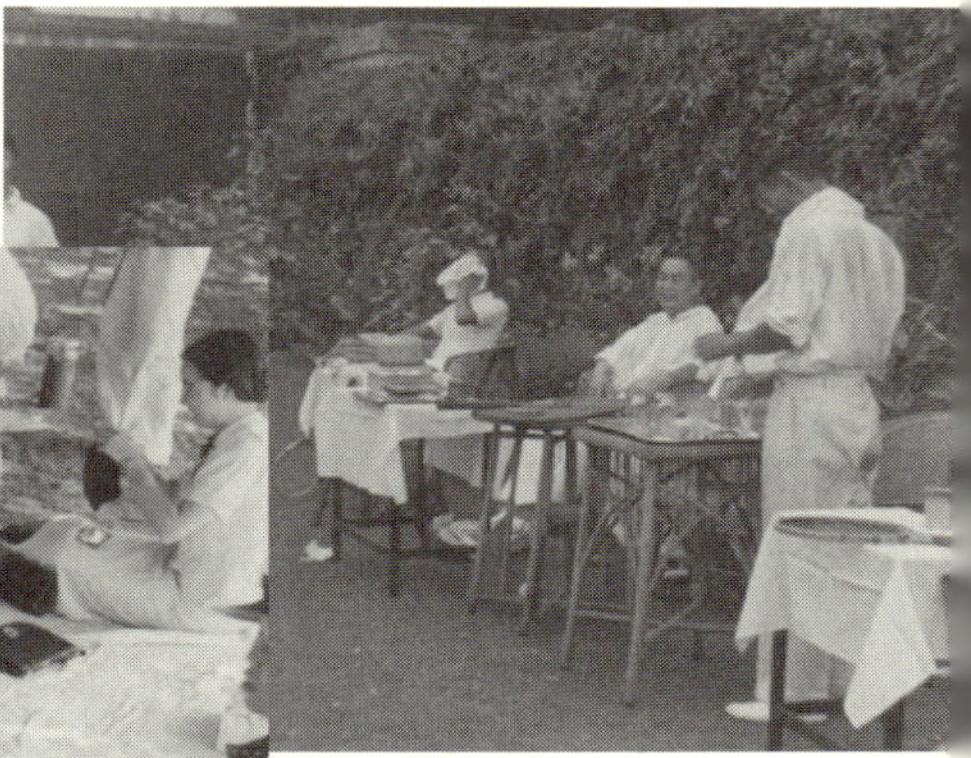

カルカッタ支配人社宅のテニスコートにて

す。又この尼さん、絞り染めが大変気に入ったので、絞り方を教え染料を差し上げました。この頃どうやら(英語が)話せるようになりました。しかし英文学はとてもむずかしくて苦しんでいます。又今、日本の御伽噺を英訳しています。尼さんは大変面白くてためになると感心していました。

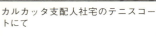

内地やそちらの空気は新聞、雑誌、ラヂオ等でしか知りませんが、いよいよ大変らしゅうございますね。家の者皆緊張して生活しています。

私は朝四時半に起き、六時まで勉強、六時から七時まで洗濯(まるで洗濯屋のように毎日洗濯物が山のようになります。なにしろ百度以上(華氏)でしょう、着物二枚、下着全部を皆が毎日取り替えますから。昼からアイロン掛けに二時間近くかかりますのにはやりきれません)、その他ピアノ相変わらずポンポンですが、毎日三時間以上練習しています。夜は勉強です。学校時代より勉強している自分の姿を見て時々くすぐったくなります。カルカッタの邦人としては、空缶空瓶、綿くず、雑誌（古）、新聞等を麻袋に入れて日本に送りかえしています。しかし私はもっと銃後の女性として活動したいと思いますが、それが出来ないのは残念です。

楽しみは日曜日のテニス（私は致しません）、何時も御馳走を作って食べさせる方なのでつまりませんが、見るのは面白く又気晴らしになります。内地の親類の者で色が黒くなっては可哀想だから早く帰ってこいと言ってくるものがありますが、日にあたるのはこのテニスの夕方だけなので色が白くなりました。カルカッタの子供は日光が強いため紫外線にあたることができないので、皆モヤシみたいにフウーとしています。日中は窓を閉め、シャッターを下ろすので家の中は暗くて不愉快です。

時々映画を見に行きますが、ちんぷんかんぷんの時も多いです。日本のチャンバラ等見たくなります。いちばん楽しみなのは音楽学校の先生方のコンサート、一月に二回あります。これはとてもよい勉強になります。夜の九時半からなので少々眠いですが、四重奏、ピアノ、バイオリン、セロ等あり、自分の好きなだけお金を寄付すればよいので毎度行っています。オーケストラは一人五円取りますので、一回しか行きませんでした。刺激が少ないので自分が同級の皆様より一人取り残され馬鹿になって行くような気が致します。

この間、賀川豊彦先生がいらっしゃいました時は、その人格に学ぶことが多く、心が希望に満ちました。そよ風号が来たときは、涙が出るほど嬉しく感じました。そういえばこの間、庭にクジャクが来ました。私共は初めてなので大騒ぎ致しました。秋になるとサルは毎日のように来ます。

いろいろ皆様のご様子を知ることができまして夢のような気が致しております。私、文通していませんが、思い出す皆様の姿は女学生時代の姿ばかり、カルカッタには一人も友達がありませんの。では皆様お身体くれぐれもお大切になさいませ。この本がますます立派になり、長く続くことを心から祈ります。

この後に、ヒマラヤ山脈やガンジス河、インダス河などで始まるインドの地理の説明、そして歴史について紀元前から今日までのことが約八ページ、その後一九三一年の統計をあげて、ヒンズー教徒はインドの総人口三億五千三百万人の内、約二億四千万人という書き出しで、ヒンズー教についての説明が四ページ。すっかり忘れていたが、よくもまあ、詳しく調べて長々と書いたものよと、我ながら感心してしまった。

インドの鉄道はイギリスの経営で、特に幹線は英国人のお偉方が使うから万全に完備されていた。カルカッタからボンベイへ行く鉄道は一番の幹線だったから、一日二往復ぐらいだったとは思うが素晴らしい鉄道だった。父がインドネシアに転勤する少し前、秋の気候のいい時期にこの鉄道に乗って、首都ニューデリーやインド北部アーグラにある、タージ・マハール、ムガル帝国第五代皇帝シャー・ジャハーンが、愛妃ムムターズ・マハルのため建設したという、ヤムナー川畔に建つ総大理石の墓廟を見物に行った。

タージ・マハール、四隅に柱が立つあの大きな墓廟は、確かに、見ればすごいと思うし、美しいのかもしれないが、なんというか、あまりにも整い過ぎていて面白味がなく好きにはなれなかった。大きな建物なら他にも方々にある。ラングーンの寝姿の仏様の方が面白かった。びっくりしたのは、大理石の透かし彫りの素晴らしさだ。墓廟内部の方々に透かし彫りの衝立のようなものが立っていたのだが、ああいう細かい細工物は本当にすごい。いったいどんな人たちがこれを彫ったのだろう。多くの職人を使ってこれを彫らせた王侯貴族のことなど、いろいろ考えてしまった。

アーグラだったかどこだったかは忘れたが、小さな穴（直径二センチぐらいのものだろうか）から覗くとヤムナー川を隔てた向こう側にあるタージ・マハールの美しい全景がそっくり見えるという面白いところがあった。その穴から見たタージ・マハールの景色は実に美しかった。アーグラには昔の宮殿の廃墟など遺跡があった。池のような滝壺のようなものがあり、観光客がお金を投げ込むと貧しい子供たちが飛び込んで拾っていた。なんだか見ていて哀れで、貧富の差の激しさを目の当りにした感じがした。

もう一つ、カルカッタにいた時に見に行った、絨毯の工場がとても印象に残った。私が見たのは小さな家内工場だったが、覗き込んで見ていると本当に緻密な仕事で大変なものだった。五、六人の織工たちは皆、十五、六歳の若い娘たちで、糸を数えて一本一本の横糸を丹念に通しながら複雑な文様を織りあげていく。朝から晩まで毎日毎日一年中ずっとあそこに座って、あの細かい手仕事をやり続けているのだ。いくらもらっているのか知らないが、本当にすごい根気だと思った。皆真面目に熱心に働いていた。偉いと思った。年を取ったら目が悪くなり、できない仕事なのかもしれない。彼女たちにとってはとてもよい仕事だったのかもしれない。もっと大きな工場もあるのだが、それぞれの家内工場には指導者がついていて図柄の絵に従って織らせているのだろう。これだから絨毯は高いわけだと納得した。英国人の邸宅へ行くと大理石の床の上にはたいてい大きなカーペットが敷いてあったが、あんなのはきっとすごく高いに違いない。あんな風に手で一本一本糸を織り込んでいくのだから本当に大変な仕事だ。私にはちょっとできないと思った。

庭にクジャクが飛んできたことは奉天の女学校への手紙にもあったが、聞くと普通、民家の庭などにはめったに下りて来ないものなのだそうだ。その時は皆がテニスをしていた時だった。大きなクジャクが一羽芝生に下り立ち、しかも「あれあれ」と見ているうちに羽をいっぱいに広げた。羽を広げたらとても大きく、三メートルはあるように見えた。我が家ではクジャクは初めてだったから、みんなすっかり驚いてしまって大騒ぎをした。

「今川さん、これはすごい幸運だ。そろそろ転勤かもしれませんよ」と言う人がいた。羽が太陽の光を受けてきらきらしていた。ちょうどそこにいた正金の奥さんたちも驚いて、

「これは今川さん、どこかへ栄転だよ」と騒ぎ始めた。すぐに行員たちも駆けつけて、

「今川さん、ロンドンかもしれないよ」などと騒いだのだった。ロンドンの加納さんからは、辞令の出る一週間ほど前に「後を頼む」という電報が届いていたことも知っている。だが実際の勤

務地はオランダ領東インドだった。

本当に父がいなくなるというニュースで、いちばんショックを受けていたのは現地雇いの行員たちだった。おそらく父とはとてもうまくいっていたからだろう。そして私たち娘三人も母も、父の転勤を聞いたときには、日本に帰ることができず、直接またどこかへ行かなくてはならないとショックを受けた。それにオランダ領東インドなどという国のことは当時何も知らなかったから、がっくりきたし、日本人の行員たちは皆しょんぼりしてしまった。父自身も、当時の正金銀行としては、蘭領東インドはそれほど重きを置いている支店ではなかったし、インドから直接そのような国へ行くことになるとは思っていなかったのか、初めは少なからずショックを受けていたようでもあった。それでも行員の一人の田辺さんが、「和子さん、とにかくインドのダイヤモンドハーバーからどっかに逃げ出せるだけでも運がいいよ」と言った。みんな暑いインドにいるのは内心つらく、早く日本に帰りたいと思っていたから、カルカッタのダイヤモンドハーバーからの脱出はそれだけでも羨まれたわけだ。父もそれを聞いて笑っていた。

父には改めて指令が来て、蘭領東インド、当時オランダ領だった現在のインドネシアを国が国策上重要視していて、日蘭金融交渉にあたる任務を読み、納得したような顔をしていた。母や私たち三人娘はロンドンに行けず、正直ちょっとがっかりした。だが、ロンドンの加納さんはその後戦争が本格的に始まると、イギリスで捕虜になってしまったのだから運命はわからない。

日本は当時このオランダ領東インド、いわゆる蘭印を、敵方に回さないようにいろいろ画策して

（上）正金銀行カルカッタ支店全員勢ぞろい（1939 年）

（下）カルカッタ港の出港風景（1939 年）

いたところだった。日中戦争が拡大し、日米通商航海条約破棄宣言（一九三七年七月二十六日）、ナチスドイツによるオランダ本国侵攻（一九四〇年五月十日）と事態が緊迫する中、日本は石油、ゴム、錫など軍需物資の安定供給を図るために、どうしても蘭印とは通商関係を維持したかった。米内内閣、第二次近衛内閣が小林一三商工大臣、元外務大臣芳沢謙吉等をバタビア（現在のジャカルタ）に派遣したが、本土をナチスに占領されたオランダは、亡命政府をイギリスに置いた。だから日独伊三国同盟で日本の立場がはっきりしてからは、オランダは日本を敵国とみなし、結局交渉は事実上決裂のまま打ち切られることとなってしまったのだが、こうしたことはもちろん後になってわかる。そうした時局を背景とした今度の父のメインの仕事は、日蘭金融協定締結交渉にあたることだった。

そんなこんなで出発準備であわただしくしていたら、インド勤務最後の日、勢ぞろいしたインド人の現地行員たちが、まるでマハラジャの品《しな》のように美しい、本体が銀製で精密な金細工がほどこされた免状入れの筒に入れた感謝状を持ってきたから皆がびっくりした。それは現地の行員たち全員がわざわざ作らせた免状入れで、それに父への感謝状を入れてくれたものだった。現地行員からそんなものを貰ったカルカッタ支配人はいなかったから、父はえらく感激して帰ってきた。よほどインド人行員たちに愛されていたのだろう。

残念なことにその筒は戦時中、ゴルフの優勝トロフィーやカップなどと一緒に金属拠出で出してしまい残っていない。本当に惜しいことをした。でもその立派な感謝状だけは原物が残っている。以下がその英文感謝状の直訳である。

送別の辞

有限会社横浜正金銀行カルカッタ支配人
Y・今川　殿

閣下、
我ら横浜正金銀行カルカッタ支店従業員一同は、あなたの本支店からの転任に際し、心からの気持ちを伝えるため今日ここに集いました。

閣下、
我らの心中に真っ先に浮ぶのは、喜びと悲しみが入り混じる思いです。あなたが我々の元から去ることを思うと胸が痛みますが、同時に、より高く名誉ある地位（我が国際的銀行のジャワ三支店の総支配人）に就かれることを知り誠に喜ばしく存じます。

閣下、
我ら全員が心を一つにするこの厳粛な機会に、思い出のしらべ、あなたと共に過ごした二年を超える特別な日々を振り返らせ胸を締めつける思い出のしらべが鳴り響いています。我々はこの記念すべき夕べに、あなたの能力、真心、責任感、賞賛に値する性格、あなたの温厚なるふるまいと勝ち負けにこだわらない公正な精神が掛け値なくすばらしかったことを思い出します。懇親会やインド人従業員間のスポーツの導入。それは、とても骨の折れる多忙な職務の中で、決まりきった単調な仕事を忘れさせ、我々は心の底からあなたを慕いました。

閣下、

我らにとっては気の重い、負担となる仕事を軽減するための、決して我らに失敗をさせないためのお考え、礼節ある親切な、そして公明正大なお考えを我らはいつまでも覚えているでしょう。

閣下、

職務による異国への召喚は、あなたを陸海のはるか彼方へと引き離してしまいますが、たとえどこに行かれたとしても、あなたの思い出の中に我らがあることを祈念します。あなたと我らを結ぶ関係は、神の御加護の下、まごころ、友愛に基づくものであり、時空や環境を越えたゆるぎないものです。

閣下、

あなたが正金銀行でより高い地位に就かれ尊敬されること、新しい仕事と活躍のため陸海を渡る目前に迫った旅、そして、その後の人生のすべてがスムーズで安全で、喜びに満ちた輝かしいものであることを心から真剣にお祈り申し上げます。

敬具

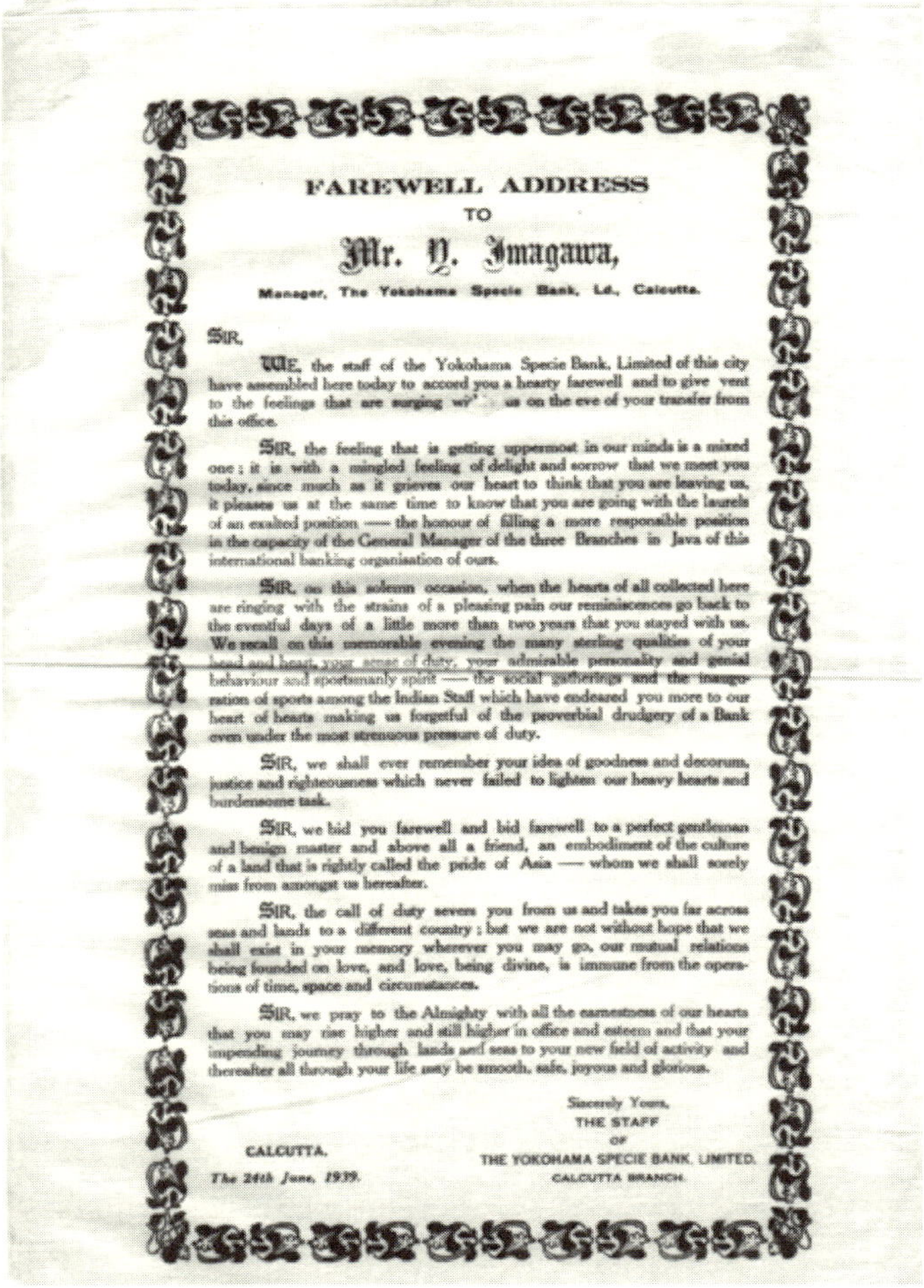

FAREWELL ADDRESS

TO

Mr. Y. Imagawa,

Manager, The Yokohama Specie Bank, Ld., Calcutta.

SIR,

WE, the staff of the Yokohama Specie Bank, Limited of this city have assembled here today to accord you a hearty farewell and to give vent to the feelings that are surging wi[illegible] us on the eve of your transfer from this office.

SIR, the feeling that is getting uppermost in our minds is a mixed one; it is with a mingled feeling of delight and sorrow that we meet you today, since much as it grieves our heart to think that you are leaving us, it pleases us at the same time to know that you are going with the laurels of an exalted position — the honour of filling a more responsible position in the capacity of the General Manager of the three Branches in Java of this international banking organisation of ours.

SIR, on this solemn occasion, when the hearts of all collected here are ringing with the strains of a pleasing pain our reminiscences go back to the eventful days of a little more than two years that you stayed with us. We recall on this memorable evening the many sterling qualities of your head and heart, your sense of duty, your admirable personality and genial behaviour and sportsmanly spirit — the social gatherings and the inauguration of sports among the Indian Staff which have endeared you more to our heart of hearts making us forgetful of the proverbial drudgery of a Bank even under the most strenuous pressure of duty.

SIR, we shall ever remember your idea of goodness and decorum, justice and righteousness which never failed to lighten our heavy hearts and burdensome task.

SIR, we bid you farewell and bid farewell to a perfect gentleman and benign master and above all a friend, an embodiment of the culture of a land that is rightly called the pride of Asia — whom we shall sorely miss from amongst us hereafter.

SIR, the call of duty severs you from us and takes you far across seas and lands to a different country; but we are not without hope that we shall exist in your memory wherever you may go, our mutual relations being founded on love, and love, being divine, is immune from the operations of time, space and circumstances.

SIR, we pray to the Almighty with all the earnestness of our hearts that you may rise higher and still higher in office and esteem and that your impending journey through lands and seas to your new field of activity and thereafter all through your life may be smooth, safe, joyous and glorious.

Sincerely Yours,
THE STAFF
OF
THE YOKOHAMA SPECIE BANK, LIMITED.
CALCUTTA BRANCH.

CALCUTTA.
The 24th June, 1939.

インド人行員からの感謝状（1939 年）

カルカッタ　一九三九年六月二十四日
横浜正金銀行カルカッタ支店従業員一同

オランダ領東インドへ

転勤が決まってから一週間ほどでカルカッタのダイヤモンドハーバーからインドを出国した。その時港に父を送りに来たカルカッタに残る日本人行員たちは、夫婦で赴任していた行員三名、単身赴任者三名のたった六人で、なんとも心細そうな、悲痛な面持ちで父の出発を見送っていたのが印象的だった。それは「こんなところに置いて行かれてしまう、これからいったいどうなるのだろう」という顔つきだった。

私たちをのせた船はまずシンガポールまで行った。いくつかの港で荷の上げ下ろしはしたが、乗客には直行便だった。ラングーンは行きにも寄ったから、途中ラングーンで荷の上げ下ろしをしたことだけはわかった。バンコクや他の港でも泊まったような記憶がある。英国船だったような気がしていたが、残っているレストランのメニューを見ると日本郵船の客船で、シンガポールまでの直行便だった。船客は私達家族五人以外には、二、三人商売人風の日本人がいただけで、他はすべて英国人、オランダ人、フランス人など西洋人とビルマ人、マレー人、中国人などだった。航海は静かで、インド洋を南へ南へと下り、ビルマ、タイなどを通って、クアラルンプールにもちょっとだけ寄港した後、シンガポールに着いた。

乗客の中に面白いイギリス人の老人がいて、石油缶を半分くらいに切って絃を張り、バイオリンかチェロのような音色の出る楽器を作って、朝から晩まで次から次へと有名な曲を弾きまくっていた。音を聴きつけ、私たちはみんなデッキに出てデッキチェアに陣取った。本当に上手で聞きほれてしまった。アンコールするとイギリス民謡、アイルランド民謡、ありとあらゆる曲を次から次へと弾きまくる。すごくいい音色だった。よくもあんな楽器を作ったものだとびっくりして、みんなで見せてもらった。ちょっと触らせてももらったのだけれど、とても楽器として弾けるようなしろものではなかった。その船に乗っている間中、いつも聞いていたので、その石油缶弾きのおじいさんとはとても仲良くなった。

インドからシンガポールへの船上で
イギリス人の石油缶弾き（1939 年）

航海は幸いなことに最後まで静かで無事にシンガポールに到着した。シンガポールからオランダ領東インドへ行くのに、オランダの客船に乗り換えるのだが、その船が出るまで二日間くらい時間があった。私たちは全員でまたシンガポール見物をした。

シンガポールは当時、正金銀行の重要な拠点だった。大きな支店があって日本人行員もたくさんいた。インドのように五、六人ではなく十人以上はいたと思う。歓迎会もしてくれたし、方々見物にも連れて行ってくれた。その時ももちろんゴム園にも行った。

そして出発の日だ。荷物が全部船に積まれ、手荷物を持って船に乗るというところで、多分午後三時頃だったように思う。

「出発ですから、奥さん、お嬢さん、先に船にお乗りください」と言われて私たちはタラップを上って先に船室に手荷物を運び入れた。ところが待てども暮らせども父が現れない。波止場を見ると正金の関係者は誰もおらず、オランダ語はまるでわからない。こんなオランダ船に女子供だけで乗って行くわけにはいかないから降りようと相談して荷物をまとめはじめたところで、出航の銅鑼が鳴り出した。すると遠くの方から父が駆けてくるではないか。最後の最後にすでに引き上げられかけたタラップを上ってきた。母がまあ怒るやら笑うやら。あの時は本当に皆でほっと胸をなでおろした。港では正金の人たちが別れを惜しんで、船が見えなくなるまで手を振ってくれた。

その時乗ったオランダ船は、郵船の船と同じように、とても大きな豪華な客船だった。オランダ人はイギリス人と違って平均して体格がとてつもなく大きい。随分大きな体格の国民だと思ってまず驚いた。英語がほとんど通じなかったこともあり、なんとなく威圧感があって居心地が悪く、初めのうち私たちは船室にこもっていた。

だが、そのオランダ船には、大きなコンサート用のグランドピアノの置いてある豪華な音楽ホールがあった。こんなにいいピアノはなかなか弾く機会がない。誰もいないので練習してやれと思い、「銀波」やその他、当時練習していた下手な曲をちゃかちゃかと弾いた。妹の愛子もなんだったかは忘れたが当時習っていた曲を弾いた。上の妹万里は中学校でピアノはやめてしまって奉天時代から絵に転向して油絵をしていたから、ピアノ練習は私たち二人だけだった。二人で大きなピアノを独占してお遊びのようにいい気になって弾いていたら、パチパチと手をたたいてくれるオランダの人たちがいた。

そうこうしているうちに夜になった。そうしたらなんとその手をたたいてくれていた連中が、ドレスやタキシードで着飾って、バイオリンやチェロなどの楽器を持ってきて、船客のためにそのホールでコンサートを始めたではないか。「あらまあ、なんとまあ恥ずかしいことよ」と本当にばつの悪い心地がした。演奏はとても上手だった。ピアノと弦楽器の様々な重奏曲、中には歌手もいて独唱もした。オランダ人は背が高く恰幅がよいから、出すピアノの音もグワングワンと凄まじく大きな音なので心底たまげてしまった。拍手喝采。

次の朝、朝食の時間になったので大きな食堂へ行くと、英国式の朝食とは違ってバイキング式の豪華なものだった。チーズ、ハム、ソーセージ、サラミ、肉、ジャガイモ、食べ物が溢れんばかり山のようにテーブルにのっていた。それをオランダの体格のいい人たちがまた、山のようにぺろりぺろりとたいらげる。あれよあれよと見ていると大男、大女のオランダ人たちが私たちの何倍もぺろっと食べるので、これもまた本当にたまげた。

太っていること、陽気なこと、しゃべるしゃべる、食べる食べる。うちの父も体が大きくてよく食べるが、そんな程度のものではない。その何倍も食べているから驚きだ。なるほどこれでは恰幅がよくなるはずだと思った。朝からそんな風な豪華版の御馳走なのである。日本人は私たちだけだった。

昼間になると昼寝でもするのかまたひっそり、ほとんど船の甲板や周囲には誰もいなくなる。またピアノの部屋が空っぽなので、愛子と二人でピアノを弾いてやった。こちらは素人で練習をしているのだからかまうものかと思って、ぺこぽんぺこぽんキーを弾いていたら、ボーイが何か言ったが、別に止められたわけでもなさそうだったので、その後も船に乗っている間中、毎日その立派なグランドピアノを弾いた。そして、毎晩夜になるとまた豪華な演奏会をしていた。といっても全員座ってコンサートを聴くような感じではなく、部屋の周囲の壁際には座りたい人が腰かけられる椅子もあったが、着飾った乗客たちは、もっぱら飲み物を手にしながら、談笑をしたり立ったまま演奏を聞いたり、ダンスを踊ったりしていた。

あの時は波がなく穏やかな航海だった。母も珍しく船酔いをせず、方々にたくさん島があって景色がよかったので、デッキに出て楽しんでいた。島々を巡って、降りる人は途中の港で降りていく。

シンガポールからは方々へ寄港して行くので結構日数がかかった。バタビア（現在のジャカルタ）ではオランダ人の政府のお役人などが大勢降りた。ジャワ島はひょろ長く、真ん中にスマランというちょっとした商業都市があり、スラバヤはバタビアとは反対側の突先にある。

正金銀行の支店は、ジャワ島だけでバタビア、スマラン、スラバヤと三つの町にあった。たくさんの島からなる蘭印において、ジャワ島は当時、日本商社の仕事の中心地で、商社の支店は皆スラバヤにあり、かなり大きな日本人商工会があった。正金もいちばん大きな支店をスラバヤに置いていたから、私たちはシンガポールから行くといちばん遠いスラバヤまで行ってから船を降りた。スラバヤ支店に行ったら有吉佐和子ちゃんの家族もいた。

スラバヤとバタビア

　スラバヤに着いたらビルはなかった。カルカッタでは暑いなりに季節があったが、ジャワ島は一年中同じような気候だった。はじめ父は日本商社が集中するスラバヤの支店をそれまで通り蘭領東インドの本拠地として、そこに住むつもりで社宅を決めた。あちらの家はインドとはまたぜんぜん建て方が違い、ひょろ長い仕切りのない平屋で、長い長い箱の上に屋根がくっついたような形の家だった。

　六十メートル以上あるような長い建物の右の端にある数段の階段をのぼるとベッドルームやバスルーム、トイレなどがかたまって設えてあり、バスルームとトイレだけはさすがに間仕切りがあったが、ベッドルームは一部屋で、適当にそこらにベッドを置いて使う方式だった。建物の真ん中には鴨居と敷居のようなもののある三十メートルほども間口がある玄関口らしきものがあるのだが、柱があるだけで長い長いホールのような間仕切りのない、全く何もないからっぽの空間なのである。入口から見て左の端には、荷物を置いたり、客人を受け入れるような小さな小部屋があったので、私たち娘三人はそちらにベッドを入れ、アップライトのピアノもそこに置いてもらった。風通しだけはよいが何とも落ち着かない構造の家だった。

食事の時は、そのホールの一角、別棟の炊事場に近い一角に長いテーブルを置き、私たち家族と社宅の独身寮に住んでいた次長の石坂さんという行員が食べに来た。長いテーブルにコックさんが料理を運んでくる。ジャワ人の手伝い人はいたが、料理人は女性で、きくさんという、昔からゆきさんだったという日本人で、縁あって正金銀行に勤めるようになって以来ずっと、正金支配人社宅の料理人をしているそうだが、料理はとても上手だった。きくさんは、バタビアに移動してからも、ずっとうちの調理を受け持ってくれていた。

庭は広大な普通の熱帯林という感じで、遥かかなたの川のほとりまでずっと広がり、その途中にはいろいろな木がたくさんあって、季節ごとにマンゴーやマンゴスチンなどたくさんの果物がなった。その林の途中にテニスコートがあったが、それ以外は川のところまですべて自然林で、それが全部社宅の庭だった。

その頃のスラバヤでは麻雀がとても流行っていた。正金支店長社宅の真ん中の広間には、麻雀机が十台ぐらい並んで、正金の奥さんたちだけでなく、商社の偉い人の奥さんたちがたくさん来て、毎日のようにガラガラジャラジャラと麻雀をしていた。少ない時でも六台は卓が並んでいたから、そのやかましいことやかましいこと。麻雀をする男の人は誰もいないというのに、奥さんたちばかりが昼間は毎日朝から夕方までやりに来ていた。かけマージャンではなかったようだが、ちゃんと計算をして後で何か品物をあげたりしていたようだった。

母は下手くそでいつも負けてばかりで、よい鴨になっていた。父は一切麻雀はやらなかったから、もっぱら母がつき合いでやっていたが、朝から晩まであれをやられたらたまったものではない。がちゃがちゃあまりにやかましいから、「なんだってこの奥さんたちは、毎日毎日麻雀ばかりしているのだ」と思い癪にさわった。

スラバヤに住むようになってすぐ、私たち三人、年齢は大きかったものの、オランダ語は全然わからなかったから、オランダの小学校に通うことになった。当時のオランダ領の学校は、親の身分によっては学費がものすごく高かったので、三人も学校に入れると破産すると父が言いだし、結局私たちは学校に通うのをやめて、オランダ人の個人教師の女性に英語を習うことになった。その女性は、クレーブル先生と言ってピアノもとても上手で、私たちに自分のピアノの先生を紹介してくれた。そのピアノの先生は、オランダ人夫婦の演奏家で、御主人が指揮者、奥さんがピアニストでとても上手だったから、私も愛子もその先生について結構上達した。よい先生についたからにはピアノの練習をしなくてはならない。毎日レッスンの準備がとても大変で、練習は何時間あっても足りないくらいだったから、私と愛子で交代で朝から晩までピアノを弾いていた。

ところがピアノを弾いていると「和子さん、ピアノやかましい！」とその奥さんたちに怒鳴られる。それでこちらは「どちらがうるさいのだ。あんなに朝から晩まで麻雀ばかりしているなんて」と腹が立ち、「麻雀の方がよほどやかましい！」とばかりにつむじを曲げ、ますます対抗し

スラバヤ日本人会婦人会の面々（1939年頃）

てピアノをジャンジャンと弾いた。

その頃のスラバヤ婦人会の奥様方や家族の集合写真がたくさん残っている。戦争開戦直前に、小説家の吉屋信子が特派員としてスラバヤにやってきて、婦人会の集まりに参加し、講演をした時に一緒に写っている写真もある。その婦人会の集合写真で一枚だけ、私が入っていない写真がある。麻雀夫人たちにあまりに腹が立ったので、写真に入るのをボイコットした時のものだ。本当にあきれるほどの麻雀三昧が当時のスラバヤ商社の偉い奥様方の日常だった。その他にも写真はたくさん残っているが、例えば、十六年の三月に撮った父と母の銀婚式のお祝いの写真（口絵）。大きなケーキを前にして座っている父と母、とても幸せそうだ。

スラバヤでは、後に作家となった有吉さんの一家とも一緒だった。有吉さん一家は、独立したオランダ式の一軒家を社宅として使っていた。スラバヤのオランダ人街は、オランダ風だったのか、全然地元の建物とはスタイルが違い、どの家にもテラスがあって、住宅地の区画によってそれぞれ少しずつ形は違っていたが、全部赤い屋根でテラスの色もすべてそろった百坪なら百坪の家が皆同じ形で整然と並んでいて、統一された家並みがとてもきれいだった。多少間取りが違うのかどうかは知らないが、どの家にも庭があった。夜になるとみなテラスに出て、自分の背より五十センチほど高いのっぽの電気スタンドを立てて、それぞれに夕べを楽しんでいた。昼間は暑いから昼寝をしている人が多かったのだと思う。

スラバヤからバタビアに移る時通過する道の中ほどには、スマランという町があり、もう書いたが、そこにも正金銀行の支店があった。その支店には小さいながらプールもあったので、子供たちは休暇にはよくプールに泳ぎにでかけた。有吉さんの佐和子ちゃんとも一緒にプールで泳いだ。佐和子ちゃんは泳ぎが下手だった。みんなで頭の沈めっこをしたり大騒ぎをして遊んだことをよく覚えている。佐和子ちゃんは小さいのに、その時分もたくさんの日本の小説の全集などを持ってきていて、何でもよく読んでいて偉いものだと思ったことがあった。有吉さんは父の部下で、父とは昔からよき相棒だった。とても穏やかないいおじさんで仕事もとても優秀だったそうだ。

一年に一回、三つの支店の行員の親睦会も兼ね、真ん中のスマラン付近に集まって運動会をしたり、お楽しみの一泊旅行などがあった。そのジャワ島行員全員の旅行会があった時は、砂漠でラクダに乗ったり、高級ホテルに泊まったりした。

社宅の真ん中の麻雀スペース、だだっ広い広間スペースは、スコールの来る季節になるとそのままシャワールームに早変わりしてしまい、あれあれと呆気にとられた。現地人の使用人たちが、男も女も洋服を着たまま、上半身裸になってシャワーがわりに雨で体をいっせいに洗っている。これでこの家の構造の謎が少し解けた。この細長い開けっ放しの空間では、横殴りのスコールの雨がまともに吹き込むから、シャワーにはもってこいなのである。しばらくシャワーを浴びるとみんなどこかで乾いた服に着替えてすましていた。もちろん私たち日本人はそんなことはしなかったが、スコールのたびに現地人の使用人たちは全く当たり前だという顔で、雨のシャワーを浴びていた。

父はそんなあまりにもだだっ広い家を少々持て余して、「和子、麻雀ルームに使用人のシャワールームじゃあしょうがないから、社宅は別の場所を借りることにして、ここはスラバヤ日本人会のコンサートホールにしてしまえばいい。ひとつ設計図を書け。グランドピアノを買ってやるぞ」などと言うので、私は喜んでその気になって五線紙に舞台と客席のあるホールの設計図を書いたが、結局そのホールの話は立ち消えになった。それでもグランドピアノだけは買ってもらって日本に持ち帰ったから収穫だったが、結局私がそのグランドピアノをスラバヤの日本人会で演奏することは一度もなかった。

スラバヤにいた時は、家族でコモドオオトカゲも見に行った。スラバヤからはバリ島、コモドオオトカゲのいるコモド島が近かった。トカゲがいる場所には一応柵があるのだが、その柵に近づかなければよいものを、物好きに柵の近くまで行った人の中には、さんざんのひどい目に遭った人がいた。このオオトカゲ、動きがのろのろとしているようで、いきなり尻尾を勢いよく振って、ウンチをビャッビャッと遠くまで飛ばしてひっかけてくるから、思わず後ずさりしてしまう。そのウンチをまともに浴びた人が何人もいた。

バリ島も面白かった。でもバリ島ではちょっと薄気味の悪いお葬式に出会って私は震えあがってしまった。今でも強烈に印象に残っている。島の偉い人のお葬式は、竹筒の中に遺体をぎりぎりと挟み込むように入れて高く高く掲げ、どのぐらいの期間を置くのかは知らないが、完全に人間の干物をつくる。完全に干上がるまで、その竹の棒をぎりぎりと巻きつけた身体を高い矢倉の上に乗せて突き出しておく。しっかり干しあがったところで、土地の風習でいろいろ意味があるのだろう、なるべく天に高くというのか、高張提灯のように提灯を三角形にたくさんぶら下げた高い矢倉に括り付け、その干し上がった遺体を突き出してお練りをする。町中を練り歩いた行列の後、今度はどういう構造なのか詳細はよくわからなかったが、その干乾しになった人間を牛の背の輿にのせて焼く。大きな牛の背が肉鍋になっているように見える上にそのミイラ状の遺体を置いて焼いて、その鍋で焼いた牛肉をみんなで食べているから、私は気持ちが悪くてたまらなかった。うちは五人家族だからホテルでは父と母が一部屋、妹の愛子と万里が一部屋で、私だけが一人部屋だった。しかもそのホテルの部屋の正面には、そのお葬式風景の大きな写真が飾られていたから、内心「いったいなんであんなことをするのだろう。おお、いやだ」と思い、ただただおそろしくて震えてしまい、夜中眠れなかったのをよく覚えている。

バリ島ではお人形踊り、楽しい民族衣装を着たいろいろな踊りや音楽のショーも見た。夜は「キャッキャッ」という、男の人が大勢集まって、片方のグループはカエル、片方のグループは猿で、キャッキャッ、キャッキャッと互いに叫びあう、全山一帯に叫び声が響き渡る奇妙な裸踊りがあり、それも大いに楽しんだ。とにかくバリ島は他とは違ってとても変っていたことをよく記憶している。バリ島には、ろうけつ染めの美しい布をたくさん売っていたので、母が何枚か購入した。そのうちの何枚かは現在でも我が家で、座布団や簞笥カバーになっている。

そう言えば、ジャワ島にいる間に、ほんの数日、兄が遊びに来たことがあった。慶応大学のつてだろうか、日本からスラバヤ行きの船にアルバイト船員のような資格で乗って来て、バタビアで降り、船がスラバヤまで行ってバタビアに引き返してくるまでの数日間を私たちと一緒に過ごした。多分それは昭和十五年の夏休み、スラバヤからバタビアに移動してすぐの夏休みのことではなかったかと思う。兄が来たので家族みんなでバンドンのホテルへ泊まりに行って、本格的なインドネシア料理を食べた。辛くておまけに香辛料がきつく、慣れない私たちにはとてもとても食べられた代物ではなく、家族全員誰もまるで食べられなかった。現地人は皆ナイフやフォークを使わずに料理を手で器用に食べていた。それもトイレでお尻を拭かない三本指だけを使って、器用に上手にぺろりぺろりと食べるのである。

その時はボルボドール（ボロブドゥール）の遺跡にも行った。ボルボドールはパゴダ風の建物

バタビアに残った行員たちと家族（1940 年）

がたくさん高く積み重なったようなお釈迦様の記念の山である。その遺跡の上にのぼった時の写真が残っている。その時は珍しい植物がたくさんある大きな植物園も見に行った。小さな子供が座っても大丈夫なくらい大きな浅いお皿のような葉っぱの蓮も見た。その後兄はバンドンをちょっとだけ見て回り、バタビアを少し見学して日本に帰って行った。

スラバヤには結局一年ほどいたのだが、スラバヤは最初にも書いたように日本人の商売の中心地で、当時の正金スラバヤ支店は、ジャワ島の三店を統括する大きな支店で、行員と家族を入れて総勢百人くらいはいたと思う。戦局が悪化し、軍艦がやられだし、蘭領でも戦争が間近になった。それでもその頃はまだ、オランダは公式には態度を表明していない時期だったので、オランダ領政府との交渉が緊急になり、スラバヤにいたのでは仕事にならなかったので、日蘭金融協定を進めるべく、父はスラバヤからバタビアに本拠を移すことを決めた。最初は、五人くらいの行員をスラバヤに残し、その他の大勢の行員や家族を連れてバタビアに拠点を移すことになった。

　その時はもちろん船に乗ってみんな移動をしたのだが、そろそろ戦争になって引き揚げるようになるからと、その移動を機会に父が結局、帰国したい家族はみんな引き揚げさせることにしたので、最終的にほとんどの家族はその時に日本に引き揚げてしまった。残った家族は子供なしの夫婦二人という行員が多かったが、そういう家族はバタビアまでついてきたし、私たち三人娘もバタビアまで父についていった。そして最後の頃は、バタビアには少数の幹部行員だけが残った。

オランダ人高官とテニス　バタビアにて（1940 年）

　バタビアの社宅は、スラバヤの社宅より少しは使い勝手がよく、ましだったが、それでも同じような様式のだだっ広い家で、そこでも庭のずっと奥の方には川があって、その川のところまですべてが敷地で、川へ出る途中にここでもテニスコートが造られていた。

　庭には、ありとあらゆる果物がふんだんになっていた。よく激しいスコールがあったが、家の中にいると涼しい風が通り抜けて行く。なるほどここの家はここの気候によくあった建物なのだとあらためて納得した。ほとんどの奥さんたちは日本に引き揚げてしまっていたので、バタビアの社宅ではさすがに麻雀をする人は一人もいなかった。それにバタビアではもうそういう空気ではなくなっていた。

父はバタビアに移ってから大いに忙しく、オランダ人のさまざまな人物と会合を持ち、日蘭金融交渉にあたった。その時の父の交渉の様子は、オランダ人高官と仲良く話をしている写真、会食の写真など残っている。昭和十五年十二月二十五日付の大阪毎日新聞の記事にはこうある。

正銀とジャワ銀行金融協定締結

日・蘭印貿易を円滑化

大蔵省では二十四日正午日・蘭印銀行間金融協定につき左の要綱を発表した

一、横浜正金銀行はジャワ銀行に蘭印貨勘定を、ジャワ銀行は横浜正金銀行に円貨勘定をそれぞれ設定す

二、ジャワ銀行は円貨資金を必要とする場合には横浜正金銀行は何時にてもこれを供給し、また横浜正金銀行は蘭印貨資金を必要とする場合にはジャワ銀行は何時にてもこれを供給す

三、本協定締結当時ジャワ銀行が保有する円貨資金および横浜正金銀行の保有する蘭印貨資金は第一項のそれぞれの勘定に繰入れを認む

四、第一項の両勘定の残高はこれを相殺することを得

（上）日蘭交渉時のホテルでの会食風景
（1940 年）

（右）日蘭交渉がらみで一時帰国時に空港で
（1940 年）

五、横浜正金銀行の蘭印貨勘定、またはジャワ銀行の円貨勘定の残高が一定額を超過したるときはその超過金額は何時にてもこれを米貨に転換することを認む
六、本協定は明年一月一日より一ヶ年間有効とす、ただし協定両銀行の協議により三ヶ月の予告をもって終了せしめることを得

日・蘭印貿易促進を計るため政府はさきに小林商相を特使として蘭印に派遣、さらに芳沢大使が今回また渡蘭するなど日・蘭印間の円滑なる貿易振興を意図していたが二十四日正午（日本時間午後二時）ジャワで蘭印の中央銀行たるジャワ銀行総裁と横浜正金銀行ジャワ支店支配人今川義利氏との間に日・蘭印銀行間金融協定の調印が行われここに日・蘭印貿易の基礎となる円建為替の協定が成立、両国間の通商貿易に一新紀元を画することとなった

日本では日蘭経済交渉には、小林一三が担がれていたが、実際の根回しや段取りなどは大部分父がしていた。小林一三の日蘭交渉が終わった後すぐのことだ、日本に一時帰国した父が、記念品として大きな市松人形を貰ってジャワに帰ってきたことがあった。関西で一番の人形師が造った人形なのだそうで、それを商工省からお土産にもらったとか言っていた。どうやら小林一三さんが手配してくださったものらしい。その時父は飛行機で行って帰ってきたのだが、太った父が大きな人形をぶら下げて飛行機から降りてくるから何ともおかしかった。その後はし

御晝食献立

濃 スープ

スパゲッテ ソウータ チース添

挽肉 カツレツ ソース添

鶏肉入 カレーライス

馬鈴薯 ボイルド

野菜 甘藍類 バター焙

シャーベット

チース クラフト

果物

珈琲 紅茶

昭和十六年 七月二十三日 水曜日

蘭領東インドからの家族引き揚げ船北野丸の1941年7月22日の献立

かたがないから、移動のたびにいつもその人形をぶらさげて歩く羽目になった。その人形は少し日に焼けてしまったが、戦火で焼けることもなく、まだこの家にある。

いよいよ戦争が近づき引き揚げの時期となり、私たち残っていた家族は、家財道具を持って帰ることのできる最後の船で、皆引き上げることになった。引き上げの時には、からゆきさんのおばさんが娘のとみちゃんと一緒に日本に帰れるように父が計らった。うちの家族が乗った引き揚げ船の一つ後の船で日本に帰国したはずだ。お国は確か山陰の方、島根だったように記憶している。そのおばさんは本当にいい人で、帰国した後一度、横浜の家にも遊びに来てくれた。

おかげで、私はジャワからはグランドピアノを持って帰ることが出来たから幸いだった。その引き揚げの時、父が「戦争になって物資が入らなくなるから、持てるものはなんでも全部持って行け」と行員全員に声をかけて、米を百俵、小麦粉を百俵、砂糖を百俵という具合に、積めるだけ積んでいろいろ持って帰ってきた。この物資は戦争中、戦後の炊き出しにとても役に立つことになった。

日本に帰る引き揚げ船は、はじめ神戸港についたが、荷物がたくさんあった関係で、乗り換えに手間取り、何日も神戸の定宿に泊まり、結局、神戸からは客船として最後の航海をした新田丸に乗って横浜港まで帰ってきた。戦争前最後の豪華客船が神戸から横浜まで行くというので、神戸でも横浜でもめちゃくちゃに大騒ぎをする中、横浜に入港した。新田丸は、その後軍用船となり沈没してしまった。横浜では一か月間ニューグランドホテルに泊まり、その間に兄が山手に家を見つけてくれた。こうして私たち家族にとっては、昭和十四年五月からの父のスラバヤ支店支配人時代が終わったのである。


ところがその時帰国したのは家族だけで、父はその後大変な思いをした。

いよいよ海軍、山本五十六の戦艦大和などが沈没して、方々の海で日本軍は米軍にやられ出した。ドイツと日本とイタリアの三国同盟で日本の立場がはっきりした頃、ジャワの軍部には今村大将がいて治安を維持していたのだが、その頃の父はまだ軍部とはまったく関係がなかった。

昭和十六年十二月八日、日英開戦となると同時にジャワ島を脱出してマレーから内地に帰れという命令がきた。それで父はただ一人なんとかマレーへと向かったのだが、途中のボルネオ島で捕まってしまったのである。オランダが英国側についてしまったから、それまでに引き揚げていた日本人はよかったが、残っていた日本人は全員捕虜となった。ところが父だけはその「バタビアから脱出せよ」との命令で、脱出しようとボルネオ島に一人逃げたところで捕まったのだ。

ボルネオ島では鉄格子のある洞穴の独房に入れられてしまい、一日に水牛の肉一切れだけ与えられて何とか生き延びた。それでも父は、確かに本人の言うとおり民間人であり、日蘭金融交渉をした人間だとわかり、クリスチャンだということの調べもついた。そのうちにやっと独房からは解放され、一旦ジャワ島の一角につくられた収容所に他の民間人全員と一緒に入れられた。

その後オーストラリアのラブダイというところに、南東アジア地区で捕まった日本人民間人捕虜を集める英米、オランダ軍など連合軍の合同の捕虜収容所が造られたので、父も他の民間人といっしょに船に乗せられてシドニーへと送られた。その時の輸送船では、皆船倉に入れられてしまい、屎尿の垂れ流しで本当に大変な状況だったそうだ。

父は、そのラブダイの第一捕虜収容所の村長に任命された。正金行員のほとんどはその収容所に入れられたのだが、他にもう一か所収容所が造られ、五人ほどその別の収容所に入れられてしまった。この別の収容所に回された行員たちは、交換船で捕虜の交換が行われた時、一緒の船に乗ってくることができず、後の交換船で帰国することになってしまう。それが小池さんや崎村さんたちだった。

捕虜収容所、父が運営した日本人捕虜自治村はとてもよく機能したという。捕虜の待遇は皆、父が交渉した。扱いはけっこう丁寧だったらしく、捕虜ではあったけれども、村の中では食糧もきちんと与えられ、みんな自由に過ごせたらしい。ラブダイは南でも南極に近い地方だから寒いのだそうだ。全員に毛足の長い真っ赤な厚手の立派なオーバーコートが支給されて、父は

（上）捕虜交換船シティー・オブ・カンタベリー号

（下）ロレンツォ・マルケスから乗り込んだ鎌倉丸

その赤紅色のコートを着て毎日捕虜収容所の運営をしたという。その時のオーバーコートは、横浜の家にずっと置いてあったからよく覚えている。足首までの長さがあり、胸から腰までボタンがついいた、しっかりとしたコートだった。

その後、敵方の民間人捕虜の交換の話を赤十字が中心にまとめ、父は他の捕虜たちと一緒に捕虜交換船で帰国できることになった。交換が行われたのはマダガスカル島近郊のロレンツォ・マルケスというところで、そこで鎌倉丸に乗り移り、その船で他の日本人捕虜たちと一緒に帰国の途につくはずだった。

ところがである。日本の軍司令部の方から、また、ジャワで下船して軍政を見てくれと言われ、結局軍政監部嘱託としてそのまま今度は今村大将の下で働くことになった。父の自筆の履歴書を見ると、昭和十七年十月のことだ。十五日付で任命されている。

鎌倉丸船上の義利（1942 年）

父は命令に従い、途中のシンガポールで鎌倉丸を降り、当時まだ敵に占領されていなかったジャワ島に戻った。その時のことで特に書いておきたいことは、蘭領東インドでの捕虜の扱いだ。父が自分の捕虜経験を生かし、完全に国際協定を守った合法的な捕虜の扱いをするように今村さんに進言したという。こうして蘭領東インドでは、きちんと国際法に定められた通りに捕虜を扱っていたので、戦後の東京裁判、戦犯裁判でも、大将の中で今村さんだけは初めから裁判にかけられることもなく無事だった。

しばらくして日本の正金銀行本部の方で軍部に、どうしても今川を返してくれとの請願が出され、父はようやくのことで日本に帰って来る事ができたのである。昭和十八年五月付、ジャワから帰って来てからの父の最初の任務は、為替部付参事、その後さまざまな役職を経て昭和二十年六月に正金取締役となり、終戦時には横浜本店と東京支店の支配人も兼任していた。

開戦、三度目の横浜

父が正金銀行の取締役兼横浜本店、東京支店の両店支配人だった時にマッカーサーがやってきた。その頃は山手に住んでいたので、父がすぐに本店に駆けつけてみると、入り口が閉鎖されていて、銃を持ったアメリカ兵が通せんぼをしていた。だが、書類をよく読んでみると、「正金の行く末は交渉の上決める」と書いてあったので抗議をし、その後もいろいろと交渉をしてなんとか正金銀行を民間の東京銀行として残すことができ、行員たちを解雇せずにすむことになったのである。その時のことを書いた父本人の一文があるので、全文ここに引用しておく。

終戦時のひとこま　今川義利（昭和三十二年六月四日）

終戦後占領軍がやってきて、戦時中日本経済の膨張に寄与したような機関を一概に戦犯視し、その役職員ばかりでなく企業そのものを成敗したのは、世界の戦史上にもあまり類例のないやり方であった。正金銀行も第二次大戦後におけるこの風変りな取扱の槍玉にあげられ、結局はいわゆる閉鎖機関にされてしまった。しかし、他の機関に比べると、半年ばかりの時間を稼ぎ、その間に実質的の後継者東京銀行が生れてくる気運を作れたことはまことに不幸中の幸いであった。

さて、台湾銀行や朝鮮銀行といういわれわれと長い間の仲間や戦時金融諸機関が閉鎖の指令を受けたのは、一九四五年（昭和二十）九月三十日のことであった。この日はちょうど日曜で、正金東京支店では山根（政徳）君が宿直をしているところへ、突然アメリカ兵が現われて遮二無二、一切を封印してしまった。この報告を横浜の私宅へ駆けこんできた同君から受けたのは、もう夜も十一時頃であったろうか。こんな時刻に店へ出かけてみても仕方がないと考えた私は、山根君をそのまま引きとめ、翌朝六時頃一緒に家を出た。オフィスへ着いて通用門から入ろうとすると、番兵が立ちはだかって通さないという。そこで、私は指揮官を呼び出し、この店の支配人として閉鎖の指令書を読ませて貰いたい、と申し込んだ。彼は気軽にOKして書類を私に渡したので、すぐに開いてみると閉鎖する機関名のリストがついていた。しかし、そのなかに正金の名はいくら探しても見当たらなかった。私は内心密かに喜びを感じながら、なおよく読み直したところでは、どうも銀行楼上にいる独亜銀行の接収がこの部隊に命ぜられた任務らしく思われた。それでその指揮官に書類を返すとき、私は俄かに形をあらためてこの点を指摘した。彼もさすがに狼狽してさっそく経済科学局の金融課に電話で照会すると、私の推定したとおり正金の閉鎖は誤りなことが判明し、われわれに対する封印は解かれて定刻に営業を開始することができ、以後翌年三月まで約六か月間正金の寿命は延びた。これと同じような間違いは日本銀行についても起こり、GHQとしては同行構内の資金統合銀行を閉める積りが、派遣部隊の早や呑込みで建物全体を押えたことから、日銀は一日だけ営業の休止を余儀なくされた。

なぜ正金があのときすぐ閉鎖されなかったかというと、終戦直後の金融課では、正金の処分について意見が二派に分れ、容易に結論が出なかったからであったとは、ナショナル・シティ・バンクのチェンバレン君から聞いたことである。彼とはその頼みに応じ行内の一室を貸してやった関係で懇意になり、日本に長くいてGHQにも顔の広い彼から得たいろいろな情報によって、GHQ内に流れる空気にも大体の見当がつくようになった。すなわち、一方には、正金は本来国際的な銀行で平和日本の将来に役立つものだから助けようという者がいるのに対し、他方には、正金も戦争経済推進に関与した政府機関だから閉鎖すべきだと強く主張する一派もあることが判ってきた。いよいよ十月中旬、硬派のトーマス大佐―ナショナル・シティの元東京支店サブ―の主張がついに大勢を制する情勢になったらしかった。そこで荒川（昌二）・伊東（和雄）の正副頭取に大久保・柏木の両元老も参加し、十一月一日にトーマスを築地の新喜楽へ招待して懇談した。もともと正金に対して好意をもたぬ男の考えを、こんな一夕の宴会ぐらいで変えさせうるはずはなかったけれども、このトーマスも、正金を全然消してしまおうというわけではなく、要は正金の普通銀行化を強く押していることだと判り、こうなっては、われわれも国内的な一商業銀行として更生を図る以外に生き残る途はあるまい、と真剣に考え始めた。

この前後日本側においても大蔵省に金融制度調査会が設置され、その貿易金融分科会の答申に従って正金改組の方針も決められることになった。そして翌一九四六年（昭和二十一）一月二十三日付けの同調査会答申書は、「正金銀行条例を廃棄し特殊銀行たる正金銀行は普通銀行に改組すること」というまことにあっさりしたものであった。ところが、この改組案は、時間をかけた割に簡単で少しも具体的内容をもたないものとしてGHQの受けが非常に悪く、また、それまで戦時中における正金の活動、ことに仏印における軍費調達のやり方などを検べ出した結果、GHQの正金に対する印象はますます悪化し、ついにその閉鎖解散を不動の方針にまで推し進められてしまった。かくして、正金の自発的解散と普通銀行としての再発足の具体案を正式に提出するよう勧告を受けたのは、一九四六年（昭和二十一）三月一日のことで、その結果、正金の国内財産を分離して東京銀行を作り、その残りの政府補償関係分と在外財産とを閉鎖機関に移して特殊清算に入ったのは遅れて一九四七年（昭和二十二）六月三十日のことである。

要するに、〝経済の非軍事化〟、〝経済の民主化〟、〝平和経済の確立〟という戦後の占領下における経済政策の三大原則に基づき、古い正金は亡びて新しい東銀が興った。しかしローマは一日にして成らずという諺もあるとおり、東銀が正金の盛時にまで国際的声価を高めるには、まだまだ多大の日子を閲し、非常な努力を費し、そして、時には良い意味の幸運にも恵まれなければなるまい。もとより私はいつかそのような佳い日のくることを望んでやまない。

（『続　自由為替の生涯　ものがたり正金史』編者　新井真次　より）

父は片山内閣の大蔵大臣になってくれという話も頂いた。だが、政治家はいやだといって即座に断っていた。スラバヤ時代、単身赴任だった石坂さんとよく一緒に食事をしたことは書いた。その石坂さんのお兄様は当時経団連の会長だった。日本が戦争に負けてから父がさんざんお世話になった。戦後、正金銀行が廃止され、国策銀行の幹部ということで追放になった父が、東京製綱に入るチャンスをもらった恩人である。昭和二十一年六月に横浜正金銀行を退行した父は、同月に東京製綱株式会社取締役に就任し、昭和三十二年六月に社長となった。

アメリカ勤務時代から父は橋に魅せられていた。当時の日本には本格的な吊り橋がなく、ロープで吊り橋がどうしても作りたいと口ぐせのように言い、父の社長時代に若戸大橋に着工した。だから橋が完成した時は、とてもとてもうれしそうだった。父は晩年も自分の好きな仕事ができてとても幸運だったと思う。そう言えば、父から、綱職人の名人芸の話を聞いたことがあった。ロープを張る時は、同じ長さに切ったのではたわみがあるので上下左右の長さが揃わないのだという。だから同じ長さに切るのではなく、職人芸でたわみ分を加減して切っていくのだそうだ。

さて、ここからは、少し戻って、ジャワから帰ってきてからの家族のことを書く。

ジャワから帰ってきた時、私たち娘も皆すっかり大きくなっていて、高島台の家には大きな犬

（右）兄義人と引揚げ時に住んだ横浜山手の家（山手資料館隣）
（上）犬のドルフ

がいたこともあって手狭だったので、他に家を探すことになった。兄はその頃、慶応大学でヨット部にいた。予科一年の時、横浜港湾内で起きたあの有名な慶応のヨット遭難事故に遭遇して仲間一人を亡くしたことはもう詳しく書いた。その兄が、ヨット仲間と一緒によく飲みに行った、例の行きつけのバー「カフェ・マスコット」で知り合った調律師の石原さんから、山手なら貸家があるかもしれないと聞きつけて山手で家を探し、現在の山手資料館の隣の隣に家を見つけた。

新しく住むことになった家は、八十九番地、バルコニーのあるピンク色と白に塗られた、かわいいおしゃれな洋館だった。その資料館近くの家に入ったのが十月くらい、そして十二月八日にはもう開戦となってしまい、その後父がジャワで捕まったという話を聞いた。

家を見つけてくれた兄自身は、犬のドルフの世話があったので、私たちと一緒には住まず、元の高島台の小さな家に祖母と一緒に残ることになった。ところがその後しばらくして吠えてうるさかったためか、そのドルフが何者かに毒を盛られて殺されてしまうという事件が起きた。それでようやく兄も山手の家に一緒に住むようになった。兄はちょうど慶応大学を卒業する少し前に引っ越してきた。その年は戦況が悪化して次々と負け戦になり、三月卒業が九月に繰り上がった。写真が趣味だった兄は一応、小西六（サクラフィルム）に就職が決まっていたのだが、ほとんど学徒動員のような形で入隊となった。ソフト帽をかぶって山手の家の前でとった写真が、慶応大学卒業直前のものだ。

ジャワから帰ってきた時、妹の万里はちょうど年齢的に間が悪く、学校に籍もなかったので結局どこの学校も卒業できなかった。妹の愛子の方は、最後の三学期だけ神奈川学園に入れてもらって卒業した。本当に転勤転勤は子供には悲劇だ。

山手のうちでは、近所に歌手の藤原亮子ちゃんの家があり、彼女とはよく食パンを分けあって食べた。今資料館になっている建物に住んでいたフランス人の奥さんのところには、ピアニストの草間加寿子（安川加寿子）さんがよく遊びに来ていた。あの頃は、あの辺の方々の家で、ピアノをジャンジャン弾いていたものだった。我が家でも裏にあった小さな日本間の女中部屋にアップライトのピアノを入れ、グランドピアノの方は応接間に入れて、私と愛子も負けじと二人でジャンジャンとピアノを弾いた。そのアップライトが今ここにあるアップライトである。九十年以上前に製造されたピアノで父が上海で買ってくれたものだ。その後この二台のピアノは数奇な運命を生きることになった。

その山手の家にいた頃は、何かお国のために仕事をしなければならないという感じだった。私はもう女学校を卒業していたから、町内会で働き、物資配給の帳簿つけなどをした。イギリス大使館の下の方、谷戸坂の中間くらいにあった、日比谷クリーニング店の日比谷さんがそのころ町内会長をしていて、そのクリーニング店が町内会事務所になっていたのだが、そこに勤めた。その頃その事務所は市役所の分室のような扱いだった。そこでは、山手住民の住民票や配給を一手に扱っていて、その事務のほとんどを私一人でしていた。米券、砂糖券など様々な物資を受け取るための、家族の名前と人数が書かれた引換券を発行した。その仕事は一年くらいしただろうか。横浜には当時、中国人、朝鮮人、台湾人の他、西洋人もドイツ人、イタリー人、白系ロシア人など、さまざまな国の外国人がたくさん住んでいて、外国人でも日本国籍を持つ人も多かったから、誰が敵だか味方だかよくわからないのが横浜だった。だから配給も、日本人だろうが外国人だろうがまったく公平にしていた。そういう意味では横浜は当時も国際的で面白い町だった。妹の万里は、他の人と一緒に軍服のボタン付けなどをしていた。

ジャワから引き揚げて山手に住むようになった後、またピアノの先生探しをした。結局、調律師の石原九州男さんに紹介されて師事したのが、白系ロシア人のシャピロ先生だった。コンスタンチノ・シャピロは、チェロの名手で、奥さんのリディア・シャピロ夫人はピアニストだった。その頃は、五人の息子と乳母のような人と八人で本牧に住んでいらしたのだが、私と愛子は、そのシャピロ先生のところにピアノを習いに通った。

先生たちは、戦後赤坂に引っ越され、その後アメリカに移住なさったのだが、終戦後すぐの時期には、NHKでオーケストラと共演なさったり東洋音楽学校などでも活躍なさった。息子たちは日本の大学を卒業していて日本語がとても上手だったので、米軍の通訳をしていた。シャピロ先生は、女王様のように美しい方で、今でも当時の演奏の録音盤が残っているはずだ。ご自宅のピアノが焼けてしまった後、一時的に、NHKの中にあったレッスン室でレッスンをなさっていたことがあって、私も一度NHKまでレッスンに伺った。

その他、山手の家に引っ越した後、始めたことと言えば、従妹の淑子さんにピアノを教え始めた。ジャワでは少し子供にピアノを教えていたが、日本でピアノを教え始めたのはこの時からだった。

しばらくすると、軍の山手の研究所、測候所の土地の中に建てられたレーダー小屋、レーダー研究室があったのだが、そこで岡本少佐という方がお茶くみをする女性を探しているという話があり、正金の今川さんの娘さんなら身元がはっきりしているからと、その軍の山手の研究所で秘書として働くことになった。

ところが私が働き始めようという時になって、急に岡本少佐の転勤が決まり、川崎の東芝本社の中にあった研究室の方に移られることになってしまった。岡本さんは私の処遇に困ってしまい、結局、東芝が私を雇うという形で、私も川崎の研究室の方で働くことになった。給料は東芝から貰い、配給物資は軍から貰うという、おかしな形になった。これが多摩陸軍電波兵器研究所に勤めるようになった時のいきさつだ。
その後私は九か月間この多摩研に勤めた。その時のことは、戦後三十年を経て、私の声掛けで戦争中レーダー開発にあたった当時の将校たちが参加して、レーダーの歴史的な開発記録を残すことになり、防衛庁の技術資料八十二号としてまとめた。私はその編集責任者として全面的に携わる機会を得、そのころのことはその資料の中に詳しく書いたので、それをここでまるごと引用したいと思う。以下は、昭和五十二年十月三十日に手元にあった当時の資料を見ながら書いた文章だ。

防衛庁技術資料八十二号
『第二次大戦下における日本陸軍のレーダー開発
対空電波標定機た号2型、た号改4型』

X、女一人！　改4との九カ月
川崎研究室勤務中の「メモ」より

八木和子

X1、横浜大空襲
気がついたら、たった一人水の中にいた。悪夢から覚め、放心状態で見た光景は、空は黒煙でおおわれ、敵機の爆音がごうごうと火山の鳴動のように響き渡っていた。目の前総ての物体がめらめらと赤い炎を上げ、まるで地獄だった。ビルが！　電車が！　立木が！　人が！　空が！　赤と黒の祭典のように燃えていた。

昭和二十年五月二十九日午前九時ごろ、横浜がB29六百機で空襲された日、私は多摩陸軍技術研究所川崎研究室の白鳥中尉殿を横浜駅のプラットホームで待っていた。彼に久我山第二班長高橋少佐殿の手紙を渡すためだった。十分程した時「うーうーうー」という空襲警報のサイレンが鳴り、東部軍情報が放送された。

「電波標定機改4型等が見事にとらえたな！」と胸の中で思う。敵の大編隊が、富士山を目標にして本土に接近し、向きを東京方面に変えたとのこと。夜中が多いのに今日は午前中からだ。不吉な予感がした。

私は駅員の待避命令に従って、駅正面玄関（現在の東口）の地下室に、人々にもまれながら入った。ぼんやり地下室を照らしていた数個の裸電球が一時に消えた。暗闇の中の人々の不安が異様などよめきになり、壁にこだました。今日は横浜だと口々に叫び出した。胸がきゅーっと絞めつけられた。駅は、確実に敵の目標になるから、安全とは思えなかった。日本中の大都市が次々と空襲されたが、不思議に横浜は健在だった。今日か明日かと毎日家を出る時は死を覚悟して、家族とも二度と会うことがないかもしれないと、「行って参ります」「気をつけてね」とお互いに最後の別れをするような気持ちで出掛けた。

私は地下室の外に出なければと思った。引き返すわけにはいかないので、奥へ奥へと進んだ。しまった行き止まりだ。一方しか出口がないなんて危険だ。時間の流れが恐怖となって来た時、強く着物を引っ張られた。暗闇に慣れた目で見ると、一人の男が鉄棒につかまり上に登って行く。又一人、又一人、私も鉄棒に夢中でつかまり登り始めた。手が滑る。足がもつれる。頭の上に光があった。そこは駅の荷物置場のエレベーターの入り口だった。

「馬鹿野郎！　危険だ！　中に入っていろ！」駅員の罵声が飛ぶ。一人の男が叫ぶ。

「何を！　蒸し焼きにされてたまるか！」私は駅員が荷物を消火しているので手伝い始めた。火の手が四方から上り、手がつけられない。

「危ないから早く逃げろ！　もう駄目だから！」と数名の駅員は煙の中へ消えていった。

機銃掃射の弾か、焼夷弾の弾かわからぬが、身の周りにびゅんびゅん落ちる。荷物に当りばんばん破裂して次々に燃え上がり、たちまち火の海となった。若し体に命中すれば終りだ。死神と戦っているような気持だが、この時は恐怖心はなかった。夢中で火の中を走って郵便局まで逃げた。ここも黒煙もうもう一寸先も見えず息もできない。誰もいなくて煙の中に一人だった。家へと駅前の広場に出たら貯水プールがあったので、どぶんと飛び込んだ。体中の熱気がじゅうーと音を立て、頭の思考が一時停止し、はあーはあーしながら、足が届かないので浮いていていた。

「改4は！　改4は！　高射砲は！　無力だ！　味方の飛行機が足りないのだ！　こんなことで！　どうするんだ！」涙が次から次、ぽたぽたと水の中へ落ちた。

どぶねずみのような姿で歩きながら、もんぺ、頭巾、着物を絞る。サイレンも爆音もない真っ赤な空、大きなビルは助かり、骨格だけのビル、半壊、全壊、全焼。黒こげの並木が大小無数のこぶしを振り上げて、天に対して怒り、悲鳴を上げ、くすぶり立ち並ぶ姿は不気味だった。青い葉が、芽がもう一度出るとは思えない。足元には亡くなった人々が倒れている。手を下すこともしない。気の毒とも考えない。自分が生きているのが大切だったに違いない。罪深いことだ。動ける人間が二人、三人と焼けた道路にどこからか出てきた。異様な姿で全員阿呆のように、各自が各方面に無言で歩きだし、避難民の行列となって、又散っていった。

桜木町、弁天通り、南京町、元町、山下公園と小走りに坂を登る。外人墓地の前の教会を曲がると、その一角は無事だった。

X2、変な身分

私が多摩研川崎研究室に勤務することになったのは、岡本少佐殿が、横浜の山手（現在の港の見える丘公園）に「改4型」の実験小屋を作られたからだ。父の知人から、少佐殿の仕事を手伝ってみたらと、話を持って来られたので、家から徒歩で五分で行ける所だと思い引き受けた。私との話が決まった直後、少佐殿はロケット研究の方に任務が変り、山手は閉鎖となった。私は理由も分からずに東芝本社本館二階の一室に通勤する身となった。

昭和十九年十月初旬、東芝の美しい受付嬢に部屋を教えられ、緊張しながらドアーをノックして入った。室内には、五、六人の軍服姿と三、四人の学生服姿の人々がおり、その中には中学生の少年の姿もあった。彼らは一斉に私を見た。身のすくむ思いで一礼し、男世帯の中に紅一点とはこのことだと、場違いの所に来たのをつくづく後悔した。

この研究室は、多摩研第三科第二班に属し、班長は新妻少佐殿、室長は高橋少佐殿、以下白鳥中尉殿、矢沢中尉殿、田淵、宮田両少尉殿、西堀軍曹殿（後の第一回南極観測隊越冬隊長）、軍属としては、泊、近藤、小林の三青年、吉村、島田の二少年。私が勤め始めた時期に移動した人は、辻、板橋、佐々木、浜中の諸氏、高橋少佐殿が新妻中佐殿の後任として、久我山の班長殿になられた前後の新任者は、高橋、笠原、鎌野の三少尉殿と伊東氏だった。以上の方々と共に、九か月間「女一人改4と暮す」の毎日だった。高橋少佐殿は、身長1m73㎝で、眼光鋭く、鼻高く、軍人の中の軍人という感じの青年将校だった。彼は岡本少佐殿の置き土産の私の処置に非常に困られたようだ。陸軍の本部では、女子事務員を採用するが、出先の民間会社の研究室に女を使うことは認めていなかった。これは想像だが、私は許可なしで勤め始め、少佐殿は、「女の子も使ってみれば、掃除、お茶くみ、ご飯運び等々、男の子より重宝な面もある」と考えて使うことに決定したのではないかと思う。それで結局私の身分は、多摩研でも東芝でも本採用はできないから、電子研の陸軍課が私に月給を支払うということになった。後で川崎と久我山に半々に通勤する事態になった時、電子研を退職したから、どこにも籍がなくて、ただ高橋班長殿の仕事を奉仕的に手伝う結果となってしまった。

研究室に勤務するということは、極秘書類も扱うし、又私一人に軍の配給物がないのは、同室者として気の毒だから、一応多摩研で身体検査と手続きをするようにと命令が出た。

翌日吉村昭博少年の案内で青梅線にある本部に行った。彼は小柄で、ちょっと弱そうだが、何時もにこにこしていて親切で頭が良かった。もう一人の島田株美少年は丸顔で丸い目をして真っ赤なほっぺたをしていた。二人とも全員から愛されていた。私は弟みたいな存在の二人がいたので、安心して勤務出来た気がする。少佐殿は夕方になると、多忙な時でも、夜学（電気関係）の時間だからと彼らを帰宅させた。なかなか出来ないことだと感心した。

多摩研本部は研究所とは言っても、軍隊そのもので、門のところの歩哨の姿から民間の空気とは違い、一歩入れば軍隊特有の重苦しい気分が支配していた。一日中所内をぐるぐる歩き、検査を受けたり、手続きをしたらへとへとになってしまった。今になって考えると、このあるような、ないような、二重国籍みたいで自由だった私の身分が、三十四年後の現在、又改4探しの仕事を手掛ける動機となった気がする（身分上のことで、若し思い違いがあれば訂正してください）。

X3、川崎研究室の人々（敬称、敬語省略）

私は九か月間勤務したが、残念ながら改4をこの目で見たことがない。写真、書類によって得た知識であるし、三十四年前のことであり、思い違い、忘れたことが多く、正確とは言えないが、戦時中の研究室の模様を語ろうと思う（なぜなら現代の若い人々には考えられない、総てのもの《人間、食糧、資材、燃料等々》が不足した戦時中の生活で、最近戦争の記録文学等が多数出版されていても、研究室等の文学は出版されていないと思われるから）。

高橋少佐は、朝から他所へ出張する時以外は、七時半から八時までには出勤して来た。私は一番先に出勤しなければと心掛け、掃除と、各将校の使う鉛筆二十本位をナイフで削った(電動式鉛筆削りなどはない)。

少佐も他の将校、軍属も部屋で仕事をすることは少なく、外出先で何かをしているらしい。電気に無縁の私は、彼らの口から出て来る単語の意味が一つも分らなくて困った。

高橋少佐は早口で今日の予定を話し、命令する(十二月中旬頃)。

「自分と白鳥中尉、泊、島田は千葉高射校へ行く。改4を坂本運転手のトラックで輸送する。7号機だ。田淵少尉は小向へ検査に行ってくれ、宮田少尉は多摩研へ飛行搭乗のために行け。吉村は日本歯車へギャーのことで連絡に行ってこい。今、手紙を書く。東一造に先に寄って行け。封筒くれ」私は裏返して作った封筒を渡す。手紙を書きながら彼の口は動いていた。

「生田研究室からSY−5二本取りに来るかも知れない。多摩研からの連絡者が来たらよろしく頼む。この前改4を運搬した時、ガードの低いところが通れなくて困って、アンテナの取付木枠の先を切ったよ、木塚部隊はタイヤの空気を抜いて通ったそうだ。高さが四mあるから大変だ。竹竿持って行って電線を持ち上げるのだから苦労だよ。白鳥中尉! 仙台の位相環はどうなっている? 一度仙台へ出張するといいよ。泊、重電機のモーター付位相環、千葉高射校へ持って行ってくれ。千葉の帰りに安立電気に寄ってくれ、では留守を頼む」全員あっという間に外出してしまい、私一人となった。

研究室はドアーを開けると奥の正面に窓があり、私の机が窓に向かってあった。細長い七坪位の部屋で真中に将校の机が向き合って五、六個あった。私は何時も背中を向けて仕事をしていた。耳は何時も後ろの声を注意していなければならず、出口が遠いのも不便だった。しかし私がいちばん光線の明るい所で仕事が出来、出入りに邪魔されず幸だった。

当時電話は現在ほど普及していなかったので、本部、各研究室、各会社の連絡は手紙だった。ポストに入れるのではなく、毎日使いが行ったり、来たりした。緊急の時は電話で、東芝の陸軍課の電話を少佐、中佐は使っていたが、下の方の者が使うことはなかった。

改4とはなんだろう? と考えながら、暗号表みたいなものを書く。

「PH-1,KH-2,RH-2, RH-5, TY-66G, KX-80,UY-807, UN-995,…」のごとく。一体何か? 理解しないで仕事をすることは苦痛であった。全員が忙しいから質問することもできないし、極秘の赤判が全部押してあるから、あまり探索しない方がよいかも知れないと黙って仕事をした。でも内心では、今に全部勉強して覚えなくてはと決心した。

「失礼! 今川さん一人?」多摩研の木本少尉が笑って後に立っていた。彼は好人物で責任感が強く、多摩研・研究室全員から信頼されていた。

「あら木本少尉殿、今日は少佐殿千葉です。先ほど浜中さんが連絡に見えて、少佐殿に至急多摩研へ出頭するようにとのことなので、川崎部隊本部から高射校へ電話連絡するようにと頼みましたけど! また何か御用ですか?」

「ああ、あれは十二時四十五分ごろ連絡ついた。今日はトラックの便があったから、ガソリン百ℓ持って来たんだ。それに配給物もね。タバコ、靴下、色々だよ、じゃー又」

木本少佐が帰るのと入れ違いに、九十二部隊の鳥井中尉の使い二名が、ブラウン管を取りに来た。次に何時もは東芝の真空管工場の方で仕事をしている、矢沢中尉の部下の近藤君が中尉の使いで多摩研へ行くが用事はないかと立ち寄ってくれた。別になかったが、思い出して出張上申書とタイムカードを持たせた。

今日は珍しく高橋少佐も白鳥中尉も在室されていた。来客が多く、主な方々は仙台の小池先生、早電社の白坂氏、伴大尉。東芝の大庭氏は架台と取扱説明書について相談していた。又8号機が千葉へ送られ、坂本、赤瀬、松崎諸氏と吉村君が同行した。

岡本少佐は任務は変わったがまだ正式に辞令が出ていないためか、川崎研究室に籍があったので、時々見えられた。配給物を取りに見えることもあったし、奥様のお手製のバタートーストを召し上がりに立ち寄られることもあった。彼は小柄だから軍刀が床に届きそうだった。でも体一杯知恵が溢れている秀才だと評されていた。今日は私の机の上にぽんと原稿を置き、「今川さん、これ十部印刷して下さい。誘導弾の原理なのでね！ 極秘だよ！」「誘導弾って何ですか？」返答なし。あとで「秋水」ロケットの研究論文だと判明した。

私の仕事の一つに原紙を切って「ガリ版」を作ることもあったので引き受けた。

十二月二十一日は私には忘れられない日だった。白鳥中尉は激務のため病気になられ昨日から休養した。明日は供覧演習が高射校であるので用心したのだ。ちょっと心配でもある。

高橋少佐は高射校へ行かれた。泊さん、吉村君はレーボック、6306、スターギャップ等を千葉に運んだ。島田君は眼鏡取付装置を運ぶことになっていて、届けられるのを待っていたが夕方になっても来なかったので帰宅してしまった。

彼の帰った直後に、この部品の入った箱が届けられた。私は勇気を出して、高射校のある幕張へ行く決心をした。いちばん日の短い冬の日は、すぐ暗くなり北風は冷たく、眼鏡取付装置の箱を持った手は、心細いので震えていた。幕張に下車して、何も今日でなくてもよかったのではないかとも考え、又果たして今頃まで多摩研の人々が学校におられるかどうかも心配になって来た。駅前で、右の道でも左の道からでも学校へ行けると教えられ、運を天にまかせ左の道を曲った。あゝ！　あの声は多摩研の人々だ。本当にうれしかった。神様が助けてくださったらしい。

「高橋少佐殿！　今川です。眼鏡取付装置持って来ました」つい大声で呼んでしまった。

「おゝ！　来たのか。よかったな、こちらの道で会えて、おい泊、これ持って学校へ引き返せ、先に駅へ行って待っているから」「はい、走って受付けに置いて来ます」と泊さんは箱を受け取るやいなや背中を見せて走り去った。私は彼の丸い背中へ何度もお礼を言った。新妻班長もこの時おられ、それで私を記憶していて下さった、と言うお話を最近になって伺った。
二、三ヵ月すると、無学の私でも川崎研究室が何をしているかが判って来た。超短波標定機改4型の試作、調整、実験の研究を小向でしていて、高橋少佐以下全員が、東芝の人々と一致協力して、部品の発注、確保、督促、修理、操作法の指導等々に必死の努力をしていたのだ。戦局も厳しくなり、毎日敵機の爆撃を受けるようになったので、試作機を次々に完成して、それを各地の高射砲陣地に送り、高射砲の敵機撃墜の命中率を高めるための兵器が改4だったのだ。世に言うレーダーだ。

私もカラス口を用いて、配線図を書いた。下手な字で原紙四、五枚を切り、改4取扱説明書を二十五部作った。わら半紙を二つ折り、縦書きで黒紐でとじ、図面と写真を付けて一部だった。（今なら印刷技術が発達し、コピーなど簡単だが、当時の私にとっては大仕事だった。）この時の印刷ボケの紙の裏を利用して勉強したりメモしていたので、改4の取扱説明書の目次が手許に残り、多少のことが判明した次第だ。

十二月三十一日に一九〇〇部隊へ9号機を運搬した。午後一時高橋少佐から今年最後の訓話があった。
①川崎研究室の姿
②時局に対する態度
③少佐の所見
明朗団結。軍紀厳正。任務遂行。等々、昭和十九年も終わった。

二十年一月二日は白鳥中尉一人が来られ、他の者は正月なので休みを取った。

「中尉殿御目出とう御座います。どうぞよろしく御願いします。私はちょっと掃除に来たんです」

「御目出とう、御苦労さん。私は東一造と日本音響に用があるから、三日には仕事が始まるし、東一造と柳町の工場の得能氏が位相環各々三個と四個取りに来るからね。又G2指示器の件、会議の件、銘板の件で中村氏と相談しなくてはならないから。全く忙しいよ。今年は大変な年になりそうだ」と時局に対する彼の話は長々と続き、私の胸を打った。

一月二十日に高橋少佐は新妻班長の後任として二班の班長に栄転した。私は非常に淋しく思えた。でも時々会議の時には見えられたし、又高橋、笠原、鎌野の三少尉と伊東光雄氏も新しく川崎所属になって人数が多くなり、一致協力して、白鳥中尉の下で団結して働いた。

一月末頃になると会議、会議の連続だった。「G2会議」「改4研究整備に関する件」等々。問題が山積し、全員が三人前は働いていた。会社の人々も同じだったと思う。

検査要領書、取扱説明書、図面、写真、等々改4に関する書類の部数が不足していた。実習兵一人に一部ずつ配布したいが出来ない。機械一台に一部の割合だった。だからおさめた部隊に一部しかないということだったかもしれない。あれでは教育も思うようにできず、指導する将校らも大変だ。又故障が起きたり、部品が破損すると困って、川崎研究室に修理と部品の確保を求めてきた。高橋班長、会社の松井氏、木塚氏、白鳥中尉等が相談し、「改4整備隊」が二月六日後に編成され、各地に派遣された。

三月十日に佐竹大佐が来室されたので、何かあるなと思ったら、「タチ31号」関係者（会社）に感謝状贈呈式があったとのこと。「タチ31号」とは改4の制式名だと知った。私は感謝状もよいが、最近毎晩各地が空襲されていることが不安だった。その心配は研究室の各種テスター、機材の疎開を本気になって考えることになったらしく、横浜弘明寺の横浜高等工業専門学校と六角橋の横浜高等商業専門学校が候補地となり、やがて実行に移った。多摩研本部も疎開し、久我山立教女学校の松林の中の二階建ての校舎が第三科の本拠地となった。

二月二十六日の空襲で近藤雇員の家が全焼したのが皮切りで、四月十五日の川崎空襲で、田淵少尉、宮田少尉、矢沢中尉、伊東、吉村両雇員等々、全焼し罹災者が次第に激増していった。東芝の本館は無事だったが、各工場は大なり小なり被害を受け、佐竹科長、高橋班長も度々来室、会社の轟氏、宇佐見氏の諸氏と対策を協議していた。私がいちばん大変だと思ったことは、水道、ガス、電気がストップしたことで、水洗便所が使えないから、本館の玄関前にずらりと、木造のほったて便所がつくられたことだった（現在は手洗い所と称す）。

年中飛行試験をして、改4の実験をしているらしいが、指示機が不安定とかで、今日も失敗とか、中止延期とかのニュースが入り、はらはらする毎日だった。そして川崎研究室の主力は次第に分散し、久我山へ吸収されていった。又製造の方は富士工場へ移ったらしい。私も久我山へ通勤する日が多くなった。将校達も、新しく来た塩沢雇員も、古い人々も川崎研究室を連絡所みたいに利用し、仕事は二、三人ずつのグループに分れ、白鳥中尉一行は生田陣地、田淵少尉一行は子安台へ、のごとく各地、各会社間、研究室間を全員が、電車、汽車、足で飛び歩いていた（現在ならば、飛行機、新幹線、自動車、オートバイと便利だが、戦時中はガソリンなどは御宝物の存在だったから、自分の足がいちばん大切だった）。

五月二十九日の横浜大空襲の次の朝、私は全滅に近い横浜市を山手の丘の上から見て、高橋班長が、川崎研究室の疎開先の横工とY専のことを心配なさっていると考えた。電車不通、電話不通、電報不通、自分の足しか連絡の方法がなかった。

当時歩くのと水泳には自信があった（家族五人無事、家中避難民五十人収容）。私は横工とY専をこの足で調査し、久我山まで行かねばと思った。母がおにぎりとお米を渡してくれ激励してくれた。本当に青空が美しく、雲一つないかんかん照りの日だった。天と地上の違いを書きたいが、とても出来ないしまた何頁にもなるから省略する。

山を越えて横工に到着した。校舎は無事だった。誰一人いないので、勝手に侵入してテスター、機材の有無を確認して次の目的地Y専へ向かった。ここも損害がなかった。疎開して消失したのではやりきれないから心から安心した。

菊名から横浜線が通じていて、武蔵小金井まで電車で行けた。小金井から久我山まで歩き、夕暮立教女学校に到着した。班長は机に向かって書類を見ていた。

「班長殿、横浜全滅です。両方の研究室調べてきました。異常ありません」

「全滅か！　よくやってくれたね、有難う。どこからも情報が入らぬので心配して待っていたんだ、本当に助かって異常なしか。君の家はどうした？」

少佐の家は池袋護国寺の陸軍基地の入り口の官舎だ。私は度々連絡に来たので美しい奥様、可愛いお子様方とは顔馴染みだった。私の家族の無事を喜んで下さり、「お米なんか持って来なくたっていいのに。本当に大変だったわね」と笑っている奥様に、お米を無理に受け取ってもらった（当時お米は配給だし、上官の家に泊めて頂くのだから当然の礼儀であった。最近政府は米が余って困っているし、国民は米を大切にしていないから、又いつか天から罰が与えられるのではないかと思う）。

食料品、衣料品、燃料、なんでも配給だった。陸軍に勤務していると、陸軍の配給が別にあったので、民間人は軍属をうらやましがった。

私の大切な仕事に配給品を分配し集金する仕事があった。ほとんど毎日何か配給があったが、川崎研究室は本部との連絡者の交流の時に、手で持参して来たりすることが多いので平均一週間に三回位であった。品物により、所帯持ちの将校、将校のみ、独身者、全員等々と区別があった。

「チョンガは割が悪いよ！　配給なしで」とぼやく若い将校、「チョンガって何ですか？」と私。「今川さん知らないの。独身者の軍隊語、長靴はチョウカ！」軍隊語も覚えた。

参考までに述べると、靴下一足二円三十銭将校。コーヒー四十銭全員。洗濯石鹸一個十七銭、浴用十銭全員。バター四十銭所帯持ち。シャツ上・下各七円五十銭、上か下か希望する方を取ること、将校のみ。光四十五銭、金鵄二十三銭男全員。洋かさ十円。反物十八円少佐のみ。炭一俵四円五十銭世帯もちで分ける。タドン十五個七十五銭。餅一枚八十五銭少佐三枚、他は一枚。ウイスキー十八円少佐。クリーム一円二十銭全員。菓子一人三十八銭……まるでスーパーマーケットのようで魚、野菜、乾物、何でもあった。又東芝から食券が支給されていたのは有り難かった。久我山の一食は四十銭だった。

一月十一日大きなぶりを泊さん、伊東さん、小林さん等で他の配給品と一緒に持ってきた。白鳥中尉、宮田、田淵両少尉も驚いて「うぁー！　すげえ！　ぶりの配給だ。今川さん包丁なくて切れるかね？　食堂へ持って行って切ってもらえよ！」等々。全員面白がり心配してくれる。私は心の中で「食堂なんか行くもんか」とつぶやき、ゾリンゲンの果物ナイフを持ち出した。東芝のお茶くみ用の狭い小さな流しの中で、東芝の女子事務員の見守る中で、ブリの切り身の山を作った。私は南京町の魚屋の前に毎日行列をしていたので魚位下ろせた。さすがはドイツ製のナイフだと、よく切れたことに感謝した。

私が食堂を敬遠したのは、地下調理場に食券を持って行列して、研究員の丼食を受け取りに行くことが毎日だったが、配膳台の所には大勢の女の子がいて、憎らしい程威張っていた。先方は多摩研の人々の食券は会社が特別に支給していることを知っているので、(よくは知らぬが、実際は陸軍の方から会社へ米を特配していたらしい)。「何人? 多摩研ね!」「五人前、何卒よろしくお願いします」と丁寧に頼む。計量のアルミ器に大きなしゃもじでご飯をこそっと少々入れ、丼にぱっとあける。見るからに少なく丼の半分しかない。随分少ないから文句を言うと、「配給ですからね、戦地の兵隊さんを考えて御覧よ。何も食べられないんだから」「こちらだって軍人さんで、一所懸命にお仕事しているのよ」

「へえ!多摩研なんて居候じゃないの」かっかしてくるのを我慢して、五人前の御飯とお数を受け取り、側の台の上で私の食券の分を四人前に盛り直して分量増加をしていた。一度はくやしくて泣いたが慣れた。

七月になると、私も久我山の班長室へ勤務する日が多くなり、川崎へは時々連絡に行くようになった。川崎には東芝の社員でいて、軍籍、軍属になった人々、矢沢中尉、近藤、小林両雇員らは会社の職場に通勤していたから、研究室は閉店休業の状態で細々と存続していた。

私への終止符は終戦より一足早かった。その日私は、川崎から久我山へ夕方到着した。木本少尉が、班長は今日はもう久我山に戻って来ないと思うから、家に帰った方がよいと言われた。その時私は帰るべきだったが、一時間ばかり待ってみるからと答えた。久我山の人々は全員帰宅してしまった。班長は七時半過ぎても戻らず、私は横浜に帰る自信がなくなってしまった。その夜宿直将校が木本少尉だったことは運がよいのか悪いのか判断が出来ぬが、彼も困ったことになったとは思ったのだろうが、自分が全責任を持つから、机の上でよかったら泊まって行けと許可してくれた。私は彼の親切に感謝して、一晩泊まって翌朝早く川崎へ帰った。でも上司に心配をかけたことを後悔した。二、三日して、私は無籍者に近い身軽な身分でもあり、また通勤の困難も加わり退職した。

久我山の人々には無言の別れを告げ、夕方川崎研究室に立寄った。机と椅子が乱雑にあり、誰れもいなかった。私は最後の掃除をしながら、達磨さんのようでにこにこしていたが、厳しかった新妻班長は参謀本部へご栄転なさった。岡本少佐は？　佐竹少佐、大平大尉は？この人はあの人は今どこで活躍なさっているのかと思い浮かべた。

机の引出しを整理した。毎日書いたメモと紙くず同様の記録の残部、一瞬捨てようと思ったが中止した。最後に壁に貼ってあった高橋少佐の決戦臣民訓と不要になった二、三枚のプリントを取り去った。

私は全員の机に別れの挨拶をして静かに一礼してドアーを閉めた。

一度も会ったことのない改４のことを考えながら、もう二度と来ないだろうと階段を下りた。

以上

昭和五十二年十月三十日

この後に川崎研究室関連の人物名リスト、関係した会社や場所のリスト、配給品リストをつけてある。

さて、昭和十九年の横浜の我が家に戻ろう。終戦が近くなった頃、「今川がジャワにいたんでは困るから早く日本に帰してくれ」と正金銀行が軍部に頼んだので、父がやっと内地に帰って来た。父が帰ってきた時、家族はあの山手資料館脇の小さな家に住んでいたわけだが、そのころ正金銀行は、山手にいくつもあった敵国領事館を請け負って管理していた。

ちょうどジャワから今川が帰ってきて横浜本店の支配人になったからということで、その時誰も住んでいなかったオランダ領事館に家族全員で引っ越しなさいということになり、私たちは父の帰国後、オランダ領事館に住むようになった。オランダは敵国だったから、その時領事は箱根に抑留されていた。山手の外人墓地前にある教会の角を曲がって少し奥に入ったところにあるそのオランダ領事館には結局、終戦までの短い間だけだったが、家族全員で住むことになった。

その家に住みだした時、本土も戦争になるからと父が言ってラジオを買いこんだ。山羊を飼ったのも、そのオランダ領事館に住んでいた頃だ。庭が広いから山羊を飼ってミルクを飲んだり、チーズを作ったり、調律師の石原さんの息子さんなどは、その山羊のお乳ですくすくと育った。

山手のオランダ領事館在住時代に飼った山羊（1943 年頃）

子山羊が生まれて親子三匹いた時もあった。子山羊が生まれないと母山羊はお乳を出さないから、父が熱心に子づくりもしていた。毎朝外人墓地に行っては、山羊のえさ用に籠いっぱい生垣の葉っぱを刈ってくるので、外人墓地の方でもきれいになると喜んでいたのだが、刈ってきた葉を山羊にやって乳搾りをするのは愛子の役目だった。山羊は小さくて比較的飼いやすい動物だったので、当時は個人の家で結構山羊を飼っているうちがあった。家族皆でバターやチーズも作った。私は川崎まで通勤するのが結構遠かったし、忙しかったからあまり手伝わなかったが。

横浜空襲前にその大きな家に引っ越したわけだが、山手には教会がたくさんあるためか、焼夷弾の降らせ方が他の場所とは明らかに違っているようだった。山手の洋館は屋根に穴が開いた程度で焼けてしまわず、被害は全体に確かに少なかった。五月二十九日、横浜の空襲があった時は、丘の下の方で焼け出された人たちが皆、焼け残っていた山手の家を目指してなだれ込んできたので、うちでも避難してきた人たちの世話をした。その時は、日本人も朝鮮人も中国人も皆山手の空き家に入ってきた。私たちが住んでいたオランダ領事の家は広く、玄関を入ったところには大きな広間があり、寝室も十室くらいはあったから、空襲の後は五十人以上の人の世話をした。

空襲の時、私が横浜駅のプラットホームにいたことはもう報告した。妹の万里は、町内会の配給所になっていた例のクリーニング屋さんにいて、そこでなんとか助かり、愛子は、女子挺身隊で馬車道の方だったと思うが、朝日新聞のお手伝いをしていたのだが、火がぼうぼうと燃える中、野毛をずっと回り戸部を通って逃げに逃げて、真っ黒になって帰ってきた。「愛子はきっと死んでしまったんだね」などと皆で話していたら、真っ暗になってから泣きながら帰ってきた。

あの日父は正金銀行の本店が空襲で焼けるのを防いだ後、割合に早く家に帰ってきたのだが、家に戻ったら五十人以上の避難民が家の中にいるから、「それ、みんなで炊き出しをやれ」と指揮をとり、「備えておかないと危ない」とだいぶ前から貯蔵していた物資や取っておいたいろいろな配給物をすべて使って炊き出しをした。

避難してきた人の誰かが食べるために犬や猫、鶏を連れてきたのだが、殺すのは可哀想でいやだから飼いましょう、ということになった。避難してきた人たちは徐々に減っていったが、それでも最後の一人がいなくなったのは、一カ月以上たった後だったと思う。

その山手の家には、結局終戦までいた。その間、焼け出された鶏と居候の猫と犬が仲良くしていた。序列があっていちばん最初にやって来たからか、鶏がいちばんいばっていて、その次が猫で、図体の大きな犬がいちばんおとなしくしているからおかしかった。鶏は父が椅子に座ると偉そうな様子でそのそばにとまって、とてもよくなついていたのだが、いつの間にか誰かに連れ去られてしまった。食糧難の折からきっと食べられてしまったのだろうと想像する。犬と猫は終戦後もずっとうちにいた。

終戦

玉音放送は、そのオランダ領事の家の庭でラヂオを聴いた。「今川さんの所はラヂオがあるから」と近所の人々が大勢集まって来た。もともと大本営発表にしろ何にしろ、ラヂオの性能が悪かったから、ガーガーピーピーと雑音がひどく、正直、陛下が何をおっしゃっているのかさっぱりわからなかったが、父は放送よりも先に終戦を知っていた。

終戦後すぐに、住んでいたオランダ領事の家からは、元々オランダの家だったから追い出されてしまった。マッカーサーが到着したとたんにジープで山手にやってきて、占領軍で使うために方々の洋館を接収していった。オランダ領事の家も、米軍の将校が使うことになったようだった。

父はまあ、困りはしたが英語もよくできるし、いろいろと交渉をして結局、新丸子にあった正金銀行のクラブハウスを家族で使ってもよいということになり、米軍が手配してくれたトラック一台分くらいに、荷物をまとめてそこに引っ越した。その時の大急ぎの引っ越し荷造りに使うために、山手のレーダー小屋に残っていた戸棚の引き出しを、中身を放り出して貰ってきて使わせてもらった。その箱が、いまだに捨てきれずに台所で使っている白塗りの箱である。それに詰められるものを全部詰めて、正金のクラブハウスに引っ越したことを昨日のことのように思い出す。

新丸子に引っ越しをしてやれやれと思っていたら、十日目くらいに今度は、「クラブハウスは米軍のクラブハウスとして使うから出て行け」と言う。「出て行けと言われても、使ってよいと言われて移ったばかりだ」と父が文句を言って向こうの司令長官と交渉をした。

「それならば、日吉に焼け残った家があったから、そこに入ったらどうか」ということになり、日吉にあったその空家に入ることになった。その家は、慶応のほとんど敷地内といえるところにある家で、「どこの誰の家だかわからない、持ち主がどこかへ逃げてしまっている家だから、ミスター今川そこへ行け」と言う。米軍が行けと言うので今度はその箕輪町の家に住むことになった。

到着してみると、確かにその家は慶応の一角にあるのだが、大変なところへ来てしまったと思った。なにしろ方々がひどく壊れていたのである。父が「こんな壊れた家には住めない」と言うと、「それじゃあ、軍からベニヤ板を持ってきて方々に貼りつけて直すから」という。最後には「とにかく雨が降らないようにしてくれ」ということになった。米軍の兵隊が何人もやって来て、屋根をとことんとことんと貼ってくれ、父があそこもだめだ、ここもだめだと言うと、そこら中をベニヤ板で直してくれ、床にも畳の代わりにベニヤ板を敷いてくれた。

「電気はどうするんだ」と聞いたら、どうせ軍の管轄だからと言って、電気は慶応から引けばいいと言う。そういうところはいやに融通が利いて、瞬く間に電気は慶応から引いてくれた。だから、私たちはその後ずっと慶応から貰った電気を使って生活していたのだ。父が「電気代はどうするのか」と聞いたら「そんなものは、はした金だからいい」と言い、結局は払わないでもよいことになった。水は井戸があってそれを使うことにしたら、有り難いことにとても質のよい、よい水の井戸だった。

いちばん困ったのはガスだった。それはまあ当時はどこの家にもなかったし、「しばらくはしかたがないから竈でやってくれ」と言われ、ガスだけはどうにもならず来るのを待つことになった。その日吉の家の、ネズミがちょろちょろと出る井戸端のある土間の台所で、竈を炊いて料理をしたことを今でもよく思い出す。そのネズミがまたしょっちゅう赤ちゃんネズミをたくさん産んで台所中を駆け回る。台所では毎日悲鳴をあげて大変だった。

しばらくたったらその家の持ち主が帰ってきたのだが、結局、こんな家ではとても住めないと言ってその人は田舎に戻ってしまい、その後、父が正式にその家を借り受けたので、その後もずっと現在に至るまで、実家の家族は日吉の慶応の一角に住むことになった。

最近になって日吉、箕輪町の慶応大学の校舎の地下に、元日本軍の司令部があったことが報道された。公開もされて見物人が旗を持って入場している様子をテレビニュースで言っていた。実家の土地が陥没して、急に家がドカンと地下に落ちることがないことを祈っている。

空襲の頃はお米などもあったのだが、その後終戦になってからが本当の食糧難で大変だった。すべてが配給になり、そんなに長い期間ではなかったけれど、ふすまなども食べた。どろどろに煮て食べるのだが、とてもとても食べられた代物ではない。それでも他に食べるものがないから食べた。

そのうちに闇米が出てきて町中闇の物があふれだし、半分はそれで潤うようになった。靴磨きの少年が出てきた。可哀そうな片手片足の傷病兵が出てきて、そこら中で物乞いをした。ストリップが始まった。そういう時代がきた。

電気はその後も慶応から貰っていたが、慶応大学はずっと敵の司令本部のようになっていて、大学に返還されたのは大分たってからだったから、それまではずっとただで電気を貰っていた。慶応にはあの辺の地域を統括していた米軍の司令官がいて、父は英語がよくできたからいろいろと交渉をして、うちはそれでずいぶん助かった。アメリカはずいぶん酷いことをしたから、なんでも貰えるものは貰ってしまえという感じだった。まあ、非国民と言えば非国民だったかもしれないが、あの場合「何でもくれるものは貰ってしまえ」だった。

一年くらいたってようやくガス管が通りガスが来たのだけれど、ガス管は壊れるとなかなか直らなくて困る。ガスが最初に出た時は本当にうれしかった。今考えるとアメリカさんは、煮炊きも全部電気でしていたのではないかと思う。ガスは慶応にも通っていなかったから仕方がなかった。プロパンはまだあまり普及していなかったのか、くれなかった。うちはこうしてどちらかと言えば、アメリカ様様だった。日吉の家の庭には、今も大きな藤の木の藤棚があるが、その頃はぶどうのぶどう棚もあった。そのぶどうでぶどう酒も作った。

空襲の後、多摩研の機材の疎開先の学校の様子を見て回って報告をしたことは、引用の文章にあったと思うが、あの日は本当に朝から夕方まで歩いて、図らずも焼け跡の横浜を広く見て歩くことになった。木造は全滅、コンクリートの建物は室内が真っ黒でコンクリートの部分だけ焼け残り、中には死者もそのままだった。並木も、水上生活者のポンポン蒸気船も燃えていた。木造だった神奈川学園の精華小学校は、土台石だけになっていた。高島台から沢渡あたりは運が良い家は、何事もなく残っていた。高島台の山の下や、沢渡の山の下のようなところは本当に運が良かった。

戦後すぐ娘のいる家では、頭を丸坊主にしたり男装をさせて米兵に乱暴されることを防ごうとした例がたくさんあったが、実際、正金銀行の関係者にも、アメリカ軍が接収した家に住んでいた、いいところのお嬢さんが、娘を差し出せとアメリカ兵に連れて行かれた例があったから、皆それぞれ、何かしらの対策を取っていた。

マッカーサーの「学校を再開するように」との命令があった時、神奈川学園は、精華小学校の卒業生でピアニストだった小川先生の家の座敷で授業を再開した。その後、菊名の天野製作所の工員用の学校を借りて授業をしたのだが、英語の先生が見つからなかったので私が免許なしで教えた。私がこうして戦後すぐ臨時雇いの英語の先生になった本当の理由も、英語を教える先生をしていれば、そうしたことから逃れられるだろうと両親が考えたからだった。こうして男装をする代わりに、私は英語の先生をすることになり、万里子は器用で洋裁が好きだったのでハイカラなモードの洋品店で洋服作りをし、愛子はピアノを専門に東洋音楽学校に通っていたのだが、すぐに自分でフルブライト奨学金を申請してアメリカに留学することになった。

神奈川学園の仮校舎の教室は、窓ガラスもほとんどない状態だったけれど、生徒は全員とても熱心で、だんだんと疎開先から帰ってきて人数も増え、皆無事の再会を喜んでいた。

こうした事情で私は戦後、一時英語教育に熱中することになった。全学年を教えた。生徒たちは津田塾に二人、フェリスに二人など、みな無事に希望通りのところに進学もでき、その後、正式に教員免許を持つ田中先生にバトンタッチをして生徒たちと別れたが、今でも交際が続いている当時の生徒さんたちがいる。

こうして、戦後パンパンにされると心配された年頃の三人娘は、どうにかそんなこともなく無事だった。終戦までの期間に山手で交際した人には、外人墓地の管理人だった安藤さん、教会の熊谷さん、極洋捕鯨の社長法華津さん、歌謡曲歌手「月よりの使者」の藤原亮子さん姉妹、我が家の山羊の乳を赤ちゃんに差し上げた調律師の石原九州男さん、後に横響の指揮者となった小舟幸次郎先生、作詞作曲家の中村先生などがいた。

山手と言えば、今住む鎌倉の家には、当時お若かった美智子様（後の妃殿下）とほんの一瞬ご縁のあったバラがある。美智子様が聖心女学院の学生でいらした頃、坂本竜馬と縁があったおりょうさんの子孫の坂本さんとクラスメートで、山手のテニスコートによくテニスをしに見えていた。美智子さまは日清製粉の御嬢様で、その頃からすでに皇太子殿下の御妃候補とうわさされていたから、美智子さまがテニスをしに見えると、近所の人たちが皆集まってコートを覗く人だかりができたものだった。

そうしたある日、私がテニスを見ていたら、美智子様がどなたからかバラの花をたくさん貰われ、その花をお持ち帰りになれないので、そばにいた私に下さったのである。その後そのバラは、山手資料館近くの家で庭に挿し木をして元気に根付き、オランダ領事館に移った時にも、枝をたくさん切って持って行って挿したらよくついて、そちらでもバラの花を咲かせた。

そして日吉の家に移った後のこと、何かのお祝いで家族そろって南京町で中華料理を食べた折に、親しかった山下町の出入りの魚屋さんが、美智子様から頂いて庭に挿したと聞いていたバラがちょうど満開だったからと、たくさんそのバラの花を切って持ってきて飾ってくれたのだ。だからそのバラを今度はまた日吉の家の庭に挿してみたら、ついてたくさん増え、そして結婚をした時、鎌倉の家に持ってきて挿し、鎌倉で引っ越した現在の家にも持ってきて挿したから、我が家での通称〝美智子さまのバラ〟は、いまだに実家の日吉でも、鎌倉の我が家でも毎年たいてい春と秋に二度花を咲かせているのである。随分生命力のある丈夫なバラだった。美智子様ありがとうございました。

そう言えば戦争中、横須賀の軍病院に慰問団で行ったこともあった。昭和二十年になって東京大空襲があるまでは、山手では防空演習があったり、また兄のように学生たちの学徒動員なども出て、出征兵士の見送り行事がしょっちゅうあった。「万歳万歳」で門前で見送った後、桜木町まで全員で行進をして見送るが、その夜はまた家に戻ってきて寝て、次の朝本当に一人で入隊するという変な習慣があり、その頃の日本人は、まだまだ本気で戦う戦争を知らなかった。最後は神風で勝つと信じていたのだろうか。何しろ大本営発表が「勝った勝った」ばかりだったから。それに山手には外人墓地、空から下を見ると十字架の形をしている教会の建物、外人の住宅（洋館）がたくさんあったから、「アメリカ軍は焼夷弾を使用しない」と皆が話していたこともあり、あの辺りでは比較的呑気だった。

最後にピアノの顚末を書く。マッカーサーがやってきて、オランダ領事館を明け渡した時、グランドピアノは置いていけと言われてそのままになったのだが、そのオランダ領事館、なんと米兵がボイラーの焚き方の加減がわからずに加熱しすぎて火事を出し、ピアノはその火事ですっかり燃えてしまったのである。せっかくインドネシアで買って持って帰ってきたのに、本当にかわいそうな運命のスタンウェイピアノだった。

アップライトの方は、正金のクラブハウスに引っ越した時に一緒に持って行ったのだが、その後米軍のクラブハウスになってしまい、ピアノはそのまま置いていけと言われたから、米兵たちが楽しむジャズ用のピアノとしてさんざん荒っぽい扱いをされたのだと思う。

占領軍が引き上げることになった時、そのピアノは今川家に返却された。その戻ってきたピアノが今ここにあるピアノだ。結婚をした時に私が貰ってきたから、私にとっては、米軍接収時代を除きずっと九十年以上の人生を共にしてきたピアノである。

と、ここまで書いた原稿を読み返していたら、三敗差をひっくり返して日馬富士の逆転優勝が決まった。今日は平成二十九年九月二十四日。思えばこの原稿は、平成二十四年秋場所の優勝で横綱昇進を決めた大関日馬富士で始まり、図らずも同じ秋場所の日馬富士優勝で幕を閉じることになった。ちょうど五年間かかったことになる。九十二歳だった私も九十七歳になった。

最近の世の中の落ち着かないこと、安倍首相の衆院解散、小池新党誕生、民進党の右往左往。さて、この先日本はどうなることやら。私はまあ、バイバイだが。

家族写真　1950 年頃

あとがき

母には敵わない、二人の娘たち共通の思いである。

九十二歳でペースメーカーの手術を受けたのだが、手術の後「あら、命が延びちゃった、これからどうしようかしら」と言うので「本でも書いたら」と言ったら本当に書いた。

冊子になっている四百字詰原稿用紙に、頭で構想を練っては一気に書く方式で下書き清書をし、それを私（宏美）がパソコンに打ち込んでいき五年が経過した。

オランダ領東インドの項は、口述録音をパソコンに打ち込んだ。最後の横浜の項は、本人の指示で既存の原稿を使い（母九十歳の時、神奈川県の歴史資料収集の一環で横浜の山手資料館よりインタビュー調査を受けた時の録音のテープ起こし原稿を本人が整理、修正したもの）、祖父今川義利の「終戦時のひとこま」（『続 自由為替の生涯 ものがたり正金史』編者 新井真次）と、戦争中、多摩陸軍技術研究所川崎研究室に勤務した母が、戦後三十年、生き残っていた当時の技術将校たちを説得、防衛庁から予算を頂いて編集した、防衛庁技術資料82号『第二次大戦下における日本陸軍のレーダー開発―対空電波標定機た号2型、た号改4型』に書いた「女一人！ 改4との九カ月」を収録した。すべては本人がチェックしている。その第一稿の校正作業が始まったことを確認して母は逝った。

その技術資料82号の防衛庁技術研究本部の中摩雅年氏（元多摩陸軍技術研究所 第二科 陸軍技術中尉）の発刊のことばを引用させて頂く。情熱の人、八木和子の人となりをとてもよく表して頂いているので。

第二次大戦前、日本は世界に先がけて八木アンテナや優秀なマグネトロン等、幾多の注目すべき発明をおこないながら、システム化のソフトウェア技術や生産技術の面で英米に比し著しい劣性に終始し、ついに有効な電波兵器体系を開発し、これを戦力化することが出来なかった。この点自らは注目すべき発明を行わず、もっぱら英国の発明を利用してMITラジエーションラボラトリーを創設し、優秀な潜在技術で短期間にマイクロ波レーダーを開発した米国と対照的である。

日本における戦時中の研究開発は、VHF、UHF、SHF帯の全域にわたり、特にレーダーを中心として多大の努力が傾注された結果、VHF、UHF帯のレーダーについてはほぼ実用の域に達したが、マイクロ波レーダーは実用機の生産には至らなかった。この間、膨大な費用を投じて得られた貴重な技術資料も終戦時焼却されたため今では殆ど残されていない。

しかしながらこの度、戦時中陸軍の地上、航空の電波兵器を統合して研究開発すべく設立された多摩陸軍技術研究所の第三課に勤務されていた八木和子さんが保管されていた旧陸軍資料を頼りに、高射砲用電波標定機に関する技術資料を刊行することができたことは誠に喜ばしいことである。

技術の内容については、新妻氏、岡本氏、木塚氏の諸氏のご努力によるものであるが、筆を執ろうと決意させたのは、八木和子さんの燃失を免れた旧資料と、旧軍将校にも勝る資料作成への熱情と献身的な御努力があったことを銘記しておきたい。……

最後になりましたが、装丁を担当して頂いたデザイナーの直井和夫さんに最後までわがままを聞いて頂きお手を煩わせました。また森田弘子さんには、編集のすべてで最初から相談にのって頂き、細部にわたって気を配って頂きました。生前から親交のあった森田さんに作業に加わって頂けたことを母もとても喜んでおりました。心から御礼申し上げます。母が人生で出会ったすべての皆さま、お世話になりました。深謝。

平成三十年四月二十五日

八木宏美・小口和美

■八木和子（やぎ・かずこ）略歴

大正9年（1920）2月6日　茨城県水戸市に、父、今川義利、母、多け乃の長女として生れる。

大正11年（1922）5月　母、兄と共にロンドン到着。先に横浜正金銀行ロンドン支店に着任していた父と合流。ロンドンの幼稚園に通う。

大正12年（1923）11月　帰国後、東京の中野に短期間住む。

大正13年（1924）3月　水戸に帰省。

大正14年（1925）11月　上海転勤の父親と共に上海へ。

昭和元年（1926）5月　上海日本人小学校に入学するも戦況悪化で水戸へ一時帰省。

8月　水戸付属小学校に2か月通った後、再び上海へ。

上海日本人小学校に戻る。

昭和2年（1927）4月　水戸に帰省し、水戸付属小学校に転籍。

昭和4年（1929）7月　東京転勤の父親と共に東京へ。戸塚第一尋常高等小学校へ転入。

昭和5年（1930）5月　横浜本店に転勤の父と共に横浜へ。神奈川学園精華小学校へ転入。

昭和7年（1932）4月　県立横浜第一高等女学校入学。

昭和8年（1933）6月　中国大連転勤の父親と共に大連へ。大連神明高等女学校へ転入。

昭和10年（1935）4月　中国奉天支店支配人となった父親と共に奉天へ。

奉天浪速高等女学校に転籍。

昭和12年（1937）2月　父、カルカッタ支店支配人としてインドへ出発。

3月を待たず奉天浪速高等女学校の卒業を認められ、一旦横浜に帰省。

9月　母と三姉妹、インドの父に合流。

カルカッタ王立音楽学校入学。

昭和14年（1939）5月　父親と共にオランダ領東インド（現在のインドネシア）のスラバヤへ。

昭和15年（1940）6月　日蘭交渉のため移動した父親と共にバタビア（現在のジャカルタ）へ。

昭和16年（1941）8月　横浜へ帰省。

昭和19年（1944）10月〜20年7月　多摩陸軍技術研究所川崎研究室勤務。

昭和25年（1950）この年から平成20年（2008）まで自宅でピアノおよび音楽通論を教える。

9月　『幼いピアニスト』出版で音楽教育に寄与。それにより文部省社会教育局長賞受賞。毎日新聞出版文化賞選外優良図書。

昭和26年（1951）10月　八木浩と結婚し、以後鎌倉在住。

昭和27年（1952）12月　長女宏美出産。

昭和30年（1955）5月　次女和美出産。

昭和36年（1961）12月　神奈川県発明考案展覧会に出品した「音感教育用電気譜装置」で神奈川新聞社賞受賞。

昭和40年（1965）8月　女性の発明くふう展に出品した「音感教育用電気譜装置改良型」で科学技術庁長官賞受賞。

昭和46年（1971）WWFジャパン設立当初から会員となり熱心に野生生物保護活動をする。

昭和53年（1978）6月　『第二次大戦下における日本陸軍のレーダー開発』（防衛庁技術資料第82号）を編集。

平成7年（1995）11月　『レーダーの史実』編集、自費出版。

平成9年（1997）10月　第二次世界大戦秘話―『「ニューマン文書」と「ニューマンノート」の謎』編集、自費出版。

平成24年（2012）9月から平成29年（2017）9月まで、本書執筆。

平成30年（2018）3月7日　鎌倉の自宅にて永眠。

■参考文献・資料

・東京銀行編『横浜正金銀行全史』第1巻－第6巻、東京銀行、1980 － 1984年
・土方晋『横浜正金銀行』教育社、1980年
・新井真次編『続 自由為替の生涯　ものがたり正金史』外国為替貿易研究会、1965年
・神奈川県立歴史博物館編『横浜正金銀行－世界三大為替銀行への道－重要文化財旧横浜正金銀行本店本館創建100周年記念特別展』神奈川県立歴史博物館、2004年
・日本郵船株式会社編『七十年史』日本郵船、1956年
・日本郵船株式会社総務部広報室編『七つの海で一世紀』日本郵船創業100周年記念船舶写真集、日本郵船株式会社、1985年
・庚寅新誌社・交益社・博文館三社合同『公認汽車汽船旅行案内』大正12年7月号（復刻版「明治大正時刻表」）、新人物往来社、1998年
・『Djawa Baroe　ジャワ・バル』全5巻（「ジャワ新聞社発行グラビア誌、原本全63号／1943年1月－1945年8月」の復刻版、倉沢愛子解題〔和・英〕）、龍溪書舎、1992年
・『第二次大戦下における日本陸軍のレーダー開発－対空電波標定機た号2型、た号改4型』防衛庁技術資料82号、1978年
・日本郵船会社「欧州線　欧州賃金表」大正12年7月号（日本郵船博物館資料）
・日本郵船株式会社「日本郵船株式会社配船表」第13544号、第13565号、1941年（日本郵船博物館資料）
・南洋海運株式会社「北野丸」御乗船記念芳名録、1941年

＊その他の事項については、手持ちの当時の資料や手紙、写真をベースに、可能な限りインターネットで傍証等の確認を行った。

本書は、私家版『ある正金銀行員家族の記憶』（八木和子回想録編集委員会、2018年6月19日刊）を復刊したものです。

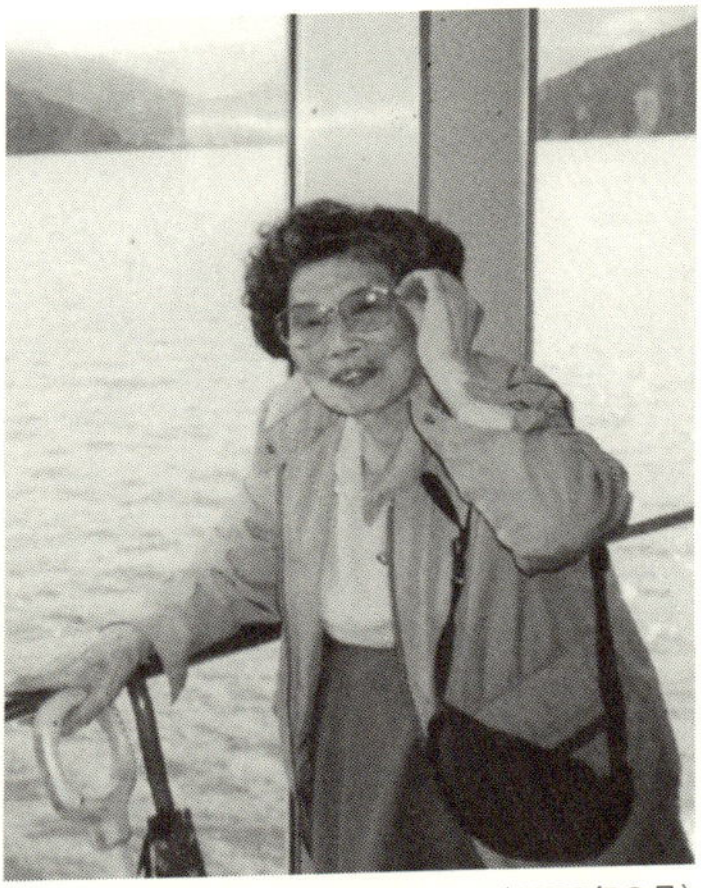

著者、瀬戸内海の吊り橋見物旅行にて（2008年8月）

八木和子（やぎ・かずこ）

1920年、茨城県水戸に生まれる。

1922年より40年まで、横浜正金銀行勤務の父、今川義利の転勤に伴い、ロンドン、上海、東京、横浜、大連、奉天（現瀋陽）、カルカッタ（現コルカタ）、スラバヤ、バタビア（現ジャカルタ）に滞在し、小学校5回、高等女学校3回転校。奉天浪速高等女学校卒業後、英国領インドで、カルカッタ王立音楽学校に学ぶ。

1944年、45年、レーダー開発の多摩陸軍技術研究所川崎研究室勤務。

戦後は音楽教育をライフワークとし、2008年まで自宅でピアノと音楽通論を教える。

2018年3月、鎌倉の自宅で永眠。

ある正金銀行員《しょうきんぎんこういん》家族《かぞく》の記憶《きおく》

2019年3月7日　初版発行

著　者　八木和子
装　丁　直井和夫
編　集　八木宏美・森田弘子
発行者　上野勇治
発　行　港の人
神奈川県鎌倉市由比ガ浜3-11-49　〒248-0014
電話0467-60-1374　ファックス0467-60-1375
http://www.minatonohito.jp
印刷製本　モリモト印刷
ISBN978-4-89629-358-6　C0095

全図

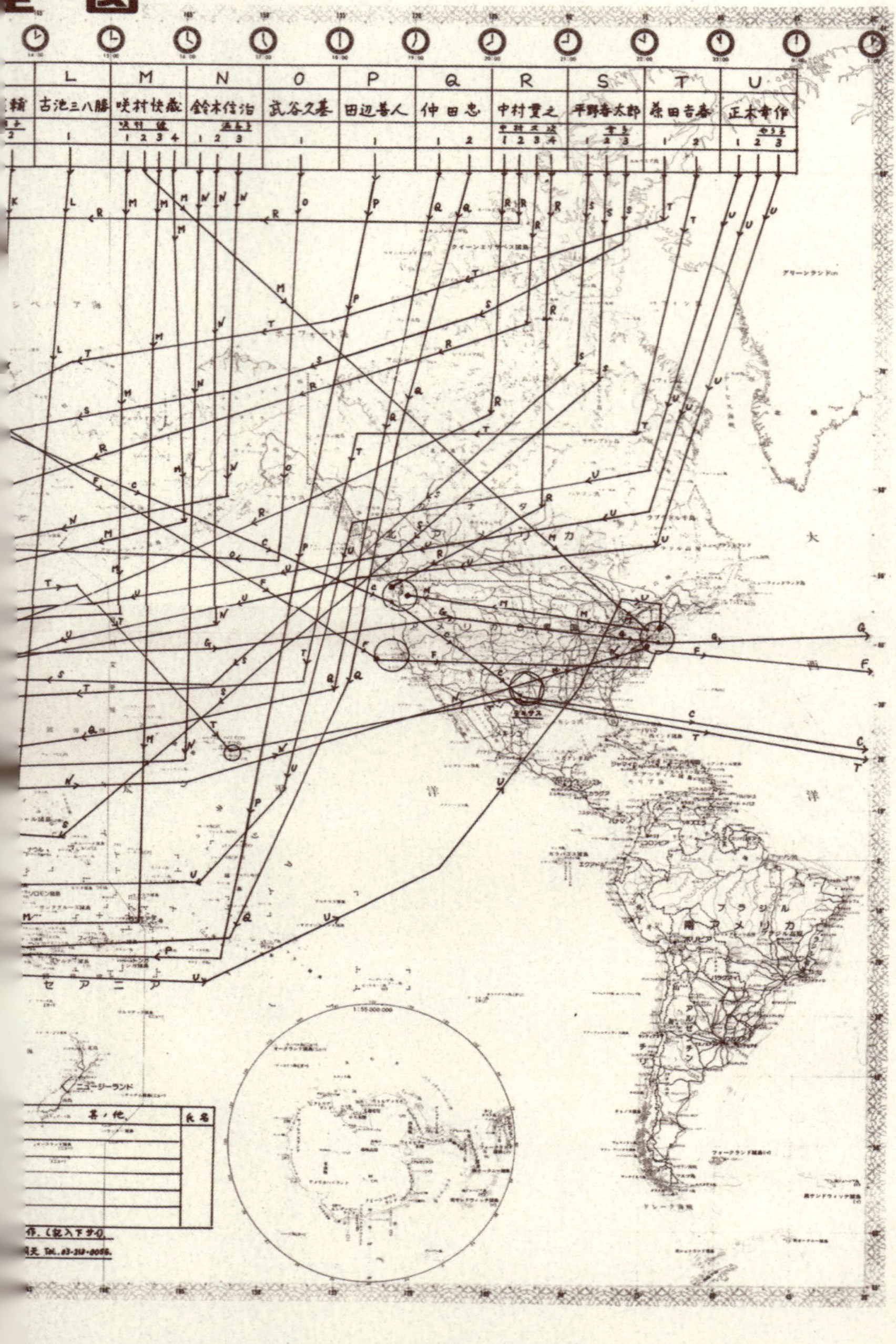

L
M
N
O
P
Q
R
S
T
U
古池三八勝
咲村快蔵
鈴木信治
田辺善人
仲田忠
平野春太郎
グリーンランド
南アメリカ
ブラジル
ニュージーランド